언더

U N D E R

언더

―‹‹◆ 텍사스 홀덤으로 살아가는 사람들 ◆››―

글쓴이 김성민 **|** **일러스트** Hogg · 손지민 · 김성민

좋은땅

언더

'언더'는 카지노 종사자들이 불법 사설 카지노를 일컫는 그들만의 용어다.

'언더'에서 수년간, 남녀노소 할 거 없이 많은 사람을 만났고 그들과 희로애락을 함께했던 시간을 이 책을 통해서 써 내려간다.

under

1. 위치상으로 아래, 밑에 있음을 나타냄

2. 연령, 계급 등이 더 아래에 있음을 나타냄

3. 충분하지 못함을 나타냄

텍사스 홀덤

30년을 넘게 포커 게임을 했다.

세븐오디, 홀라, 바둑이, 하이로우, 홀덤, 오마하, 세븐틴 등등.

하우스라 불리는 도박장에서, 사무실에서, 친구의 자취방에서, 허름한 창고에서, 영업이 끝난 식당에서, 나이트클럽 룸에서, 호텔에서, 인터넷으로.

재미로 포커 게임을 하지는 않았다. 돈 따려고 했다.

돈 따면 즐거웠고, 돈 잃으면 괴로웠다.

돈이 욕심나서 포커 게임을 한 것은 아니다.

돈이 필요해서 했다.

필요란 반드시 요구되는 것이다.

삶의 대부분에 있어 돈이 필요했다.

필요한 것을 얻기 위해 항상 절실하게 포커 게임에 임했다.

홀덤을 알게 된 이후로는 다른 포커 게임은 하지 않는다.

홀덤만 하는 이유는 하우스 시스템이 비교적 선진화되어 있고 무엇보다 게임룰이 공정하기 때문이다.

에어라인

카드 2장을 받고 시작하는 홀덤에서 에이스 카드 2장이 들어온 상태, 손에 쥘 수 있는 최강의 패, 에어라인!

어떤 카드와 맞붙어도 일대일 승부에서 승률 80% 이상을 보장받는 극강의 에어라인!

가진 것을 다 걸게 하는 에어라인!
수많은 사람을 웃게 하고 울리는 에어라인!

에어라인은 에이스 카드 2장의 애칭이다.
아메리칸 에어라인 항공사 로고와 비슷해서 붙여졌다.

목차

1부
좋은 날

2부
보드카페 사장님

카드를 감싸 쥔 손에는 하트 에이스와 킹이 있다.

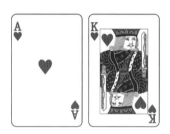

먼저 3만 베팅을 한다. 3만 받고 10만 더! 쓰리벳이 나왔다.

그거 다 받고 30만 더! 포벳까지 날아온다. '나는 어쩔 것인가….'

포벳은 최소 퀸파켓 이상일 거다. 저 콜을 받으면 40만 정도가 남는다.

콜을 받으면 *플랍이 어떻게 깔려도 폴드 하기가 힘든 상황이다.

* 플랍: 홀덤 포커에서 먼저 깔리는 3장의 커뮤니티 카드. 홀덤은 자신의 카드 2장과 커뮤니티 카드 5장을 조합해서 승부를 가린다.

결정할 시간은 길게 주지 않는다. 딜러가 재촉하듯 나를 바라보며 한 손으로 테이블을 툭툭 치고 있다.

다른 사람들의 시선도 모두 나를 향해 있고 결정을 기다리고 있다.

짧은 시간, 깊은 심연에 빠져든다.

"올인(all-in) 하겠어." 앞에 놓인 칩을 모두 밀어 넣는다.

딜러가 빠른 손놀림으로 카운팅을 하고 75만이라고 외친다.

10만 더 쓰리벳을 한 녀석은 카드를 꺾는다.

30만 더 포벳을 한 녀석은 *스냅콜이 나온다.

* 스냅콜: 자신의 패가 강해서 상대방의 베팅에 망설임 없이 하는 콜.

"먼저 '올인' 하신 분 카드 오픈하세요." 딜러가 말한다.

내 카드를 보여 주었고 상대가 힐끗 보더니 옅은 미소를 지으며 이내 자신의 정체를 보여 준다. 에어라인이다.

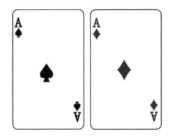

최악의 상황이다. 지금 내 카드로 상대를 이길 확률은 11.5%에 불과하다. 169가지 핸드 랭킹에서 랭킹 4위에 해당되는 에이스, 킹 *수딧으로 모든 칩을 다 넣었는데 랭킹 1위 에어라인을 만났다. 재수가 없다.

* 수딧(suited): 두 장의 카드가 같은 무늬일 때, 옷을 입었다는 의미.

내가 기대할 수 있는 게 떠오른다. 플러시, 킹 2장.

이내 딜러가 플랍 카드 3장을 펼쳤다.

것샷이다.

* 것샷(gut shot): 가운데 한 장이 끼면 스트레이트가 되는 상황. 흔히 빵꾸라 한다.

희망이 생겼다. 잭이 떨어지면 스트레이트다.

하지만 남아 있는 두 번의 기회에서 그 확률은 16%에 불과하다.

턴 카드가 오픈된다. 스페이드 3, 아무 쓸모가 없다.

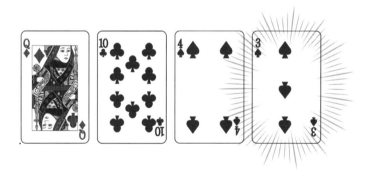

이제 마지막 한 장, 리버카드만 남았고 이길 확률은 최초보다 더 떨어진 9% 남짓에 불과하다.

'제발….' 긴장감 속에 리버카드가 오픈 되었고, 잭이다!

테이블에서 함성이 터져 나온다.

'나이스! 베리 굿! 디스 이즈 홀덤!'

게임이 잘 풀리려면 실력 외에 행운도 함께 작용해야 한다.

딜러에게 감사의 표시로 만 원 칩 3개를 던져주었다.

오늘은 행운의 여신이 곁에 있는 것 같다.

그러나, 이것은 세 시간 전에 있었던 일이다.

집에서 나올 때 주머니에 130만 원이 있었고 은행 계좌에는 50만 원이 남아 있었다. 이를 합한 금액이 내가 가진 모든 금융자산이었다.

지금은 다 잃고 주머니에 오만 원밖에 없다. 차비 하라고 받은 돈이다.

새벽 네 시, 12월의 찬 공기가 온몸을 매섭게 휘감아온다. 뼛속까지 시리다. 집에 있었더라면 편안하고 따뜻했을 텐데, 옷이라도 따뜻하게 입고 나올 걸 그랬다. 어젯밤 집을 나서면서 오늘은 꼭 이겨야 한다고 몇 번이고 되뇌었지만 지고 말았다. 그것도 가진 것을 모두 잃었다. 더 이상 돈을 마련할 방법도 생각나지 않는다.

추위를 피해 얼른 집에 들어가 곤히 잠들고 싶다. 그대로 영원히 잠들어 깨어나지 않는 게 나을지도 모른다.

1988년 2월의 어느 겨울날…

소년은 선택해야 했다. 소년의 주머니에는 이백 원이 있을 뿐이다.

이백 원으로 버스를 탈 것인가, 아니면 허기진 배를 채우기 위해 초코파이와 야쿠르트를 살 것인가.

소년은 배고픔을 참지 못하고 초코파이와 야쿠르트를 선택하고 구로공단에서 남대문까지 15km를 걷기로 했다.

다섯 시간을 넘게 걸어 녹초가 되어 남대문에 도착했다. 그리고 한 시간 정도를 남대문시장에서 배회하고 있자 기대대로 그 사람이 접근했다.

"일자리 구하지?"

"…………."

"따라와. 밥 먹으러 가자."

잘못된 선택이었다. 이럴 줄 알았더라면 당장 허기진 배를 채우기 위해 버스를 타지 않고 초코파이를 먹은 대가로 추위와 싸우며 다섯 시간이 넘는 고통을 겪지 않았을 것이다.

"너 배고파서 여기서 일 못 하겠다고 했지? 그러면 중국집에서 일해! 월급은 여기서 일하는 거랑 별 차이 없겠지만 배고플 일은 없을 거야."

같이 일했던 가방공장 미싱사 형이 얘기했다.

"어떻게 들어가요? 아는 곳도 없는데?"

"그냥 남대문으로 가! 거기 가면 그런 사람들을 만날 수 있어."

16살, 1988년 1월, 소년은 남쪽 끝 항구에서 기차를 타고 서울로 무작정 상경하고 서울역에 내렸을 때 서울역 광장 앞에 붙어 있던 가방공장 구인 광고를 보고 구로공단에 오게 되었다. 말이 공장이지 가정집 지하실을 개조해, 30평 남짓한 공간에서 20명 정도 되는 직원들, 미싱사, 재단사, 보조원들이 옹기종기 모여서 일하는 좁은 공간이었다.

거기서 일하고, 밥도 먹고, 휴식도 취하고, 잠도 잤다. 모두가 그랬다.

월급은 10만 원, 월급날이 되었을 때 받는 돈이 1원도 없었다.

공장에서 주는 부실한 밥과 반찬으론 한창 먹을 나이인 소년의 배를 충분히 채워 주지 못했다. 고기는 구경조차 못 했다. 날마다 나오는 김칫국은 먹다 남은 김치로 끓였는지도 모른다.

소년은 밤이 되면 허기진 배를 채우기 위해 공장 근처 슈퍼마켓, 치킨집 등에 들러 영양분을 보충했다. 돈이 없던 소년은 외상을 했다. 장부가 따로 있었다. 슈퍼마켓 사장과 치킨집 사장은 외상을 할 때마다 사인을 받았다. 그리고 월급날이 되면 공장을 찾아와 소년이 월급을 받기 전에 외상분을 먼저 가져갔다. 그렇게 하기로 합의한 것이다. 월급보다 외상 금액이 더 많았다. 소년이 받을 건 땡전 한 푼 없었다.

남대문시장에서 만난 사람은 소년을 데리고 식당으로 들어갔다. 감자탕!

소년은 감자탕을 처음 맛보게 되었다. 소년이 살던 곳에는 감자탕이라는 음식이 없었다. 뼈다귀에 더덕더덕 붙은 돼지고기 살이 허기진 소년의 군침을 돌게 했다. 소년은 태어나서 가장 맛있는 식사를 했다.

"몇 살이야? 배달 일 해 봤어?"

"21살입니다. 아직 경험은 없지만 잘할 수 있습니다."

소년은 나이를 속였다. 충분히 21살로 보이는 키와 체구를 가지고 있었다.

"오늘은 일 구하는 게 늦었으니 같이 있다가 내일 다시 여기로 나오자."

이 사람은 중국집 인력 전문 브로커다. 일자리 구하는 듯한 사람을 헌팅하듯 낚아 중국집 사장에게 연결해 주고 약간의 수수료를 받는 사람이다.

소년은 브로커의 거처로 따라갔다. 거처는 남대문시장에서 도보로 10분 거리인 후암동에 있었다.

남산 힐튼호텔 밑자락으로 후암동 사창가가 있었다. 싸구려 사창가다. 청량리 588에 비하면 그랬다. 당시 화대로 588은 만 오천 원이었다. 후암동은 오천 원이다. 가방공장에 있었을 때, 소년은 쉬는 날 공원들에 이끌려 588에 간 적이 있었다. 소년은 하지 않았다. 아직 경험이 없어 두렵기도 했지만, 무엇보다 만 오천 원이 없었다. 브로커의 거처가 후암동 사창가 안에 있었다. 사창가 길을 따라 걷는데 창녀들이 소년과 브로커 일행에게는 호객행위를 하지 않는다. 창녀들도 매일 보는 브로커가 여기 주민이라는 것을 알기 때문이다. 사춘기인 소년은 창녀들에게 호기심을 보였다. 소년이 계속 창녀들에게 눈길을 주자.

"하고 싶어?"

"………아닙니다. 그냥."

"이리 와."

브로커는 소년을 데리고 자주 갔을 법한 가게 앞에서 "두 명 받아." 그러고선 들어갔다. 소년도 어쩔 수 없이 따라 들어갔다. 이십 대 초반쯤으로 보이는 여자가 소년 앞으로 와서는 "따라와." 했다. 소년은 가슴이 콩닥콩닥 뛰었다. '이 여자가 내 첫 경험의 상대.' 여자는 예뻤다.

소년은 여자를 따라 방으로 들어갔다.

"씻고 왔어?"

"………."

"그냥 해."

여자는 상의는 입은 채 하의만 벗었다. 소년은 다 벗었다. 여자는 두루마리 휴지를 조금 떼서 물을 묻혀 소년의 음경을 닦아 주었다.

"빨리 싸고 가."

소년은 긴장하고 어리둥절한 상태로 여자 몸에 올라갔다. 서툰 동작으로 허리를 움직여 피스톤 운동을 했다. 이내 기분이 좋아지고 황홀경에 빠져들었다. 생전 처음 느껴 보는 속살과 속살의 비벼짐, 얼마 참지 못하고 소년은 짧은 신음을 내고 사정해 버렸다.

"이 병신 새끼가! 안에다 싸면 어떡해!"

소년은 깜짝 놀라 여자의 몸에서 내려왔다. 아직 다 나오지 않은 정액을 머금은 음경을 붙잡고 죄지은 사람처럼 웅크리고 앉아 있었다. 첫 경험인데 그 여운이 가시기도 전에 욕을 먹고 있으니, 여자가 야속하기도 했다.

'첫 경험인데 조금 친절하면 안 되나.' 여자는 소년이 처음인지 알 리가 없다. 소년이 미리 말했더라면 상황이 조금 나아졌을지 모른다.

여자는 정액이 흘러내리는 음부를 휴지로 연신 닦아내고 있었다. 잠시 어색한 시간이 흐른 뒤, "옷 입고 나가!" 소년은 말없이 옷을 주섬주섬 챙겨 입었다. 여자는 방금 욕을 한 게 미안해서일까, 아니면 의기소침해진 소년이 안쓰럽게 보였을까, 문을 열고 나가는 소년에게 인사를 건넸다. "또 와도 괜찮아." 소년은 여자를 기억에서 잊히는 게 두려워 한동안 뚜렷이 쳐다보았다. 소년이 밖으로 나와 5분 정도 기다리니 브로커가 나왔다. "잘했어? 내 방으로 가서 자자. 내일 새벽 일찍 나설 테니 눈을 좀 붙여야지." 소년이 느끼기에 브로커는 친절한 사람이었다.

브로커와 좁은 방에 나란히 누워있는 소년은 피곤했지만 쉽게 잠이 오지 않았다. 조금 전의 첫 경험이 잠을 방해하는 것 같았다. 짧았지만 황홀했던 창녀와의 몸을 섞었던 여운이 자꾸 떠올랐다.

'나는 어떻게 여기에 오게 된 것일까.' 소년은 어릴 적부터 프로야구 선수가 되는 게 꿈이었다. 또래보다 키도 컸고 체격도 좋았다. 또래 애들보다 더 멀리 치고, 더 강하게 던지고, 더 빠르게 뛰었다. 소질을 보였던 소년은 학교에서 주목받고 가정에서 기대받았다.

중학교로 진학한 후 점점 학교가 싫어졌다. 형편없는 선배들과 지도자들, 기분 나쁘면 때리고 엉터리로 가르치고, 자식을 맡고 있다는 볼모로 학부모들에게 삥이나 뜯는 양아치 새끼들, 제대로 할 수 없었다. 하기도 싫었다. 의욕을 잃고 기대에 부응하지 못함에 학교에서나 집에서나 돌아오는 학대들, 힘들고 지긋지긋했다. 현실에서 벗어나고자 고립을 선택했다. 지금까지 후회하지는 않았다. 힘든 부분도 있지만 자유롭고 해방감이

있었다. 무엇보다 소년은 살아가는 선택권이 있었다. 학교에서는 그렇지
못했다. 싫든 좋든 규율에 따라가야 했다.

"일어나. 지금 나가야 해."

언제 잠이 든 것일까. 브로커가 깨우는 소리에 소년은 눈을 떴다.

씻으려고 일어서는데 어제 너무 많이 걸어서일까, 소년의 몸은 돌덩이
같았고 힘겹게 몸을 일으켰다.

새벽 다섯 시, 밖은 아직 어두컴컴하다. 언덕길을 내려가면서 소년은 어
젯밤 거사를 치른 그 집 앞을 지나칠 때 쳐다보았다. '기억하고 있을게.'

브로커와 다시 남대문시장으로 왔다. 이른 새벽이지만 많은 사람이 나
와 있어 시장은 번잡했다. 시골뜨기에는 낯선 풍경이지만 브로커는 매일
겪는 단순한 일상에 불과하다. 인파를 뚫고 브로커와 다방에 들어갔다.

"뭐 마실래?"

"전 그냥… 괜찮습니다."

"아무거나 마셔. 안 팔아 주고 어떻게 앉아 있어. 여기 쌍화차 두 잔!"

이윽고 계란 노른자가 둥둥 띄워진 쌍화차 두 잔이 테이블에 놓였다.

'쌍화차?' 처음 보는 차인데 한약 냄새 같은 게 났다. 이 사람을 만나고
반나절 사이에 처음 맛보는 게 많다. 벌써 세 번째다.

브로커가 단숨에 쌍화차를 들이키곤,

"어디 가지 말고 여기 있어. 나갔다 올게."

"네. 어디 안 갈게요."

"넌 왜 이렇게 순진해." 브로커는 피식 웃으며 말하고 밖으로 나갔다.

30분 정도가 지나고 브로커는 중년의 남성을 대동하고 들어왔다. 같이 들어온 사람은 중국집 사장이었다.

"이 친구입니다." 브로커는 중국집 사장에게 소년을 소개해 주었다.

소년은 다방에서 면접을 보았다. 중국집 사장들과 몇 번 면접하고 있었지만, 소년은 채용이 되고 있지 않았다. 네 번째 사장도 소년을 채용하지 않고 다방을 나섰다. '중국집 취직도 쉽지 않구나.' 생각하고 있을 무렵, 브로커가 소년에게 말을 건넨다.

"너 21살 아니지? 왜 신분증이 없어?"

그렇다. 소년은 16살인데 21살이라고 속이고 있었다.

"너 이거 주민등록 등본! 너 꺼 아니지?"

그렇다. 그 등본은 소년이 가방공장에 있을 때 같이 지냈던 사람의 것이다. 숙소에 나뒹굴던 것을 신분증 대용으로 사용하기 위해 챙겨둔 것이다. 중국집 사장들은 면접을 보면서 주민등록증도 없이 등본 한 장으로 신분을 갈음하려는 소년에게 의심의 눈길을 보내고 있었다.

채용이 쉽게 될 리가 없었다.

"죄송합니다. 사실 아직 어려서 주민등록증이 나오지 않았습니다."

소년은 브로커가 눈치채고 있는데 더 이상 부인할 수 없었다.

"이 녀석아. 그렇다면 내게는 사실대로 말했어야지." 브로커는 답답했는지 천장을 쳐다보며 연신 담배를 피웠다. 어느덧 시간은 오전 9시를 향해 갔고 소년과 브로커는 다방에 들어온 지 3시간이 다 되어갔다.

"여기 아가씨! 커피 두 잔!" 너무 오래 앉아 있어 미안해서일까, 브로커는 커피 두 잔을 더 시켰다.

"조금 있으면 오늘 인력시장도 끝나. 아직 배달원을 구하지 못한 사장들이 있을 거야. 밖에 나가서 알아보고 올 테니 힘들어도 조금 더 기다리고 있어."

미안한 마음이 드는 건 소년이었다. 기다리는 게 힘들지도 않았다.

옆에 마련된 '체리마스터 슬롯' 테이블에는 한 남성이 백 원짜리 동전이 가득 찬 랙을 올려놓고 연신 동전을 기계에 집어넣고 있었다.

게임이 잘 풀리지 않는지 줄담배를 피우고 있으며 커피와 나란히 올려진 재떨이에는 줄어드는 동전과 반비례해 꽁초만 늘어나고 있었다.

"시발! '쓰리세븐' 한 번 안 터지네. 마담! 기계 만진 거 아냐?"

"아유~~ 사장님. 무슨 기계를 만졌다고 그래요. 조금 있으면 '잭팟' 터지겠죠."

"벌써 오만 원이나 먹었어. 커피나 한 잔 더 가져와! 커피값은 못 줘!"

'두 시간 동안 오만 원이나 잃고 있었어? 정신이 나간 사람이다.'

커피는 한 잔에 삼백 원이었다.

브로커가 나가고 한 시간이 지났을 무렵, 브로커가 한 남성과 같이 들어왔다. 이번에는 복귀 시간이 꽤 걸렸다.

밖에서 무슨 얘기를 했는지 중국집 사장은 앉자마자 소년에게 월급은 15만 원이고, 한 달에 두 번 휴무고, 근무 조건 등을 설명한다.

소년은 드디어 채용되었다. 다방에 들어온 지 5시간 만이다.

"가서 잘해!" 브로커의 마지막 말이었다.

"네, 그럼요!" 소년도 씩씩하게 대답했다.

소년은 중국집 사장과 같이 버스를 탔다. 가게는 잠실에 있다고 했다. 버스를 타고 한참을 달리고 있을 때 창밖으로 63빌딩이 보였다.

사장은 조금만 더 가면 도착한다고 말했다. 태어나서 가장 높은 빌딩을 본 소년, 나중에 알게 된 사실이지만 소년이 본 것은 63빌딩이 아니라 코엑스 타워였다.

버스에서 내려 조금 걸은 뒤 가게가 있는 건물에 도착했다. '부림각'이란 간판이 걸려 있고 2층이다.

"오늘은 가게가 휴무라서 일은 안 할 거야. 편히 쉬고 내일부터 일하자." 사장의 말을 듣고 소년은 가게 안으로 들어갔다. 가게 안쪽 닫혀 있는 방에서 사람들의 시끄러운 소리가 흘러나왔다. 사장이 방문을 열고,

"새로운 배달원이야. 막내니까 잘 대해 줘." 방에 있던 사람들은 하던 일을 잠시 멈추고 소년을 물끄러미 쳐다보았다. 다섯 명이 방 안에 앉아 있었는데 각자 앞에는 동전과 지폐들이 놓여 있었다. '부림각' 주방 직원과 배달원들은 세븐오디 포커를 하고 있었다.

가방공장과 마찬가지로 소년은 가게에서 먹고 자고 일했다. 이 시대에는 숙식 제공이 원칙이었다. 소년은 아침에 일어나면 식자재를 다듬고, 배달 음식과 함께 나가는 단무지와 양파를 춘장을 조금 넣어 랩으로 씌워

포장하고, 배달하고, 그릇 찾아오고, 설거지하고, 청소하고, 하루 14시간, 아침 8시에 일어나 밤 10시가 되어서야 일과를 끝낼 수 있었다. 고단했지만 마음껏 먹을 수 있어 괜찮았다. 배달원은 총 세 명이었다. 주방에서 일하는 직원도 세 명이었다. 오토바이가 한 대 있었고 자전거가 두 대 있었다. 소년은 자전거를 탔다. 한 손으로 핸들을 잡고 한 손으론 철가방을 들고 운전했다. 철가방을 든 손은 국물이 쏟아지지 않게끔 항상 평행을 유지해야 했다. 일이 끝날 때쯤이 되면 주방장 형이 맛있는 요리를 했고, 모두 모여 소주 한 잔을 곁들이면서 하루의 피곤을 달래곤 했었다. 그리고 포커 게임을 자주 했다. 소년은 구경했다.

얼마 지나지 않아 룰을 알게 되었다. 또 얼마 지나지 않아 자신이 하면 이 사람들보다 더 잘할 수 있겠다는 생각이 들었다. 월급날이 되었다.

가방공장에 있을 때처럼 슈퍼마켓이나 치킨집에 갈 일이 없게 된 소년은 월급 15만 원을 고스란히 받았다. 그날 밤, 소년은 15만 원의 시드머니를 가지고 '부림각' 포커판에 앉았다. 이번에는 구경꾼이 아닌 선수로 앉게 된 것이다. 세 시간 만에 소년은 한 달 월급을 포커 게임으로 탕진했다. 이불을 머리끝까지 덮고 누워 울었다. 한 달 동안 고생해서 받은 월급을 단 몇 시간에 잃은 게 너무 분하고 억울했다. 소년은 울면서 두 주먹을 꽉 쥐고 다시는 포커 게임에서 지지 않겠다고 다짐했다. 이후로도 한동안 계속 졌지만, 소년의 마음속 결기는 점점 단단해지고 있었다.

'포커 게임에서 패배자가 되지 않을 거야!'

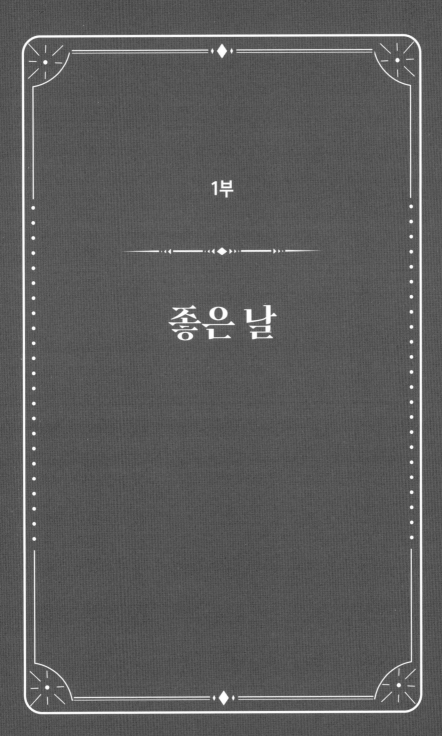

1부

좋은 날

1장

압구정 로데오

오렌지는 압구정 로데오역에서 내렸다.

집에서 출발하여 목적지까지 도착하는 데 1시간 30분 정도가 걸린다.

왕복으로 3시간, 회사 출근하듯 서의 매일 이러고 있었나.

가장 짜증 나는 점은 한 정거장을 남겨놓고 강남구청역에서 수인선으로 환승하는 것이다. 하지만 목적지로 가려면 어쩔 수 없는 노릇이다.

로데오역에서 나와 목적지로 가기 위해 압구정 로데오거리를 지나쳐 간다. 젊은 날의 추억이 많은 거리다.

이십 대 때 얼마나 자주 이곳에서 친구들을 만났고 여자들과 어울렸던가.

물질적으로 풍요했고 낭만이 살아 숨 쉬던 시절이었다.

압구정 로데오거리는 1990년대 초 패션의 중심가로 자리 잡으면서 기존 질서나 가치로부터 탈피하려는 젊은이들의 해방구였다.

첨단 유행을 대표하는 곳으로, 로데오 거리에는 골목마다 보세 옷 가게, 구두 가게, 액세서리 가게, 헤어숍 등이 성업 중이었고 다른 곳에서는 볼 수 없는 독특한 인테리어로 손님들의 눈길을 끌고 있었다. 밤이 되면 2~3

층에 자리 잡은 '로바타야키' 같은 술집에 젊은이들이 모여 청춘을 만끽하고 있었다.

압구정 로데오거리는 부유층 자녀들이 당시에는 귀했던 외제 차와 고급 브랜드 옷을 입고 활보했던 곳으로 유명세를 떨쳤다. 사람들은 그들을 '오렌지족'이라 불렀다. 1990년대 X세대의 사회 문제에서 비롯된 신조어로 주로 강남구의 부유층 자녀들이 압구정 등에 형성하여 기존 세대에 충격을 준 집단을 일컫는 말로, 1970년대 강남이 본격적으로 개발되면서 부자들은 압구정 현대아파트 단지로 모여들었고 자녀들을 캘리포니아, 그 중에서도 LA와 근교의 오렌지 카운티에 유학을 많이 보냈다. 방학이 되면 유학생들은 압구정 로데오거리에 모여 20대 초중반의 젊은 나이에도 불구하고 부모의 돈을 이용해 명품, 외제 차, 양주, 약물 등을 적극적으로 구매하였으며 이를 숨기지 않고 오히려 드러냈다. 이들의 소비 향락 문화는 큰 화젯거리였고 깊은 상대적 박탈감과 함께 부러움의 대상으로 사회 전반에 영향을 끼쳤다.

그러나, 지금의 압구정 로데오는 그 위상이 예전만 못하다. 옷 가게가 있던 자리에는 그저 그런 술집들이나 식당들이 대신하고 있다.

그때는 쇼핑을 하거나 친구들을 만나 술을 마시러 왔지만, 지금은 홀덤을 하러 이곳에 오고 있었다. 목적지에 도착했다. 압구정 로데오 메인에 있는 홀덤 하우스다. 오렌지는 5년째 여기로 발길을 끊지 않고 있다. 사장과는 친구가 되었다. 사장보다 한 살 더 많지만 양보해서 친구로 지내기로 했다. 지하 1층으로 내려갔다.

내려가는 계단 중간쯤에 이런 문구의 액자가 걸려 있다.

'공부도 중요하지만 포커가 더 중요하다.' 맞는 말이다.

공부보다 포커가 더 중요하다. 문을 열고 들어섰다. 서빙이 먼저 발견한 후 인사를 한다. "어머! 오빠 오셨어요."

이십 년이 넘게 어린 아가씨가 오빠라고 부른다. 여기서는 모두가 오빠고 형이다. 환갑이 넘은 손님도 오빠 소리를 듣는다.

아직 손님은 아무도 없었다. 11시에 갬블이 시작되는데 지금은 10시를 조금 넘겼을 뿐이다.

"왜 이렇게 일찍 오셨어요?"

"응. 상필이랑 얘기할 게 있었어. 상필이 지금 어디 있니?"

"저기 안에서 아직 자고 있어요."

"그래. 알았다. 일 봐라."

"커피 한 잔 드릴까요?"

"아니 괜찮아. 일 봐."

홀덤 하우스 한편에 컨테이너를 놓고 수면실을 만들어 놨다.

오렌지는 컨테이너 문을 열고 들어섰다. 상필이는 손님이 온 걸 알고 잠이 덜 깬 목소리로 말했다.

"……으으으음. 왔냐."

"집에서 자지 여기서 자냐. 몸 축 나게."

"오늘 새벽까지 돌았어. 집에 갈 힘도 없더라." 상필이가 몸을 일으키며 말했다. 얼마 전까지 사장인 상필이는 하우스에 잘 있지 않았다.

매니저에게 하우스를 맡기고 관리만 했는데, 지금은 필수 인력인 딜러, 서빙, 뱅커만 남겨놓고 혼자서 손님들을 모으고 응대하며 다하고 있다.

상필이는 침대에 걸터앉더니 담배부터 입에 문다.

"전에 부탁했던 거. 미안하지만 힘들 거 같다."

오렌지는 묻지도 않았는데 대답부터 들었다. 상필이도 오렌지가 무슨 말을 할지 짐작하고 있었다.

"너 힘든 거 알지만 먼저 말한 사람이 있어. 그걸 뒤집기가 아무리 생각해도 아닌 거 같더라." 상필이가 말을 이어갔다.

"괜찮아. 어차피 계산에 없던 일이고 혹시나 해서 말했던 건데 순리대로 하는 게 맞지. 미안해할 것 없어. 신경 쓰지 마."

사연은 이랬다.

상필이는 개인 사정이 있어 카페 대표자 명의가 필요했는데, 월 일정액을 주고 명의를 빌려줄 사람을 물색하고 있었다. 제의된 금액이 적지 않아서 오렌지도 지원했는데 이미 한발 늦은 모양이다. 고정 수입이 있으면 적잖은 도움이 되는데 아쉽지만 어쩔 수 없었다.

"어려울 때 친구가 도와줘야 하는데 미안하다."

"괜찮다니까."

"밥 먹었냐? 안 먹었으면 밥이나 먹자."

"아니야. 집에서 먹고 나왔어. 괜찮아."

오렌지는 컨테이너 문을 열고 테이블이 있는 곳으로 향했다.

'오늘은 몇 번 자리가 좋을까.' 제일 먼저 왔으니, 마음에 드는 자리를 고를 특권이 있었다. 1번과 10번 자리는 딜러 옆이라 선호하지 않았다.

딜러가 폴드 하지도 않은 카드를 가져갈까 봐 항상 손으로 카드를 지키고 있어야 하고 진행되는 상황이 딜러에 가려서 잘 보이지 않아 기피하는 자리다.

2번, 4번, 7번, 9번 자리도 별로다. 비스듬히 휘어지는 곡선 구간이라 삐뚤어지게 보드를 바라보게 된다. 선호하는 자리는 3번, 5번, 6번, 8번 자리다. 5번, 6번은 보드가 가까이 보여서 좋다. 진행 상황을 체크하려면 고개를 돌려서 쳐다보는 게 단점이다. 3번과 8번 자리는 반대로 보드는 멀리 보이지만 진행 상황이 한눈에 들어오는 게 장점이다.

'가만있자…. 어제 3번에 앉아 있던 놈이 엄청 많이 이기고 갔는데 오늘도 저 자리가 잘되려나….' 오렌지는 3번 자리에 스마트폰을 올려놓고 자리를 선점했다. 혹시나 누가 늦게 와서 스마트폰을 치우고 앉을까 봐 음료수까지 올려놓는다.

사람들을 기다리며 음악을 듣고 커피를 마시고 있을 무렵 딜러가 출근한다. 민영, 민주 자매다.

"어머. 오렌지 오빠 오셨네요. 항상 일찍 오시네요. 호호."

언니인 민영이가 오렌지를 발견하고 인사를 했다.

"응. 오늘도 잘 부탁해."

"그게 제 마음대로 되나요. 호호."

민영이와 민주는 딜러를 처음 시작했을 무렵부터 알게 되었다. 당시는 오렌지가 이제 막 홀덤을 시작하게 된 시점과 겹쳤다. 5년의 세월이 흘렀지만, 그때의 앳된 모습이 아직 눈에 선했다. 지금도 예쁜 자매들이지만 처음 봤을 때는 정말 귀엽고 예뻤다. 그러고 보면 이 바닥 참 좁다. 어디서든 예전에 만났던 사람들, 딜러, 서빙, 관계자, 핸디들을 다시 자주 보게 된다. 오랜만에 만나 반가운 사람들도 있지만 꼴 보기 싫은 사람들도 만나게 된다. 사람 모이는 곳이 늘 그렇지만 특히 이 바닥은 호불호가 갈린다. 돈이 오가는 곳이라 민감해질 수밖에 없다. 민영, 민주 자매는 만날 때마다 기분이 좋아지게 한다. 오렌지는 상필이의 거절로 살짝 우울해졌던 기분이 자매가 출근하면서 한층 나아졌다.

문이 열리고 이번에는 매니저 겸 뱅커인 유빈이가 출근했다. 10시 40분이다. "오빠 안녕." 유빈이가 가벼운 손짓을 하며 웃는 얼굴로 밝게 인사했다.

"일찍 다녀라."

"네. 다 와서 차가 좀 막혔어요. 호호." 그렇게 말하고선 뱅크실로 들어가 분주하게 손님을 맞을 준비를 한다.

스타트 시간인 11시가 다 되어 갔지만 아직 손님은 오렌지뿐이다.

"유빈아, 11시에 스타트 되겠어?"

"음… 오빠 조금 늦게 스타트 될 거 같아요. 지금 오고 있는 핸디들이 많기는 한데… 11시 30분쯤? 늦어도 12시에는 가능할 거 같아요."

오렌지는 약속을 지키지 않는 사람들을 싫어했다. 시간 약속을 지키지 않는 사람들은 신뢰가 가지 않았다. 습관적으로 약속 시간에 늦게 나타나는 사람들이 있는데, 왜 늦었냐고 다그치면 조금 늦은 거 가지고 뭘 그러냐고 대수롭지 않게 여기는 사람들이 의외로 많았다.

알고 보면 그런 사람들은 항상 준비에 소홀하다. 습관적으로 10분 늦게 일어나고, 일어나서도 쓸데없이 꾸물거리면서 늦게 나선다. 충분히 약속된 시간에 올 수 있었는데도 말이다. 그런 사람들과 일을 하고 싶지 않았다. 작은 일도 지키지 못하는 사람이 무슨 큰일을 지키겠는가.

"유빈아, 11시 넘어서 오는 사람들은 *얼리 주지 마."

* 얼리: 하우스에서 주는 보너스 칩.

"그래야겠어요. 호호." 대답은 저렇게 했지만 준다는 걸 알고 있다.

10시 50분, 드디어 핸디 한 명이 카페 안으로 들어왔다.

"안녕하세요." "네. 안녕하세요." 인사는 나누었지만, 반가운 친구는 아니다. 스타일이 지나치게 *프리미엄 카드로만 플레이해서 30분에 한두 번정도만 참가한다. 이 사람이 프리플랍에서 베팅하거나 상대 베팅에 콜을 받으면 최소 잭파켓 이상이다. 지겹고 지루한 친구다.

* 프리미엄 카드: 홀덤에서 프리미엄 카드란 에어라인, 킹파켓, 퀸파켓, 잭파켓, 에이스, 킹 수딧 5종을 말한다.

　11시가 되기 전에 핸디 한 명이 더 입장한다. 자주 보는 친구지만 인사 조차 나누지 않는다. 특별히 감정이 나빠서 그런 것은 아니다. 그냥 친해 지고 싶지 않아서다. 갬블을 하는데 친한 사람이 많으면 좋은 점보다 불 편한 경우가 더 많다. 적당한 거리감이 승부욕을 불태우고 갬블을 갬블답 게 할 수 있다.

　11시 넘어서 속속 사람들이 입장하는데, 하나같이 그 나물에 그 밥이 다. 하나둘 눈치를 보면서 앉을 자리를 고르고 있다.

　"11시 30분에 스타트하겠습니다. 바이인(buy-in) 하세요."

　유빈이가 곧 갬블이 진행될 것임을 모두에게 알렸다.

　"30개 줘." 오렌지는 주머니에서 30만 원을 꺼내어 유빈이에게 건넸다.

　"네 오빠." 유빈이는 만 원 칩 35개를 오렌지에게 주었다. 5개는 얼리다.

　다른 사람들도 뱅크실에 모여 바이인을 하고 자리로 돌아간다. 사장인 상필이도 칩을 랙에 가득 담아 테이블로 왔다. "어디 앉지?" 오렌지 옆에 서서 칩을 들고 빈자리를 둘러보고 있었다. "내 옆에 앉아."

　"아 싫어. 너 옆에서 하기 싫어." 상필이는 항상 오렌지 옆에 앉으면서 장난스럽게 거절한다. 둘러봐도 마땅한 자리가 없는지

　"자리도 없네. 또 너 옆이야…." 상필이는 오렌지 왼쪽에 앉았다.

"5분 남았는데 담배 한 대 피우자." 오렌지와 상필이는 흡연실로 들어갔다. "오늘도 찌글찌글하겠네. *레귤러들만 있어." 오렌지가 말하자

*레귤러: 프로급의 실력을 지닌 포커 플레이어.

"야, 말 마라. 어제도 플러스로 넘어가는 데 일곱 시간 걸렸어. 삼십 분에 *레이크 팔만 원 나오더라." 하우스도 손익분기점이 있다. 삼십 분에 레이크 팔만 원이면 하우스 운영 비용도 안 나온다.

*레이크: 판이 끝날 때마다 하우스에서 승리자에게 걷는 수수료.

더군다나 스타트할 때 손님들에게 오만 원씩 주기 때문에 마이너스 오십만 원으로 시작한다. 최근에는 홀덤카페와 홀덤펍이 우후죽순처럼 생기고 있어 핸디가 귀하다. 공급이 수요를 초과하는 것이다. 이것저것 따질 상황이 못 되었다. 아무나 앉혀야 했다. 그래도 스타트가 될까 말까다.
여기는 몇 년 전까지만 하더라도 24시간, 저녁 타임에는 다섯 테이블씩 손님들로 꽉 찼다. 하지만 지금은 한 테이블 돌리기도 힘겹다.
"오늘도 나 혼자 베팅하겠네."
"너무 무리하지 마. 레이크도 안 나오는데 게임에서도 죽으면 답 없어."
"내가 알아서 할게." 오렌지와 상필이는 담배를 태우면서 잠시 얘기를 나누고 테이블로 돌아갔다.

"야! 음악 좀 바꿔. 걔네 누구냐? 그래. 뉴진스! 걜로 틀어."
"네 오빠." 유빈이가 유튜브로 검색한다. 한쪽 벽에 붙어 있는 대형 스마트 TV에 뉴진스가 등장하고 사운드 바에서 흥겨운 음악이 흘러나온다.

"눈이 다 정화되네." 뉴진스를 보고 상필이가 즐거운 듯 말한다.

"나이 오십 먹고 뭔 뉴진스야." 오렌지가 상필이에게 핀잔을 준다.

"나는 쟤들 좋더라. 얼마나 이뻐." 하긴 나이가 무슨 상관인가. 좋은 건 누구에게나 좋은 거다. 오렌지도 아이돌 걸그룹을 좋아했다. 블랙핑크, 에스파, 르세라핌, 아이브를 특히 좋아했다. 보드카페를 자주 가니까 최신 걸그룹 노래들을 많이 알게 되었다. 강제로 듣게 된다. 듣다 보면 좋아하게 되는 노래들이 생겼다.

"8포로 스타트하겠습니다. 선 뽑을게요." 민영이가 이쁜 목소리로 말하고 카드를 돌렸다. 3번째 카드에서 에이스가 나와 3번 자리에 앉은 오렌지가 버튼이 되었다. 버튼은 남들의 결정을 다 보고 난 뒤에 결정할 수 있는 포지션이다. 먼저 다른 사람들의 결정을 보고 결정할 수 있다는 건 크나큰 어드벤티지다. 특히 바둑이 게임 같은 종목은 게임 특성상 마지막 결정권자는 판사 같은 위력을 발휘한다. 바둑이 게임에서 항상 버튼에서 플레이할 수 있다면 도박의 신도 이길 수 있다. 어쨌거나 오렌지는 시작부터 버튼 자리에서 출발했다. 첫 핸드 두 장을 받았는데 에이스 두 장, 에어라인이다. 거짓말 같다. 버튼 뽑는 카드까지, 세 장을 받았는데 전부 최고의 카드 에이스. '오늘은 좋은 날이 되려나. 왜 이러지….'

두 명이 빅 블라인드 이천씩을 콜 하고 나머지는 모두 폴드. 오렌지 차례가 되었다. 너무 많이 베팅해서 모두 폴드 하게 만들면 곤란하다. 적당한 베팅으로 밸류를 얻는 게 정석이다. "레이즈 합 이만 오천으로." 스몰 블라인드인 상필이가 힐끗 보더니 '따당'으로 리레이즈 했다.

상필이는 좋지 않은 패로도 베팅을 자주 하기에 리스펙을 전혀 받지 못한다. 여기 앉아 있는 모든 사람은 상필이 스타일을 너무 잘 알고 있다. 앞서 이천 콜을 받은 두 명은 상필을 보지 않고 오렌지 눈치를 살폈다.

상필이의 콜을 받더라도 오렌지가 리레이즈를 할 수 있기 때문이고 오렌지의 리레이즈 베팅은 감당하기가 쉽지 않을 것이다. 한 명이 폴드 하고 남은 한 명이 고민한다. 그런데 콜이 나왔다. '땡큐 베리 머치.'

다시 오렌지 차례가 되었다. "올인!" 앞서 오만 콜을 했던 핸디는 탄식한다. 상필이가 오렌지를 쳐다보면서 "카드 그렇게 좋아?" 말한다.

"응. 엄청나지. 까불지 말고 뒤져." 오렌지가 놀리듯이 대답했다.

"콜이야! 내가 좋아하는 카드야. 못 죽지." 상필이가 고맙게 받아 주었다.

오만 콜을 받았던 핸디는 오렌지의 '올인' 콜을 받지 못하고 아쉬운 듯 카드를 던졌다.

"*헤즈업 쇼다운 하겠습니다. '올인' 하신 분 먼저 오픈해 주세요."

* 헤즈업: 홀덤에서 1대 1 승부.

오렌지가 에어라인을 보여 주었다. 상필이의 카드는 6, 9 하트 수딧이다.

곧 커뮤니티 카드 5장이 보드에 펼쳐졌고 결대로 오렌지가 승리했다.

결대로란 애초에 유리한 핸드 카드가 승리하는 것을 뜻한다. 홀덤에서 최강의 핸드 에어라인을 쥐고 있으면 *프리플랍 상황에서 어떤 핸드와 맞붙어도 헤즈업에서는 80% 이상의 승리 확률을 가진다.

* 프리플랍: 커뮤니티 카드가 깔리기 전.

"고맙다 친구야. 오늘은 얼리를 많이 주네. 크크."

"잘 먹고 잘살아." 상필이가 오렌지를 얄밉게 쳐다보며 웃는 얼굴로 말했다. 명의 거절한 게 미안했던지 이걸로 위로를 대신하는 듯한 상필이에게 오렌지는 친근함이 들었다.

일부러 져도 좋다는 그런 뉘앙스가 확실히 느껴졌었다.

"그나저나 너는 뭐였냐? 왜 오만 콜 받아놓고 고민했어?" 상필이가 오만 콜을 받고 폴드한 핸디에게 물었다.

"저 9파켓이었어요."

"9파켓? 보드에 9 깔린 것 같았는데?"

"네. 플랍에 9 깔렸어요. '콜' 했으면 이겼죠. 그런데 '삼십만' 더를 어떻게 받아요." 그렇다. 저 친구가 오렌지의 '올인' 베팅을 '콜'받고 들어왔더라면 오렌지가 졌다. 만약 그 상황에서 오렌지가 '올인'을 하지 않고 십만 정도의 베팅을 했더라면 저 친구는 '콜'을 받았을 가능성이 거의 100%고 오렌지는 가진 칩을 모두 넘겨주는 상황으로 전개되었을 것이다. 그래서 홀덤은 운용이 중요하다. 에어라인 같은 최강의 카드도 지는 확률이 존재하기에 적절한 상황에서 베팅으로 상대를 폴드 시키는 스킬이 요구된다. 오렌지가 '올인' 한 이유도 그런 리스크를 지우기 위함이었다. 물론 상대가 상필이처럼 '콜' 해 주어도 땡큐지만, 그 상대가 많을수록 오렌지가 승리할 확률은 점점 떨어진다.

에어라인은 1 대 1일 때 85%, 세 명에서 73%, 네 명에서 64%, 다섯 명에서 56%의 평균적인 승률을 지니고 있다.

오렌지는 민영이가 밀어준 칩을 쌓으면서 칩을 카운팅 해 본다. 레이크로 떼인 것을 제외하고 만 원 칩 70개, 천원 칩 14개, 어쨌거나 시작하자마자 첫판부터 더블업이 되었다. 오늘 삼십만 원만 따면 일어나려고 했는데 첫판에 얼리 포함 사십만 원이 들어왔다. 일어날 수 있는 권리는 앞으로 세 시간 후다. 이기고 있으면 의무적으로 세 시간은 플레이하는 게 하우스 룰이다. 목표 금액에 도달했는데 세 시간을 버틸 수 있을까? 물론 더 많이 딸 수도 있다. 하지만 힘든 시기에는 욕심을 자제하고 현실적인 수입에 만족해야 한다. 얻은 것을, 잃는 두려움은 무시하기 어렵다. 그렇다고 너무 위축되면 본연의 플레이를 할 수 없다. 그래서 싸워서 이기는 것보다 지켜서 이기는 게 더 힘들다.

'지키려는 마음을 너무 멀리 가지지 말자. 그냥 하던 대로 좋으면 베팅하고 나쁘면 폴드 하자.' 오렌지는 마음속으로 되뇌었다. 이런 일화가 있다. 실제로 있었던 이야기다. 큰돈이 오고 가는 게임이었는데 어떤 핸디가 오천만을 이기고 있었다. 많이 지고 있던 사람이 오천만 블라인드 베팅을 했는데 마침 에어라인이 들어온 것이었다. 하지만 폴드를 선택했다. 오천만을 더 따고 싶은 욕망보다 오천만을 지키고 싶은 마음이 더 간절했음이다.

자신이 이길 확률이 훨씬 높은 상황인데도 질 수 있다는 낮은 확률에 더 두려움을 가진 것이다.

갬블이 시작되고 얼마 지나지 않아 핸디 두 명이 더 왔고 테이블은 사람들로 꽉 채워진 만포가 되었다. 이윽고 문이 열리고 핸디 한 명이 들어온다. 타이거다. 상필이가 칩을 챙겨 들고 일어섰다.

"여기 와서 앉아라." 상필이의 역할은 여기까지다. 손님이 왔으니 앉혀야지 기다리게 할 수는 없다. 타이거가 앉을 수 있는 자리는 상필이 자리뿐이다. 이제부터 들어오는 사람은 자리가 날 때까지 기다려야 한다.

타이거가 칩을 올려놓고 앉는다.

"오랜만이다."

"어! 오렌지 형님!"

"어쩐 일이야? 요즘 잘 안 보이더니."

"네. 요즘은 잘 안 나와요."

"그럼, 뭐 하는데?"

"온라인으로 해요. 적토마 홀덤요."

"그래? 수익은 괜찮아?"

"뭐… 그냥저냥 해요. 딸 때도 있고 죽을 때도 있고, 오늘은 상필이 형이 도와 달라고 해서 나왔어요." 타이거는 닉네임만큼 실력이 강한 핸디다.

타이거가 테이블에 앉아 있으면 모두가 긴장한다. 그래서 한때는 *벤을 당하기도 했다.

* 벤: 하우스에서 입장을 거절당하는 사람, 실력이 뛰어나거나 매너가 좋지 않은 경우가 있는데 후자의 경우가 많음.

얼마나 핸디가 없으면 타이거까지 불렀을까 하는 생각이 들었다.

현재 테이블에 앉아 있는 모든 핸디가 레귤러다.

베팅이 나오면 폴드, 폴드, 폴드, 두 시간이 지났지만, 테이블은 잔잔하고 지루한 분위기다. 서로를 지나치게 리스펙하고 있다. 싸움이 붙지 않으니, 칩의 이동도 없었다.

오렌지의 칩도 별다른 변화 없이 그대로였다. 그러던 중 오렌지는 빅 블라인드 자리에서 3, 6 클로버 수딧 카드를 받았다.

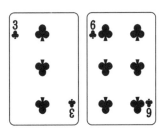

프리플랍 레이즈 없이 세 명이 콜을 받고 4-way 플랍이 열렸는데 오렌지는 사연이 깊게 걸렸다.

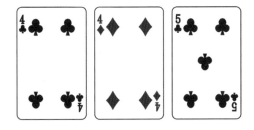

흔히 말하는 '뽀양' 플러시 드로우와 스트레이트 드로우가 섞인 최상의 비전 상황이다. 더군다나 무적 스트레이트 플러시를 뜰 확률도 10%나 가지고 있었다. 오렌지가 먼저 베팅하는 순서다. "삼만" 잔잔한 분위기에서 팟이 팔천밖에 되지 않는데 삼만 오버 베팅이 나오니까 모두 관심을 가진다. 별다른 고민 없이 두 명은 폴드 했다. 들어간 칩이 이천밖에 되지 않는데 사연이 없다면 무슨 미련이 있겠는가. 그런데 남은 한 명이 칩을 세고 있다. "레이즈! 삼만 받고 오만 더!"

10시 50분경 입장해서 인사했던 친구다. 플레이가 무척 단단한 레귤러. "리레이즈! 오만 받고 십만 더!" 오렌지는 기세를 꺾이지 않으려고 되받아쳤다. "리레이즈! 십만 받고 십만 더!" 상대는 다시 포벳(four-bet)으로 응수했다. '뭘까? 하이파켓 림프? 저 자리에서? 아니다. 저 친구가 포벳을 하는 건 제대로 맞아 있는 거다.' 그렇다면 한 방 풀하우스, 4, 5 아니면 5파켓을 가지고 있을 수 있는 충분한 상황이었다. 어쩌면 4파켓을 들어 쿼즈(포카드)일지도 모른다.

상대의 패를 너무 높게 평가하고 있는지도 모른다. 상대가 오렌지의 패를 플러시 드로우로 리딩 했다면 4트립스 에이스, 킹, 퀸 같은 키커로 얼마든지 레이즈로 팟을 키울 수 있다. 상대가 트립스라면 그나마 다행이다. 오렌지는 트립스를 상대로 충분한 *아웃츠를 가지고 있기 때문이다.

* 아웃츠: 현재는 지고 있지만 역전시킬 수 있는 카드 수.

오렌지는 머리가 지끈거렸다. 이미 들어간 칩, 지금 들어갈 칩, 앞으로 들어가야 할 칩. 과거, 현재, 미래를 동시에 계산해야 하니 복잡하고 혼란스러웠다. 오렌지의 남은 칩은 칠십만 정도, 상대도 비슷하지만, 오렌지보다는 약간 적게 가지고 있었다. 오렌지가 고민하고 있으니, 민영이도 걱정스러운 눈빛으로 바라보며 결정을 마감할 타임을 세고 있었다. 마지막 1초를 남기고 오렌지는 '콜'을 했다. 턴 카드가 깔렸다.

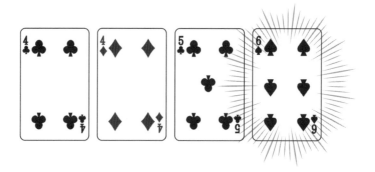

턴 카드는 스페이드 6, 탑페어 맞고 포플에 양차, 이름이 길다. 상대가 트립스라도 여전히 불리하다. 만약 풀하우스라면 절망적이다. 풀하우스를 상대로 플러시나 스트레이트를 띄우려고 하는 건 아무런 의미가 없는 미친 짓이다. "체크" 오렌지가 할 수 있는 유일한 선택이었다. 상대는 또 칩을 세고 있다. 다섯 개씩 나누던 칩을 일렬로 세우더니 밀어 넣는다.

빈영이가 다시 다섯 개씩 나누며 개수를 확인한다. "이십만!"

테이블에는 고요한 침묵만이 흐르고 모두 자신들의 일인 것처럼 말없이 현재 상황을 지켜보고 있었다. 오렌지도 부처처럼 미동 없이 지켜보고 있었다. 팟이 육십만 정도인데 이십만 베팅을 한 건 '콜'을 유도하는 밸류베팅이다. 오렌지가 리버카드에 플러시나 스트레이트 메이드가 되더라도 상관없다는 시그널이다. 상대가 풀하우스라면 마지막 한 장 남은 리버카드로 오렌지가 역전할 아웃츠는 네 장뿐이다.

'콜해야 하나, 이쯤에서 접어야 하나.' 오렌지는 분명히 불리한 상황임을 알면서도 이 선택을 저울질하는 이유는 간단했다.

확률의 충고를 거스르기 어려웠지만 내면의 목소리를 거부할 수 없었다.

머릿속에서는 중단하라고 지시했지만, 가슴속 깊은 곳에서 계속 진행하라고 강력하게 외치고 있었던 것이었다. 갬블에선 냉철한 오렌지지만

이 순간만은 감성이 이성을 지배하고 있었다.

이성이 판단을 만들어낸다면 판단을 다루는 것은 감성이다.

"콜!" 오렌지는 승부를 이어갔다. 테이블의 분위기는 한층 더 긴장감이 흐르고 있었다. 그리고 마지막 리버카드가 운명처럼 펼쳐졌다.

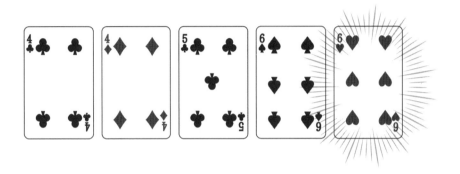

비바람 맞고 버티고 있던 오렌지가 이제는 반격할 차례였고 그의 쇼타임이다.

'얼마를 베팅 할까?' 오렌지 앞의 칩은 사십만 정도, 팟에는 어림잡아 백만 정도의 칩이 있다. 오렌지의 망설임은 3초면 충분했다. "올인!" 하며 남은 칩을 다 밀어 넣었고 민영이가 재빠르게 카운팅을 한다.

"사십이만 '올인'입니다." 이내 민영이가 상대의 칩을 살펴보더니

"올인 투 콜입니다."라고 이쁜 목소리로 말했다.

'들었지? 내 패가 궁금하면 다 집어넣고 확인해.'

상대는 똥 씹는 표정으로 오렌지를 쳐다보고 있었다. 통쾌하고 즐거운 시간이었다. 상대가 오렌지 패를 예상할 수 있는 건 두 가지뿐이다.

플러시 드로우로 쫓아와서 못 띄우고 블러프를 했거나 진짜로 6이 있거나. 하지만 6은 턴, 리버에 출현해서 인정하기가 어려울 것이다.

민영이도 오렌지가 역전 시킨 것을 직감적으로 알아챘을까. 평소보다 결정할 시간을 오래 주는 느낌이었다. 상대는 안절부절못하며 몸을 이리 저리 비틀면서 괴로워하고 있었다. "타임 드릴게요."

"민영아, 천천히 세렴.' "10… 9… 8… 7… 6… 5… 4… 3… 2…."

"콜!" 오렌지의 상대는 비명처럼 콜을 외쳤다. "최초 '올인' 하신 분 오픈 하세요."

오렌지가 카드를 오픈하자 테이블에서는 '와~' 하는 함성이 나왔고 상대 는 말없이 오픈된 오렌지의 카드를 한참 동안 응시했다. 그리고 민영이를 증오스러운 눈빛으로 쳐다보며 "한 방 풀하우스 주고 이게 무슨."

이라고 중얼거렸다. 민영이는 애써 시선을 외면하고 고개를 숙여 아래 를 내려다보고 있었다. 신경질적으로 카드를 민영이 가슴에 집어 던지고 자리에서 일어나 어디론가 나간다. 원래 매너가 좋지 않은 친구다.

칩 무더기가 오렌지 앞으로 왔다.

"와 이걸 띄웠네요. 쉽지 않았는데." 옆에 앉은 타이거가 같이 칩을 정리 하면서 조금 전 승부를 치하해 주었다. "운이 좋았지. 스트레이트나 플러 시를 띄우러 갔는데 풀하우스가 되었잖아. 민영아 고마워!" 오렌지는 민 영이에게 만 원 칩 다섯 개를 팁으로 던졌다.

민영이는 밝은 얼굴로 "감사합니다." 인사를 하고 앞에 던져진 칩을 주 워갔다. 가재는 게 편이고 팔은 안으로 굽는다. 민영이도 노심초사 오렌 지가 승리하기를 바랐을 테고, 상대가 이겼더라면 팁도 받지 못했을 것임 을 안다. 그 친구는 아무리 큰 팟을 이겨도 절대 딜러에게 팁을 주는 경우 가 없다. 오렌지는 자신이 말한 것처럼 운이 좋았다. 원했던 플러시나 스트레이트를 띄웠더라면 지금 자신 앞에 놓인 칩은 상대의 몫이 되었을 것이다. 오렌지는 칩 리더가 되었다. 삼십오만으로 시작한 칩이 지금은 백오십만이 넘는다. 이런 찌글한 테이블에서 적지 않은 쾌거다.

"서빙아. 이리 와. 아이스 아메리카노 시럽 조금 넣어서 부탁해."
오렌지는 서빙에게 만 원 칩 2개를 건네면서 말했다.
"감사합니다. 오빠." 서빙도 웃는 얼굴로 팁을 받아 갔다.
민영이가 일어나고 민주가 교대로 들어온다.
"워싱 하고 진행할게요. 앞 상에 칠십까지 맞추어 주세요."
오렌지는 칠십만을 남겨놓고 팔십만이 넘는 칩을 뒤로 뺀다. 지금부터는 앞에 있는 칩을 다 잃더라도 오십만 이상을 이기고 일어설 수 있었다.
한결 가벼운 마음으로 갬블에 임할 수 있게 되었다. 워싱 하고 두 시간이 더 지났다. 오렌지는 오늘 런이 좋았다. 워싱 이후로도 백만 정도를 더 이기게 되었다. 앞선 위닝까지 포함하면 이백만을 넘게 이기고 있었다.
그사이 세 명이 가진 칩을 다 잃고 퇴장했으며 다른 핸디들로 채워졌지만, 꽤 오랜 시간 지루한 공방전만 이어질 뿐 액션이 없는 지루한 테이블이었다. 오렌지가 많이 이긴 건 순전히 런빨이었다.

상황이 극히 잘 돌아가고 있다면 다음의 사실도 깨달아야 한다.
'당신은 무적이 아니다.' 행운이 승리를 가져다준 사실을 인정한다면, 행운의 친구 격인 불운도 항상 옆에 붙어 있다. 불운은 지금까지의 성과를 단숨에 무너트릴 수 있다.
계속해야 할 때와 그만두어야 할 때를 아는 건 매우 중요하다.

그만둘까, 계속할까는 자신과의 심리전이다. 비슷한 비중으로 고민될 때는 그만두는 것이 더 나은 선택이고 결과도 그럴 때가 많다.

'지금은 그만두는 게 낫다. 그만두는 것으로 얻어진 시간과 노력을 다음 기회에 활용하자.' 오렌지는 그렇게 결정했다. 운전해 보면 알지 않는가. 액셀 밟는 것보다 브레이크 밟는 것이 얼마나 중요한지.

이런 테이블에서 계속 플레이하는 것은 비전도 없는 직장에서 형편없는 대우를 받으면서 머무는 것이나 다름없었다.

"랙 갖다줄래?" 오렌지는 서빙이 건네준 랙에 모든 칩을 담아 유빈이가 있는 뱅크실로 갔다. 랙 2개에 가득한 칩을 보고 유빈이가 흠칫 놀라며 "오빠, 가시게요? 오늘 많이 이겼네요."

"응. 오늘 런이 무척 좋았어. 이런 테이블에서 이만큼 이기기 쉽지 않은데 민영이와 민주 넉이지."

"축하해요. 오빠. 저도 오빠가 이기면 기분 좋아요. 헤헤." 유빈이가 가져온 칩을 꼼꼼히 카운팅 하고 오만 원 지폐를 또 꼼꼼히 센 후 오렌지에게 건네준다. "고마워. 유빈아. 이걸로 맛있는 거 사 먹어." 오렌지는 건네받은 지폐 뭉치 속에 오만 원권만 챙기고 만 원 지폐 세 장은 유빈이에게 돌려주었다.

"고마워요. 오빠. 자주 놀러 오세요." 유빈이도 웃으며 팁을 받는다.

"좋은 사람들 많을 때 연락해. 언제든지 하던 일 마다하고 달려올게."

'친구한테 인사는 하고 가야지.' 오렌지는 상필이를 찾았다. 상필이는 휴게실 PC 앞에 앉아 스타크래프트에 열중하고 있었다. 오렌지가 곁으로 다가온 것도 모르고 있는 듯했다. "갈게."

"응? 가려고? 많이 이겼어? 아까 보니깐 칩 많이 가지고 있던데."

"응. 괜찮게 이겼어."

"런 좋을 때 조금 더 하지 그래. 저녁 되면 좋은 사람들 많이 올 텐데."

"괜찮아. 충분히 이겼는데 이 정도면 만족해."

"내일도 올 거지? 당분간 스타트 때 좀 도와주라."

"알았어. 내일 스타트에 늦지 않게 올게. 간다!"

"응. 잘 가."

지하에서 올라와 바깥으로 나오니 봄바람이 기분 좋게 오렌지 얼굴에 와닿았다. 5월의 따뜻한 햇살이 더해져 모처럼 느껴보는 싱그러운 늦은 오후의 쾌청한 날씨였다. 오렌지는 근처에 있는 은행 창고로 갔다. ATM 기기 앞에 서서 오늘 얻은 이익을 입금하고 있었다. '또르르' 기계는 오렌지가 넣어준 지폐를 집어삼킨 후 화면에 잔액을 띄워 주었다.

'일천 삼십 오만 칠천 사백 원.' 오렌지는 최근에 갬블에서 지지 않고 계속 승리했다. 2주 넘게 승리만 있을 뿐 패배가 없었다. '얼마 만에 천만 원이 넘는 뱅크롤인가…' 특히 오늘은 이백만 원이 넘는 이익을 얻은 대박 난 날이다. 이 또한 오랜만의 쾌거였다.

2주간 갬블에서 계속 이익을 내고 있었지만, 하루의 수익은 십만에서 오십만 사이를 오고 갔다. 뱅크롤이 충분하지 않은 오렌지는 조심스럽게 갬블에 임했고 어느 정도 이익을 내면 욕심을 버리고 일어섰다.

항상 소액의 안정된 승리를 노리고 리스크를 피하기만 하는 태도는 도박사다운 것은 아니지만 몇십만 원의 수익도 궁핍한 오렌지에게는 큰 힘이 되었다. 갬블로 몇 년째 수익을 내고 있지만 은행 계좌에는 항상 불안정한 잔액만이 남아 있었다. 고정 지출이 많아서다. 대출 원리금, 아파트 월세, 교육비, 기본 생활비 등등을 합치면 매달 사백만 원이 넘는 돈이 고정 비용이었다.

거기에 더해, 움직이면서 쓰는 돈, 예상치 못한 경조사 등이 발생하면 추가 지출이 생겨 매달 오백만 원 정도는 수익을 내야 현상 유지가 가능했다. 오렌지의 하나뿐인 아들은 발달장애와 자폐증을 겪고 있었다.

24시간 와이프가 곁에서 아들을 보살펴야 했다. 아들은 중학생이 되었지만 혼자서는 아무것도 하지 못한다. 학교에 가는 것도, 밥을 먹는 것도, 씻는 것도 엄마의 도움이 필요하다. 그래서 집안 경제 활동은 오렌지 혼자 도맡고 있다. 그리고 현재, 수입의 100%를 홀덤 포커 갬블에 의지하고 있다. 오렌지는 얼마 전까지는 회사에 다니면서 월급만으론 부족했던 생활비를 충당하기 위해 보느카페를 전전하며 갬블을 했었다. 회사 퇴근 후에도 저녁을 먹고 갬블이 열리는 곳으로 달려갔고 휴일에도 쉬지 않고 갬블을 했다. 갬블을 하느라 밤을 새우고 한숨도 못 자고 출근한 날이 많았다. 출근해서 졸고 있는 경우가 많았고 상사에게 지적도 많이 받았다. 그렇게 회사 일과 갬블을 2년 넘게 투잡으로 병행하니 몸이 버티지를 못했다. 몸도 피곤하고 회사 사람들에게 눈치도 보여서, 이건 정말 아닌 것 같아 퇴사하고 도박꾼으로 전향하게 된 것이었다.

갬블로 밥벌이를 하고 있었지만 늘 불안했다. 수입과 지출은 오랜 시간 끝이 없는 평행선을 달리고 있었고, 몇 번 지게 되면 은행 잔고는 바닥을 드러낼 만큼 확 줄어들었다.

'통장에 1억만 있어도 좋으려만⋯.' 오렌지는 뱅크롤 1억만 있다면 평생을 돈이 마르지 않고 홀덤 갬블로 버틸 수 있으리라 생각했다.

"카톡!" 집으로 가기 위해 지하철역으로 가던 중 와이프에게서 카톡이 왔다. '밥은? 집에 와서 먹을 거야?' 갬블을 하다 보면 귀가 시간이 일정하지 않았다. 어느 때는 밤늦게, 어느 때는 새벽에, 혹은 아침에 집으로 들어오곤 했다. 집을 나서는 시간도 마찬가지였다. 항상 들쑥날쑥했다. 회사 일과처럼 정해진 시간에 일어나고, 갬블을 하러 가고, 잠을 자는 것을 시도해 보았지만 잘 지켜지지 않았다. 정해진 패턴은 오렌지에게 맞지 않았다. 와이프가 카톡을 보낸 것도 불확실한 일과에 대한 물음이었다. 집에 오지 않는다면 저녁상을 세 사람 몫으로 차리지 않아 불필요한 노고와 낭비를 줄일 수 있다.

오렌지는 카톡을 본 후 와이프에게 전화를 걸었다.

"응. 오늘은 집에서 저녁 먹을 거야. 반찬 뭐 있어?"

"별거 없는데. 뭐 먹고 싶은데?"

"소고기 사서 갈까?"

"웬 소고기?"

"응. 오늘은 괜찮게 벌어서 소고기 먹어도 될 거 같아."

"그래. 그럼. 등심으로 사 와. 스테이크로 구워줄게."

"알았어. 한우로 사서 갈게."

"마트 가는 김에 과자도 좀 사 와. 파리바게트 가서 준우가 먹는 빵도 같이. 요즘 애가 밥을 잘 안 먹어."

"알았어." 오렌지는 오늘, 모처럼 집에서 저녁을 먹고 프로야구를 시청하면서 맥주도 한잔해야지 하는 생각을 하니 기분이 더욱 좋아졌다. '그래. 승리자를 위한 만찬은 있어야지. 오늘은 '좋은 날'이잖아.' 오렌지는 간만에 마음의 여유를 가지게 되었다.

기분 좋은 계획을 지니고 집을 향해 압구정 로데오역으로 발걸음을 옮기던 중 전화벨이 울렸다. 발신자는 현호다. 현호는 예전에 오렌지와 보드카페를 같이 운영했던, 오렌지의 친한 동생이며 동료였다. 지금은 여의도에서 홀덤 보드카페를 운영하고 있다. 증권가 사람들과 그 사람들을 상대로 고급술과 여자들의 웃음을 파는 유흥업소 종사자들이 중요 핵심 핸디로 홀덤 하우스를 운영하고 있었다. 어느 쪽이든 돈이 많았다.

그래서 현호가 맞추는 갬블은 핸디들의 베팅이 시원시원하고 분위기가 뜨거워질 때가 많았다. 얼간이들의 도박다운 도박. 그 눈먼 돈을 먹기 위해 오는 하이에나 같은 레귤러들도 껴있지만, 다른 곳에 비하면 전체적인 실력이 한 수 아래인 핸디들이 많았다. 소위 말하는 '좋은 사람들' 돈을 따먹기에 좋은 곳이다.

하지만 오렌지는 그런 갬블에서 성과를 잘 내지 못했다.

자본이 빈약한 오렌지는 그들의 무지막지한 베팅에 부담을 느끼고 위축되곤 했다. 자신의 플레이를 제대로 할 수 없는, 결코 쉬운 사람들이 아니었다. 그래서 한동안 현호 하우스에 가지 않았다.

'무슨 일로 전화를 한 것일까?' 오렌지는 현호의 전화를 받았다.

"응. 현호야 오랜만이네."

"네. 형님 잘 지내셨어요?"

"응. 나야 뭐. 항상 똑같지. 그럭저럭 잘 지내."

"한 번도 놀러 오시지도 않고…"

"아유~ 나는 네가 맞추는 갬블에 안 어울려. 너희 애들 빠따질 무서워서 못 한다. 뒷발차기 너무 맵다고. 하하." 오렌지는 웃으며 농담처럼 말하고 있었지만 실제로 그랬다.

"그래, 잘하고 있고? 요즘은 좀 어때? 다른 곳은 다들 힘들다고 난리인데."

"요즘은 저도 힘들어요. 주식 시장이 안 좋잖아요. 돈이 안 돌아요. 코로나 집합 금지 영향받아서 VIP들이 잘 안 오니까 포 맞추기가 쉽지 않아요. 최근에는 일주일에 서너 번밖에 못 맞춰요. 토, 일요일에는 아예 쉬어요."

"그래? 너도 힘들겠구나."

"형님! 오늘 신림동 애들이랑 반 통 맞추는데 스타트 때 와주실 수 있겠어요? 얼리는 제가 많이 챙겨 드릴게요."

"음… 오늘은 힘들 거 같은데. 지금까지 게임하다가 이제 막 끝났고 집에서 가족들이랑 다 같이 저녁 먹기로 약속했거든."

"그래요? 오늘 멤버들 정말 좋은데. 형님 오시면 입 벌리고 있다가 그냥 다 드시는 건데."

"신림동 거지들이랑 반 통 맞춘다면서 뭐가 좋아. 하하."

"아니에요. 그쪽도 좋은 애들 추려서 정에 멤버들만 오기로 했어요. 그렇지 않으면 제가 안 하죠. 그리고 제 쪽에서는 드래곤도 와요."

"드래곤? 누구지? 처음 듣는 닉네임인데."

"형님도 아실 텐데? 한 번도 같이 안 해 봤나? 아무튼 엄청 좋은 핸디예요. 오면 항상 돈 뿌리고 가요. 완전 호구예요."

"음…. 현호야, 형이 잠깐 생각 좀 정리하고 다시 전화 줄게."

"형님. 너무 늦지 않게 전화 주세요. 지금 빨리 엔트리 뽑아야 하니까."

"알았다. 10분 안에 전화 줄게."

오렌지는 집으로 가던 발걸음을 멈추고 후미진 골목 주차장으로 들어가 담배를 입에 물었다. 그리고 어떻게 할지 고민했다.

'어떡하지. 원래 계획대로 집에 가서 밥 먹고 쉴까. 오늘 충분한 수익을 냈는데 더 욕심낼 필요가 있을까? 아니면 멤버 좋다는데 물 들어올 때 노 젓는다고 한 번 더 확 땡겨 볼까? 최근에 런도 괜찮은데.'

오렌지는 담배 한 대를 다 필 때까지 쉽사리 결정 못 하고 있었다. 한 대를 더 꺼내어 물고 불을 당겼다.

'오늘 컨디션도 좋고, 런도 좋고, 좋은 사람들도 많이 온다고 하니 한번 달려 봐?' 오렌지는 자신도 모르게 마음이 기울어짐을 느꼈다.

'그래. 백만 원만 놓고 한 번 승부를 보자. 그거 잃으면 미련 없이 일어서고, 잃더라도 오늘 백만 원 이상 이기게 되니 괜찮을 거야. 오랜만에 현호 얼굴도 보고.'

그렇게 마음을 굳히고 오렌지는 현호에게 전화를 걸었다. 벨이 한 번 울리기도 전에 현호가 전화를 받는다.

"네. 형님."

"현호야, 스타트에 갈게. 몇 시에 스타트 하니?"

"네. 8시에 할 예정입니다."

"장소는?"

"우리 현장에서 하기로 했습니다. 전에 오신 적 있으시죠? 보성빌딩 3층 술집요."

"어딘지 안다. 늦지 않게 갈게."

"네. 형님 그럼, 조금 있다가 뵙겠습니다."

오렌지는 전화를 끊고 이번에는 와이프에게 전화를 걸었다.

"응. 왜?"

"여보 미안한데 오늘 저녁은 집에서 못 먹을 거 같아."

"왜?"

"갑자기 일이 생겨서."

"아 뭐야. 짜증 나게. 벌써 준비하고 있었는데."

"미안해. 대신 내일 준우랑 점심 맛있는 거 사줄게. 아웃백 가서 토마호크 스테이크 먹자. 당신 그거 좋아하잖아."

"…음 진짜지? 약속 안 지키면 죽는다."

"알았어. 바쁘니까 끊어."

약속을 어기면 그것을 만회하기 위한 보상은 더 커져야 한다. 미안한 마음과 만회할 마음으로 얼떨결에 그렇게 말했지만 모처럼 가족들과 외식을 갖는 것도 나쁘지 않은 듯했다. 그러고 보니, 다 같이 외식해 본 지도 몇 년은 된 거 같았다.

'가만있자. 그러면 저녁은 이 근처에서 먹고 여의도로 넘어가는 게 낫겠지?' 오렌지는 압구정 로데오에 나오면 자주 가는 식당이 있었다. '메밀 블라썸' 조그마한 식당이지만 메밀면을 아주 맛있게 잘하는 집이다. 식당에 들어서니 아직은 때 이른 저녁이어서인지 손님이 없다.

테이블은 고작 6개, 혼자 왔지만, 눈치 볼 거 없이 넓은 테이블에 앉을 수 있었다. '조금 있으면 저녁을 먹으러 손님들이 몰려올 테니 후딱 먹고 나가자.' 오렌지는 여기 오면 항상 먹는 것이 정해져 있지만 메뉴판을 바라보았다. 산나물 비빔밥, 육개장, 들깨 칼국수, 새알심 수제비. 하지만 결론은 항상 메밀 물막국수, 메밀 비빔막국수 중에 선택한다.

"이모! 비빔막국수 하나요!"

"네. 금방 맛있게 만들어 드릴게요."

메밀 블라썸 사장도 몇 년째 이곳에 들러주는 오렌지를 보면 반가워했다. 식사를 마치고 나오니 로데오 거리는 저녁 장사를 준비하는 주점들과 식당들, 삼삼오오 무리를 이룬 젊은이들로 조금씩 분주해지고 있었다. 최근에는 지하철을 타면 인구 고령화로 중장년층이나 노인들이 과거에 비해 부쩍 늘어나 있지만 로데오 거리는 젊음의 활기가 아직 살아 있다. 늙어 가는 건 끔찍한 일이다. 오렌지는 젊음을 아직 잃지 않은 압구정 로데오 거리가 좋았다. 어느덧 중년이 된 오렌지는 환영받지 못하겠지만 그들의 틈바구니에 조금 더 껴 있고 싶었다.

2장

여의도 사람들

오렌지는 여의도로 가기 위해 선정릉역에서 9호선으로 갈아탄 후 샛강역에서 내렸다. 퇴근 시간대는 택시를 타는 것보다 지하철을 타는 게 훨씬 빠르다. 러시아워 때 택시를 타면 강남을 벗어나는 데만 한 시간이 넘게 걸릴 때가 많다. 지하철을 타면 막힘없이 30분이면 여의도까지 도착할 수 있었다. 물론 콩나물시루 같은 지하철에서 서서 가는 고통은 감내해야 했다.

아직 7시가 조금 안 된 시각, 오렌지는 여의도에 도착했다.

화창했던 낮과는 달리 여의도에 오니 먹구름이 잔뜩 끼어 있어 금방이라도 비가 내릴 듯 날씨가 흐려졌다.

샛강역에서 나와 KBS 별관 뒤편 길을 따라 200미터쯤 걸어가면 여의도 마천루 속에 숨어 있는 12층 보성빌딩이 있다. 12층이면 작지 않은 규모지만 주변에 50층이 넘는 건축물들이 우후죽순처럼 솟아 있어 왜소해 보인다. 건축된 지 40년이 넘은 오래된 빌딩 3층에 고급 룸살롱들이 모여 있었다. 그중에 영업하지 않는 술집 하나를 단기로 임대해 현호는 홀덤펍으로 영업하고 있었다.

이 일대는 여의도 최대 규모의 먹자골목이 형성되어 있다. 근처 건물 곳곳에도 룸살롱 같은 고급 술집들이 자리 잡고 있다.

금융과 정치 1번지 여의도. 대한민국의 맨해튼이라 불리기도 하며 수많은 은행 본사와 금융사들이 집결해 있으며 가장 큰 도박판인 코스피 증권거래소도 여의도에 자리 잡고 있다. 여기에 종사하는 인력들이 저녁이면 이곳으로 쏟아져 나오고 고급 음식을 파는 식당들과 비싼 술과 여자들의 웃음을 파는 주점들이 이들을 맞이한다. 물론 주머니가 빈약한 회사원들이 갈 만한 식당들과 주점들도 많이 있다.

정치와 금융, 권력과 돈, 떼려야 뗄 수 없는 관계, 대한민국의 진짜 큰돈은 여의도에서 움직인다. 그 부스러기라도 얻어먹으려고 오렌지는 여의도에 왔다. 건물 안으로 들어선 오렌지는 엘리베이터가 있지만 걸어서 3층으로 올라갔다. 7시가 조금 넘은 시각 오렌지는 홀덤펍 문을 열고 가게 안으로 들어갔다. 현호가 오렌지를 보고 반갑게 맞이한다.

"형님. 안녕하세요. 정말 오랜만입니다."
"그래, 반갑다. 내가 너무 뜸했지."

"형님. 식사는요? 지금 시킬 건데, 안 드셨으면 같이 시켜 드려요?"
"아니 괜찮아. 난 먹고 왔어."

"여기 오셔서 저랑 같이 드시지 않고."

"난 배달 음식이 별로라서. 식당 가서 먹어야 맛있지. 플라스틱 용기에 식어서 오는 음식은 나랑 안 맞더라."

"형님도 참 하하. 좀 쉬고 계셔요. 아직 스타트 하려면 한참 멀었는데. 뭐 마실 거라도 드릴까요?"

"괜찮아. 필요한 거 있으면 얘기할게. 저기 룸에 들어가서 누워서 기다리고 있을게. 그런데 오늘 딜러는 누구니?"

"상우랑 별이요."

"상우? 좋지! 그 녀석이랑은 정말 사대가 잘 맞아. 항상 이기게 해 주더라고. 별이는… 그 년도 나쁘지 않고. 괜찮네."

"상우랑 사대가 잘 맞는다고 하니 다행입니다. 형님 오늘 많이 이기고 가세요. 하하."

'홀덤에서 사대를 믿는 건 어리석은 일이야. 바보 같은 사람들이나 그런 걸 믿는다고.' 홀덤계의 초고수 쿨소리가 했던 말이다. 오렌지도 그 말에 수긍했다.

'그런 미신적인 것을 왜 믿어. 홀덤은 확률의 게임이야. 누가 딜러를 하든 계속하다 보면 카드 섞이는 건 다 똑같고 확률도 똑같아져. 승부가 갈리는 건 상황에 맞게끔 운영해 나가는 플레이어들의 실력이지 딜러는 아무 상관이 없어.' 오렌지도 그렇게 여기고 갬블을 했지만, 지금은 사대를 어느 정도 믿고 있다.

유난히 만날 때마다 패배를 선사하는 딜러들, 자리를 바꾸고, 장소를 옮긴 곳에도, 시간을 두고 만나도 항상 괴롭히는 몇몇 딜러들이 있었다. 한두 번은 그럴 수도 있지만 오랜 시간을 공유했음에도 확률의 법칙을 거슬리고 쓰라린 패배의 아픔을 수도 없이 겪게 만드는 딜러들이 있었다. 오렌지는 사대가 무얼 의미하는 것인지도 몰랐다. 그래서 사대에 관해 고찰해 보았다. 사대는 만물을 구성하는 네 가지 요소 땅, 물, 불, 바람을 뜻한다. 불교에서는 세상 만물을 구성하는 요소는 지대(地大), 수대(水大), 화대(火大), 풍대(風大)가 있는데 이 4종류의 원소를 가리켜 사대라고 한다. 4가지 연이라 하여 사연이라고도 한다.

각각의 의미는 이러했다.

지: 굳고 단단한 성질을 바탕으로 만물을 유지하고 지탱함.

수: 촉촉한 성질을 바탕으로 만물을 포용하고 모으는 역할.

화: 따뜻한 성질을 바탕으로 만물을 성숙시키는 역할.

풍: 동적인 움직임을 기본 성질로 하여 만물을 생장시킴.

한마디로 '사대가 맞다'는 표현은 상대방과 내가 부족함 없이 서로 잘 어울린다는 의미가 된다.

'사대가 맞는 사람을 만난다는 건 정말 소중한 기회입니다. 반대로 사대가 맞지 않는 사람은 멀리하셔야 합니다. 사대를 너무 맹신해서는 안 되겠지만 간과해서도 안 됩니다.'

특정 딜러에게서 반복되는 *배드빗을 통해 과학적으로 도저히 설명할 수 없는 운명적인 만남이 존재한다고 오렌지는 믿게 되었다.

* 배드빗: 자신의 패가 강력함에도 패배하게 되는 경우.

사대는 분명히 있다. 홀덤은 철저하게 과학적인 확률의 게임이다.

일반적인 확률이 특정한 환경에서 계속 비껴간다면 그 상황에서의 확률이 새로 만들어지는 것이라 오렌지는 믿고 있었다. 딜러, 현장, 핸디들과도 맞지 않는 사람들이 있다. 왜 그런지 설명할 근거는 없지만 좋지 않은 결과가 다른 곳에 비해 유난히 자주 일어났다면 피하면 된다. 다행스럽게 그럴 선택권은 있다. 오늘 딜러가 사대가 잘 맞는 상우라서 오렌지는 다행스럽게 생각했다.

가게 안은 중앙에 홀덤 테이블이 놓여 있고, 기다란 바 뒤편 벽에 붙은 진열장에 술병이 가지런히 진열되어 있고 벽을 따라 룸이 있어 여기가 술집이었다는 것을 누구나 어렵지 않게 알아챌 수 있었다.

오렌지는 그중 하나의 룸으로 들어가 갬블이 시작되기 전까지 소파에 누워서 휴식을 취하기로 했다.

"형님! 일어나세요. 곧 스타트 합니다." 언제 잠이 든 것일까. 오렌지는 현호가 깨우는 소리에 깜짝 놀라 눈을 떴다. "어. 그래⋯."

소파에서 일어나 잠시 멍한 상태로 앉아 있었다. 바깥에서 사람들의 웅성거림이 들려왔다. 오렌지도 이내 룸에서 나와 중앙홀로 갔다.

"어! 형님 안녕하세요." 범샤크가 오렌지를 알아보고 가장 먼저 인사를 했다. "여~~~ 범샤크!" 오렌지도 범샤크를 보고 반갑게 대면했다.

범샤크는 좋은 핸디다. 여기서 좋다는 것은 도박판에서 돈을 잃어주는 호구를 뜻한다. 범샤크는 여의도에서 일식집을 두 군데 운영하고 있으며 상어 지느러미가 주메뉴였다. 일식집은 손님이 항상 많았고 경제적으로 여유가 있는 친구다. 성격도 좋아서 범샤크가 테이블에 앉아 있으면 누구나 환영했다.

주변을 살펴보니 아톰도 와있다. 아톰도 누구 못지않은 좋은 핸디다.

그리고 신림 쪽에는 알렉스도 있었다. 역시 어벤저스급 핸디다. 오늘 멤버가 좋다는 현호의 말은 사실이었다. 신림 쪽 사람들도 모두 와 있었다. 알렉스를 제외하고도 한두 명은 낯이 익다. 같이 갬블을 했던 경험이 있는 사람들이다.

"바이인 하세요. 만포로 스타트 하겠습니다."

오렌지를 포함해 현호 쪽 핸디 5명, 신림 쪽 핸디 5명, 정확하게 반으로 섞여 갬블이 시작되었다.

상우가 먼저 스타트 딜러를 맡았다.

"상우, 오랜만이다. 오늘도 잘 부탁한다."

오렌지의 인사에 상우는 가벼운 미소와 고개 끄덕임으로 대답을 대신했다.

블라인드는 천, 이천, 오천, 바이인은 삼십만에서 최대 백만, 워싱 이후에는 백오십만까지 바이인을 올려주는 룰로 진행되었다.

오렌지는 백만을 바이인 했고 테이블 위에 오십만을 올려놓았다. 현호에게 받은 보너스 칩까지 합치면 육십만의 지원병은 뒤에 남겨두었다. '낮에 압구정에서 많이 이겼으니 무리하지 말고 분위기 봐서 천천히 차분하게 해 보자.' 갬블이 시작되니 오렌지는 전열을 가다듬고 있었다. 홀덤을 시작한 지 5년이 넘었고 매일 갬블을 하지만 시작하고 한 시간 정도는 울렁증을 동반한 긴장감을 항상 떨치지 못하고 있었다. "미니야! 아이스 아메리카노 시럽 조금 넣어서 부탁해." 귀엽고 예쁜 서빙 미니에게 오렌지는 팁으로 만 원 칩 2개를 건네며 주문했다.

룸에서 살짝 졸았던 탓일까. 오렌지는 정신을 맑게 해줄 카페인이 필요했다.

'갬블을 거칠게 하는 녀석들이 테이블에 많아. 오십만 정도는 한 판에 잃을 수 있어. 무리한 승부를 걸지 말고 절호의 찬스를 기다렸다 찍어 먹는 전략으로 가 보자. 낯선 사람들의 성향도 파악해야 하니 조급하지 않게 천천히.' 오렌지는 앞서 압구정에서 이백만을 넘게 이겨서인지 평소보다는 마음의 여유가 있었다.

갬블이 시작되고 한 시간 정도가 지났다. 테이블에서는 칩의 이동이 수시로 일어났지만, 오렌지는 별다른 참전 없이 기회를 엿보고 있었다.

좋은 카드를 받지 못하니 이길 기회도 질 기회도 생기지 않았다.

현재까지 상황은 여의도 멤버가 신림 멤버에게 다소 밀리고 있었다.

범샤크는 벌써 두 번이나 올인 당하고 세 번째 바이인 칩을 테이블에 올려놓게 되었다.

"아~ 오늘도 깊어 질려나 어제도 많이 잃고 갔는데."

범샤크가 푸념하면서도 웃으며 말했다.

"천천히 해. 아무 카드나 가지고 덤비니 박살 나지."

오렌지도 웃으며 범샤크에게 말했다.

"그래요 형님. 열리지 말고 할게요. 하하."

"너는 열리지 않아. 안 열려도 열린 사람 못지않은 게 문제지."

오렌지의 말에 테이블에서 웃음들이 터져 나왔다. 열린다는 건 말 그대로 흥분된 상태를 뜻한다. 게임이 잘 풀리지 않으면 열 받아서 평정심을 잃고 베팅이 거칠어지는 게 일반적인데 범샤크는 평소에도 그런 식이다.

"현호야, 잠시 이리 와 봐. 같이 담배 한 대 피우자."

오렌지는 테이블에서 일어나 담배를 피우러 가면서 현호를 불러서 갬블이 시작되기 전 휴식을 취했던 룸으로 같이 데리고 들어갔다.

"네. 형님, 무슨 일로?"

"그나저나 드래곤이 누구니? 지금 테이블에 앉아 있어?"

"아 드래곤요? 아직 안 왔어요. 원래는 스타트에 오기로 했는데 회사 사람들이랑 저녁이 길어지고 있는 거 같아요. 술도 한잔하고 있나 봐요."

"회사 사람? 드래곤 회사원이야?"

"네. 회사 다녀요. 왜요?"

"아니. 네가 아까 좋은 사람이라고 강조해서 그냥 누구인지 궁금해서."

"저도 얻어걸렸어요. 두 달 전쯤 여기 신규로 왔는데 홀덤 배운 지도 얼마 안 되었고 잘 못해요. 일주일에 한두 번 오는데 올 때마다 몇 백씩 뿌리고 가요."

"회사원이 그렇게 돈이 많아?"

"펀드 매니저라고 하던데 돈을 많이 버나 봐요. 카리나 가게도 자주 가는 것 같아요. 여기서 둘이 만나고 나서 친해졌거든요."

카리나는 여의도에서 고급 룸살롱을 운영하는 아가씨 겸 마담이다. [*]

쩜오 사이즈로 남자라면 카리나를 보고 품어보고 싶은 마음이 안 들 수가 없다. 홀덤을 좋아해서 일이 끝나면 가끔 현호 홀덤펍을 찾는다.

오렌지도 몇 번 본 카리나를 동경하고 있었다.

* 쩜오: 최고급 룸살롱을 일컫는 말. 쩜오 사이즈의 아가씨는 얼굴은 작으며 여리여리하게 말라야 하고 나올 데는 확실하게 나온 볼륨감이 있어야 하며 들어갈 데는 확실하게 들어가는 몸매를 가져야 한다.

"아~~ 카리나 보고 싶네. 요즘도 여기 오니?"

"아마 오늘 일 끝나고 올지도 몰라요. 최근에 드래곤이 오면 카리나도 오는 것 같아요. 둘이 따로 연락하나 봐요. 어쩌면 지금 카리나 가게에 갔는지도 모르죠."

"드래곤은 몇 살쯤 되니?"

"정확히는 모르겠어요. 아직 그렇게 친해지지 않아 물어보지 못했어요. 대략 삼십 대 후반에서 사십 대 초반 정도로 보여요."

"그래. 알았다. 게임하러 갈게."

"네, 형님. 파이팅 하세요. 항상 응원합니다."

오렌지는 다시 테이블로 돌아와 갬블에 열중했고 절호의 기회를 맞이하게 되었다. 오렌지는 7파켓을 손에 쥐고 있었다.

알렉스가 먼저 오만을 베팅하고 세 명이 콜을 한 상태에서 오렌지 차례가 되었다. 이미 팟에는 이십만이 쌓였고, 7파켓으로 오만 콜을 받고 플랍을 볼 만한 가치는 충분했다. 더군다나 버튼 자리라 이후 전개될 상황도 가장 유리한 위치에서 플레이할 수 있어 마다할 이유가 없었다.

'이런 상황에서 물러나면 홀덤 하지 말아야지.' 오렌지는 그렇게 당위성을 스스로 부여하며 오만 콜을 했다. 플랍 카드 석 장이 오픈되었고 거의 최상으로 보드에 깔렸다.

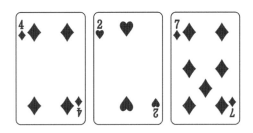

홀덤에서 상대방에게 가장 전력 노출이 되지 않는 트리플 카드, '셋(set)' 그것도 탑 셋이 되었다. 오렌지 앞에는 육십만 정도의 칩이 있었다. 어떻게 최대한 많은 밸류를 얻을까 하는 즐거운 상상을 오렌지는 하고 있었다.

지금 플랍의 모습은 오렌지가 *너트이니 당연히 그럴 만했을 것이다.

* 너트(nut): 주어진 상황에서 가장 강력한 핸드. 옛날 텍사스에서 홀덤을 플레이할 때 마차에 있는 아주 작은 부품인 너트까지 빼내어 베팅을 할 정도로 확실하게 이기고 있는 핸드라는 것에서 유래.

5-way임에도 불구하고 알렉스가 겁 없이 이십만을 베팅했다. 역시 알렉스는 액션이 좋다. '뭘 들고 있을까? 하이파켓?' 프리플랍에서 선베팅을

했으니 그런 카드를 충분히 손에 쥐고 있을 수 있다.

두 명이 폴드 했고 누구인지 모르는 신림 멤버가 '콜'을 했다. 이제 오렌지 차례다. '콜로 끊고 갈까? 아니면 지금 타이밍에 '올인'을 할까?

'콜'을 하고 나면 남는 칩은 사십만 정도, 가만히 '콜'만 받고 들어가도 리버카드까지 어차피 저절로 올인 될 것이다.'

오렌지는 짧은 고민 끝에 '콜'만 했다. 이번에도 망설일 시간은 3초면 충분했다. 플러시 드로우와 스트레이트 드로우가 있을 수 있으니 턴 카드를 보고 결정하는 것도 나쁘지 않은 선택이라 생각했다.

3-way, 턴 카드가 오픈되었다.

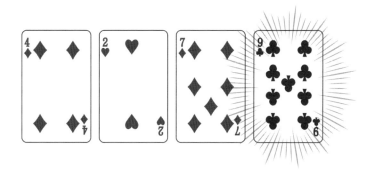

괜찮았다. 플러시 드로우와 스트레이트 드로우를 모두 비켜 갔다.

누군가 9파켓이 있어 9셋을 맞추었다면 어쩔 수 없는 일이지만 이것저것 다 걱정하면 어떻게 갬블을 할 수 있단 말인가.

알렉스가 칠십만 정도 남아 있던 칩을 '올인' 했다. 남은 한 명이 고민하더니 '콜'을 받는다. 오렌지는 별다른 고민 없이 '스냅콜'을 했고 3-way 쇼다운 되었다.

"올인 하신 분 먼저 오픈해 주세요." 상우가 알렉스에게 말했고 알렉스는 자신이 가진 카드 두 장을 이내 오픈했다. 다이아몬드 에이스와 나인.

다른 한 명은 텐파켓이었다.

오렌지가 카드를 오픈하자. 누군가 "역시 셋이었어!" 하고 외쳤다.

구경꾼들은 나름 이 상황을 관찰하며 각자의 카드들을 열심히 리딩하고 있었을 터, 메인 팟은 이백만이 넘었다. 오렌지가 리버카드에 역전당할 아웃츠는 총 여덟 장, 다이아몬드 카드 여덟 장이 남았고 그중 2와 9는 알렉스가 플러시 메이드가 되어도 오렌지는 풀하우스 메이드가 되기 때문에 의미가 없다. 여섯 장만이 알렉스의 아웃츠 카드다. 텐파켓을 들고 있는 친구는 거의 절망적 상황, 텐은 두 장만이 남았고 역전으로 이길 확률은 5%도 되지 않는다.

모두가 숨죽이고 있는 상태에서 리버카드가 오픈되었다.

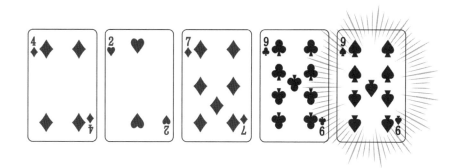

역전되지 않고 결대로 끝났다. 오렌지는 단번에 쓰리업에 성공했다.

갬블이 시작된 지 두 시간을 인내하고 버틴 대가를 마침내 얻었다. 오렌지는 날아갈 듯이 기분이 상쾌해졌다.

'이럴 때 혼자 다 가지면 안 되지.'

오렌지는 상우에게 만 원 칩 3개를 팁으로 던져주었다.

상우는 머리를 다소곳이 숙여 감사의 뜻을 나타내었다.

'역시 상우랑은 사대가 잘 맞아.'

오렌지는 적절한 타이밍에 빅팟을 먹게 해 준 상우가 고마웠다. 두 시간 만에 오십만으로 시작한 칩은 이제 이백만이 넘었다. 오십만 정도의 세컨팟은 9트립스가 된 알렉스의 몫이 되었다. 텐파켓으로 리버카드에 알렉스에게조차 역전당한 신림 멤버는 언짢은 표정을 짓고 일어나 어디론가 사라졌다.

"미니야! 이리 와." 오렌지는 서빙인 미니에게도 만 원 칩 2개를 팁으로 주었다. 맞은편에서 지켜보고 있던 현호는 오렌지에게 엄지척하며 미소를 지어 보였다.

갬블이 시작되고 세 시간이 다 되어갈 무렵, 테이블에 앉은 사람들은 웃음기가 사라졌고 말없이 갬블에 열중하며 베팅도 조금씩 거칠어지고 있었다. 그런 분위기와는 상반되게 오렌지는 차분한 게임 운영으로 자신이 챙긴 칩을 허투루 떠나보내지 않고 잘 지키고 있었다. 의무 타임은 이제 한 시간 정도 남아 있다. 한 시간이 지나면 오렌지는 언제든지 일어나 이기고 있던 칩을 챙겨서 떠나면 된다.

낮에도 압구정에서 이백만 넘게 챙겼고, 지금 여의도에서도 백오십만 정도를 이기고 있는 오렌지는 핸드 레인지를 더욱 좁히며 운영하고 있었다.

"워싱 하겠습니다. 앞 상에 백오십까지 맞춰 주세요."

오렌지는 백오십만을 앞에 놓아두고 오십만을 뒤로 뺐다.

'앞에 있는 칩을 다 잃어도 괜찮아.' 본전을 확보한 오렌지는 부담감이 한결 가벼워졌다. 열 명으로 시작된 갬블은 한 명이 칩을 다 잃고 포기한 후 이제 아홉 명으로 진행되고 있었다. 한 시간 전에 오렌지와 알렉스에게 올인 당하고 일어났던 사람이 돌아오지 않은 것이다.

"현호 형! 후속 오고 있어요?" 빈자리가 눈에 거슬렸는지 범샤크가 현호에게 핸드를 수급해 달라고 재촉하듯 묻는다. 도박판에서 사람이 줄어들면 잃고 있는 사람은 불안해지기 마련이다. 호환 마마보다 무서운 게 '빠다리'라는 말들을 자주 한다. 호랑이에게 해를 당하거나 천연두에 걸려 죽는 것보다, 갬블을 할 수 없게 되는 게 더 두렵다는 말인데, 다소 과장된 표현이기는 하지만 그만큼 잃고 있는 사람은 갬블이 끝나는 것에 두려움을 가지고 있다는 뜻이다.

"한 분 오고 계셔. 한 시간 이내로 오실 거야. 좋은 사람이야."

좋은 사람이라는 현호 말에, 테이블에 앉아 있는 모든 사람이 기대하는 눈치다. 현재 상황은 오렌지를 포함해 단 두 명만 이기고 있을 뿐, 나머지는 모두 잃고 있었다. 좋은 사람이 와야 본전을 찾고 이기고 갈 기회가 높아지는 게 현실이었다.

"빨리 오시라고 해요. 어디서 오시길래 이 시각에 한 시간이나 걸려요. 대전에서 오고 있나?" 범샤크가 현호 말에 장난스럽게 응수했다.

'오고 있다는 좋은 사람, 그 좋다는 사람은 드래곤이겠지?' 오렌지는 속으로 짐작하고 있었지만, 드래곤이 오든 말든 별로 개의치 않았다. 갬블은 잘 풀리고 있었고 의무 타임이 지나면 적당히 눈치를 봐서 일어날 계획이었기 때문이다.

갬블은 시종일관 알렉스, 범샤크, 아톰이 베팅을 주도했고 나머지 사람들은 기회를 엿보며 적당한 타이밍에 컴뱃을 하는 양상으로 전개되고 있었다. 오렌지 눈에 한 명 눈에 띄는 핸디가 있었다. 후드티를 깊이 눌러쓰고 마스크로 얼굴을 가린 친구였다. 갬블에 참여는 30분에 한두 번 정도에 지나지 않았지만, 참여할 때마다 큰 팟을 먹어 가곤 했다. 베팅을 하는 것도, 콜을 받는 것도, 폴드를 하는 것도, 액션이 느릿느릿 끈적끈적하다. 오렌지도 단단하게 하고 있었지만, 후드티와 견줄 만한 정도는 아니다. 이런 곳에서 환영받지 못하는 유형의 대표적인 습관을 지닌 핸디다.

'5월인데 저렇게 하고 있으면 덥지도 않을까?' 후드티도 이른 봄이나 늦

가을에 입을 만한 것으로 두툼해 보였다.

현재는 후드티가 칩 리더다. 가장 많이 이기고 있다. 워싱 할 때 십만 칩으로 컬러 체인지해서 빼 둔 칩이 족히 삼백만이 넘었던 것 같았다.

"식사하고 올게." 오렌지는 테이블에 그렇게 전달하고 자리에서 일어섰다. 식사하기 위해 테이블을 떠난 것은 아니었다. 밥 생각은 전혀 없었다. 다소 긴 시간을 휴식하기 위해 '밥을 먹으러 간다.'는 말은 꽤 적당한 핑계이기 때문에 그렇게 말한 것이었다. 오렌지는 다시 룸으로 들어갔다. 소파 깊숙이 몸을 파묻고 다리를 쭉 뻗었다. 오전 11시부터 시작한 갬블은 중간에 압구정에서 여의도로 이동은 있었지만, 곧 12시간을 넘어가게 된다. 하지만 몸은 피곤함을 전혀 느끼지 못하고 있다. 갬블이 잘 풀려서 그런 것일까. 현재까지 사백만 가까이 이기고 있으니 피곤함보다 즐거운 마음이 지배하고 있었다. 최근 몇 달 사이에는 하루에 이렇게 많은 수익을 낸 적이 없었다.

'열두 시가 되면 의무 타임은 채우게 되니 오늘은 이쯤에서 마무리하는 게 좋겠지? 집에 들어가 푹 자고 내일은 가족들이랑 외식도 하고 와이프 옷도 한 벌 사줄 수 있을 것 같은데.' 오렌지는 담배를 피우면서 이런저런 기분 좋은 상상들을 하고 있었다. 현호가 문을 열고 룸으로 들어왔다.

"형님. 잘되고 있어서 다행입니다."
"그래. 오늘은 압구정에서도 이기고 여기서도 현재까지 잘되고 있네."

"지금 얼마나 이기고 계세요?"
"백오십만 정도."

"이야 역시 사이즈 있으십니다. 나이스! 나이스!"

"그나저나 아직 스타트 때 멤버 그대로고 후속은 없는데 계속 이어갈 수 있겠니?"

"네. 조금 있으면 드래곤은 도착할 텐데. 요즘 핸디가 마르긴 했어요. 좋은 사람들이 많이 죽었어요. 오죽하면 반 통 맞추고 형님한테도 전화했겠어요. 힘들어요."

"드래곤 외에 더 올 핸디는 없고?"

"네. 아직은요. 새벽 2~3시쯤 되면 술집들 마감되고 한두 명 더 올지도 모르죠."

"형은 12시 되면 갈 생각인데 괜찮겠어?"

"형님. 가시려고요? 런도 괜찮아 보이는데 조금 더 해보시지 않고. 지금 멤버도 좋고 드래곤도 오는데 이럴 때 많이 이겨 가셔야죠."

현호는 사람들이 올 때까지 오렌지가 더해 주기를 내심 바라고 있었다.

"드래곤 없어도 지금 테이블도 괜찮아. 더 이상 뭘 바라니. 오늘 낮부터 게임해서 조금 피곤하기도 하고."

"형님 편하신 대로 하세요."

"테이블에 후드티 눌러쓰고 앉아 있는 친구, 아는 사람이니?"

"아니요. 신림 쪽에서 온 친구라 저도 오늘 처음 봐요. 무슨 불편한 거라도 있으세요?"

"그런 건 아니고, 끈적끈적하니 매너도 별로고 약간 꼴혀서…."
"신경 쓰지 마세요. 어딜 가나 저런 스타일 한두 명은 껴 있죠."

"그건 그래. 난 그냥 다른 사람들은 다 좋은데 그 친구 하나만 마음에 안들어서, 지금 분위기랑 어울리지 않는 놈이야."
"하하. 형님도 참 예민하세요."

사실 그랬다. 오렌지는 갬블로 생업을 이어가면서 전과는 다르게 조금씩 예민해지고 있었다. 옆에서 누군가 조금만 거슬려도 신경이 날카로워지곤 했다. 스트레스로 인해 위상병을 달고 있었나.

"아무튼 형님, 끝까지 마무리 잘하세요."
"그래. 형은 조금 더 쉬었다가 나갈게."

오렌지는 룸에서 15분 정도 휴식을 취한 후 테이블로 돌아왔다.
"형님. 식사 맛있게 하셨어요?"

오렌지가 앉자마자 범샤크가 복귀를 반겼다.
"응. 간단하게 컵라면 하나 먹었어."

오렌지는 아무것도 먹지 않았지만, 먹은 것처럼 말했다.
"맛있는 거 시켜 드시지, 라면이 뭐예요. 그것도 컵라면."
"세상에서 라면이 제일 맛있어."
"몸도 생각하셔야죠. 형님 이제 나이도 있으신데."

건강은 챙겨야지 하고 오렌지도 염두에 두고 있었다. 아프면 안 된다. 몸이 재산이라 항상 좋은 컨디션을 유지하도록 건강에 신경을 썼다.

건강이 안 좋거나 컨디션이 나쁘면 갬블에서도 잘못된 결정을 내리게 된다. 갬블에 임함에 있어 좋은 컨디션은 필수다.

3장

아름다운 카리나

테이블에서는 돈을 잃고 있는 사람들이 자신의 것을 찾기 위해 갬블에 열중하고 있었지만 이미 많은 것을 얻은 오렌지는 강 건너 불구경하듯 남의 일처럼 관전만 하며 시간을 흘려보내고 있었다.

열두 시가 다 되어 갈 무렵 가게 문을 열고 한 사나이가 등장했다. 드래곤이다. 정장을 말쑥하게 차려입은 드래곤은 술을 한잔해서일까. 얼굴에는 붉은빛이 감돌았다.

"안녕하세요." 현호가 반갑게 드래곤을 맞이했다.

"금요일이라 회사 사람들과 회식이 길어졌어요. 삼백만 주세요."

잃을 걸 알고 미리 더 바이인 하는 것일까. 맥스 백오십만 올려놓을 수 있는 테이블인데 드래곤은 삼백만을 바이인 했다.

테이블에 앉은 드래곤은 삼백만 칩을 자신 앞에 다 올렸다.

현호가 다가와서 "맥스가 백오십만이라…."

"응? 네 알겠어요." 그러고서는 절반을 다시 랙에 담아 사이드 테이블 위에 올려놓는다. 드래곤은 오렌지 바로 옆 왼쪽에 앉았다.

'이 사람이 드래곤이구나.' 오렌지가 쳐다보고 있자 드래곤도 오렌지를 힐끗 쳐다보았다. 잠시 둘은 눈이 마주쳤지만 이내 둘 다 고개를 돌리고 시선을 외면했다. 드래곤이 옆에 앉으니 술 냄새가 오렌지 코로 들어왔다. 드래곤은 카드를 받기도 전에 "오늘의 운세! 안 봤다. 오십만 올인!" 하며 만 원 칩 50개를 보드 안으로 밀어 넣는다.

"나머지 칩은 안 쓰시는 거죠?" 딜러가 확인하니 "네. 오십만 '올인'요."

드래곤의 화려한 등장에 갬블은 새로운 국면으로 맞이하는 듯했고, 마치 갬블이 이제 막 시작되는 것처럼 사람들은 자세를 고쳐 앉는 모습이다.

비타민 같은 드래곤의 블라인드 '올인'에 모두 눈이 초롱초롱 빛났다.

카드가 돌려지고 테이블에 있는 사람들은 이전과는 다른 기대감으로 자신의 카드를 살펴보고 있었다. 오렌지도 조심스럽게 자신의 카드를 들추어 보았다. 첫 장이 킹인데 다음 장도 킹이다. 169가지 핸드 랭킹 중에서 랭킹 2위 *카우보이가 마침 들어왔다. 블라인드 베팅 오십만이 나와 있는 상황, 적절한 타이밍에 상당히 좋은 카드를 받은 것이다. 포지션도 가장 좋은 위치, 남들의 결정을 다 보고 난 뒤에 결정하면 된다.

* 카우보이: 킹파켓의 애칭.

가장 앞선 위치에 있던 알렉스는 자신의 패를 확인한 후 아쉬운 듯 카드를 던졌다. 다음 차례인 후드티는 남은 사람들의 눈치를 살피고 있었다. 너트 플레이어인 후드티가 카드를 쉽게 던지지 못한다는 것은 좋은 패를 쥐었음이 틀림없다. 후드티는 남아 있는 사람 중에서도 특히 자신을 신경 쓴다는 느낌을 오렌지는 받았다. 눈이 마주친 것이다. 후드티는 갬블이 시작되고 어느 시점부터 비교적 헐렁한 다른 사람들보다 좀처럼 빈틈이 보이지 않는 오렌지를 잔뜩 경계하고 있었다.

그건 오렌지도 마찬가지였다. 사자와 호랑이가 마주하기라도 한 것처럼, 이 테이블에서 유일한 적수처럼 서로서로 조심하고 있었다.

'그래. 이 자식아. 콜 해 봐. 앞에 놓인 칩 전부 밀어 넣을 줄 테니.'

후드티는 한참을 고민하더니 카드를 던졌다. 오십만보다는 혹시 모를 다음 사람들의 레이즈 베팅이 무척 부담스러웠을 것이다. 후드티 뒤에 남아 있던 사람들도 모두 폴드 했고, 차례가 되자 오렌지는 일고의 망설임 없이 드래곤의 블라인드 베팅을 상대했고. 오십만을 별 탈 없이 이기고 가져갔다.

"나이스 핸드." 드래곤은 지고도 아무렇지 않은 듯 오렌지를 축하해 주었다. 오렌지는 가벼운 고개 끄덕임으로 드래곤의 축하에 응답했다.

'젠틀한 친구네.' 오렌지는 드래곤의 첫인상이 무척 마음에 들었다.

이후로 드래곤은 블라인드 베팅은 하지 않았지만, 갬블에 참여도가 높았고 번번이 후드티에게 칩을 잃고 있었다. 다른 사람들도 서로 싸우다가도 간간이 참여하는 후드티에게 칩을 넘겨주곤 했다. 후드티가 패할 때는 오렌지가 같이 참여했을 때, 그때만 졌다.

드래곤이 등장한 지도 어느덧 한 시간이 지났고 삼백만을 바이인 했던 드래곤의 칩은 삼십만이 채 남아 있지 않았다. 오렌지는 차곡차곡 칩을 쌓아 가고 있었다. 플랍이 열리고 베팅하고 난 뒤에는 거의 패배가 없었다. '이거 오늘 정말 괜찮은데.' 갬블이 술술 잘 풀리는 날이다.

"이백만 더 주세요." 드래곤이 애드온 칩을 주문했다. 오렌지는 자리에서 일어나 룸으로 갔다. "현호야! 룸으로 좀 와라."

현재 테이블은 두 명이 아웃하고 8포로 진행 중이다. 두 명이 가 버려서 오렌지는 일어서는 타이밍을 놓치고 만 것이다. 이 와중에 자신도 가기에는 눈치가 보였다. 먼저 간 두 명은 만만하게 갬블을 하는 스타일이었다. 테이블 분위기는 더욱 좋아진 것임이 틀림없다.

테이블에 남아 있는 사람들은 소위 말하는 물 반 고기 반이다.

"형이 지금 삼백만 정도 이기고 있어. 그만하고 갈 생각이 있었는데 두 명이 가 버리는 바람에 나까지 나가면 숏포라 걱정이다."

오렌지는 자신의 이익만 생각할 수 없었다. 현호도 힘든 줄 알기에 내심 도와주고 싶은 마음도 공존하고 있었다. 그래서 거취를 결정하기 전에 마지막으로 앞으로 진행될 테이블 상황을 체크하고 싶었다.

"지금까지 내용은 괜찮니?" 여기서 내용이란 하우스의 수익을 말한다.

"반 통이라 조금 더 돌려야죠. 범샤크랑 아톰도 많이 지고 있어서 걱정입니다." 현호가 맥없이 대답했다.

"올 사람은 여전히 없고?"

"카리나 온다고 조금 전에 전화 왔어요."

"카리나가 이 시간에? 금요일인데?"

"밖에 지금 비도 많이 오고, 요즘 거기도 손님 없어요. 코로나 집합 금지 단속도 강화되어서 회사원들이 몸 사려요. 술 마시다가 단속에 걸리면 회사에서도 패널티 먹거든요. 문 잠그고 단골들에게만 연락해서 근근이 버텨요."

"그렇지. 요즘은 단속이 강해서 영업에 타격이 크겠네."

오렌지는 카리나가 온다는 소식에 반색했다. '카리나도 온다는데 오늘은 현호도 도와줄 겸 끝까지 남아 있을까? 테이블에 남아 있는 사람들도 거의 최상인데.' 오렌지는 게임이 잘 풀려서 그런지 낮부터 꽤 오랜 시간 갬블을 하고 있지만 피곤함을 전혀 느끼지 못하고 있었다.

갬블을 계속하고 싶다는 생각이 든 건 순전히 카리나 탓이다. 현호 상황도 복합적으로 연결되어 있지만 이 정도는 뿌리치고 갈 수 있었다. 하지만 카리나가 온다는 것은 거부하기 힘든 유혹이었다. 이제 막 서른에 접어든 카리나지만 이십 대 초반 못지않은 자태를 유지하고 있는 카리나, 접대부 아가씨로 시작해 이 바닥에서 명성을 쌓고 지금은 몇몇 아가씨를 거느리고 마담으로 활약 중이다. 직접 손님을 파트너로 접대하기도 한다. 카리나가 온다는 소식에 오렌지의 마음은 갬블을 계속 진행하기로 마음이 굳어져 버렸다. 압구정에서 여의도로 넘어오면서도 어쩌면 카리나를 볼 수 있을지도 모른다는 기대감이 애초에 섞여 있었다.

"현호야 그러면 형 조금만 더 놀다 갈게. 나까지 빠지면 숏포라 분위기 깨지니까."

"형님 감사합니다." 현호가 다행스러운 표정을 짓고 말했다.

카리나가 오기 때문에 더한다는 얘기는 하지 않는 게 좋을 것 같았다.

오렌지는 미니에게 커피를 주문하고 다시 새로운 마음가짐으로 테이블에 앉았다. '괜찮아. 두려워할 필요 없어. 지금껏 하던 대로 하면 돼. 잘하고 있잖아. 돈도 많이 따고, 카리나도 보고 오늘은 '좋은 날'이야.'

오렌지는 이기고 있던 것을 지키려는 마음보다 이후로 벌어질 카리나와의 시간을 즐기고 싶었다. 마침 오렌지 옆자리가 비어 있어 새로 올 손님을 기다리는 것 같았다. '카리나가 오면 내 옆에 앉혀야지.'

오렌지는 반대편에 비어 있는 의자 하나가 눈에 거슬렸다. 어쩌면 저기 앉을지도 모른다는 불안함에 오렌지는 그 가능성을 지워 버리고 싶었다.

"더 올 사람도 없을 것 같은데 조금 넓게 앉죠. 미니야. 저기 의자 하나 치워 버려." "네. 오빠." 미니가 빠른 반응으로 반대편에 있던 의자를 치워 버렸다. 오렌지는 미니에게 만 원 칩 2개를 건네주었다.

"고마워요. 오빠 커피 더 드릴까요?" 방금 미니가 갖다준 커피를 언제 다 마신 것일까? 커피는 한 모금만 더 마시면 컵의 바닥을 보일 만큼의 양만 남아 있었다. "응. 그래. 한 잔 더 부탁해."

다시 앉고 카리나를 기다리며 갬블에 집중하고 30분이 지났을 무렵.

'자정이 넘어가면 새벽의 여신 오로라가 등장하리라.'

카리나가 드디어 가게 안으로 들어왔다. 일을 끝내고 바로 와서인지 몸에 쫙 달라붙은 홀복을 입고 있어 아름다운 몸매가 그대로 드러나 있었다. 예쁜 얼굴, 길쭉한 키와 팔다리, 새하얀 피부, 탐스러운 가슴과 엉덩이, 어느 것 하나 흠잡을 데 없는 비너스 그 자체다.

"오빠 안녕." 카리나의 목소리가 등 뒤에서 들렸다. 그 오빠는 드래곤이었다. 드래곤도 표정이 밝아지며 카리나를 반갑게 맞이했다.

"어! 오렌지 오빠도 있네? 이게 얼마 만이야~" 이렇게 아름다운 아가씨가 자신을 기억해 준다는 건 오렌지로선 참으로 기분 좋은 일이었다. 오렌지와 카리나의 만남은 이번이 세 번째였다. 첫 만남은 서로 아무런 사연이 없었다. 두 번째 봤을 때 오렌지는 카리나에게 친절했고 말을 섞을 기회가 있었다. 카리나도 오렌지를 싫어하지 않았다. 젊었을 때 화류계 경험이 있던 오렌지는 이런저런 경험담으로 카리나의 관심을 끌었다. 오렌지의 얘기는 재미있었고, 카리나는 그런 오렌지에 호감을 느꼈다.

"오빠, 언제 한번 가게에 놀러 오세요. 제 명함 드릴게요. 꼭 혼자 오세요!" '혼자 와달라는 건 무슨 의미일까? 애프터를 기대해도 괜찮다는 것일까?' 오렌지는 아직 '꼭 혼자 오세요'에 대한 정확한 의미를 찾지 못하고 아리송한 감정만 지니고 있었다. 여유가 없던 오렌지는 좀처럼 카리나 가게에 갈 기회가 생기지 않았다. 족히 백만 원에 달할 술값은 현재 오렌지 처지에는 큰 부담이었다.

가게 안의 모든 시선은 카리나에게 향해 있다. 카리나의 짧은 홀복 밑으로 희고 탐스러운 허벅지가 그대로 드러나 있었다.

"여기 앉으면 되겠네. 오렌지 오빠 옆이네. 잘됐다." 오렌시가 의도한 대로 카리나는 오렌지 옆에 앉게 되었다. 카리나가 앉으니 기분 좋은 향수 냄새와 체취가 오렌지의 코를 자극했다.

"현호 오빠, 칩 좀 갖다주세요." 현호가 이내 만 원 칩 백 개를 가져왔다.
"이 시간에 웬일이야?" 오렌지는 카리나에게 말을 걸었다.
"집에 가려고 했는데 밖에 비도 오고 해서 조금 놀다 가려고 왔어요."
"밖에 비 오니?"
"네, 오빠. 조금 전부터 내리기 시작했는데 제법 많이 퍼부어요."
"흠, 저녁에 잔뜩 흐리더니 비가 오려고 그랬군." 오렌지는 뭐라도 말해서 카리나와 대화를 이어가고 싶어 했다.
"그런데, 오렌지 오빠 정말 오랜만이다. 가게 한번 놀러 온다고 해 놓고

선 오지도 않고. 힝~" 카리나가 애교 부리듯 오렌지에게 말했다.

그런 카리나의 모습이 오렌지는 너무 귀여웠다.

"가고 싶었지. 나도 카리나가 보고 싶었지만, 그동안 먹고사느라 바빴어."

무슨 생각이 갑자기 들었던 것일까. 오렌지는 워싱해 둔 칩을 캐시로 교환해 달라고 현호에게 요청했다. 돈으로 건네받은 후 오렌지는 카리나에게 백만 원을 주었다.

"이게 뭐예요. 오빠?" 카리나는 의아스러운 듯 돈을 받으면서 물었다.

"응. 술값을 선불로 주는 거야. 이렇게라도 하지 않으면 못 가게 될까 봐. 가지고 있어. 조만간 연락하고 놀러 갈게."

"와~ 오빠 멋지다. 알았어요. 잘 가지고 있을게요. 헤헤."

카리나는 기분 좋게 돈을 받아 가방 속에 넣었고 이 광경을 테이블에 앉아 있는 모든 사람이 쳐다보며 의미를 알 수 없는 미소들을 지었다.

오렌지는 카리나에게 적극적인 감정을 드러내고 있었던 것이고 테이블에 있는 사람들도 그렇게 느낀 것이었다. 한마디로 개수작 부리는 행태며, 어울리지 않으면서 다정해 보이는 둘의 모습에 묘한 질투심 같은 것도 있었을 것이다.

오렌지는 최근 연승으로 뱅크롤에 약간 여유가 생겼고 오늘도 오백만 이상을 이기고 있어 이 정도의 씀씀이는 괜찮다고 여긴 것이다. 무엇보다 카리나를 향한 욕구를 실현하고 싶은 남자의 본능이 제대로 꿈틀거리고 있었다.

4장

러시안 룰렛

다른 사람들은 갬블에 열중하고 있지만 오렌지와 카리나는 사소한 잡담들을 나누며 갬블은 안중에도 없는 듯 시간을 보내고 있었다.

카리나가 오고 난 이후로 오렌지는 갬블에 진혀 관심이 없었다. 카리나와 얘기를 나누는 게 중요했고 카리나도 원래 재미 삼아 홀덤을 했지 돈을 따려고 하는 건 아니다. 따면 좋고 못 이겨도 그만인 정도로 즐기는 게임이다. 이런 곳에서 게임도 즐기면서 적당히 영업도 하는 식이었다. 카리나가 온 지 두 시간이 지났고 그사이 한 명이 칩을 다 잃고 집으로 돌아갔다. 드래곤의 칩도 거의 바닥 난 상황.

오렌지는 카리나에게 정신이 팔려 갬블을 하면서도 테이블 돌아가는 상황을 제대로 알지 못하고 있었다. 드래곤은 얼마 남지 않은 칩마저 후드티에게 올인 당하고 말없이 앉아 있었다. 테이블은 곧 끝날 것 같은 분위기다. 드래곤이 더 이상 바이인을 하지 않으면 갬블은 이대로 끝날 것임을 누구 하나 말하지 않더라도 모두 그렇게 느끼고 있었다. 드래곤의 눈치를 살피고 있지만 갬블을 더 할 마음이 없어 보였다.

갬블이 시작된 지 일곱 시간, 알렉스, 범샤크, 아톰도 지친 기색이 역력해 보였다.

"아~ 오늘도 못 찾고 가겠네. 어제, 오늘 합쳐서 칠백 졌어요." 범샤크가 포기한 듯 말했다. 알렉스와 아톰도 드래곤이 없으면 의미가 없다는 걸 아는지 체념한 듯 앉아 있었다. 분위기가 가라앉았다. 후드티는 앞에 놓인 칩을 카운팅 하고 있었다. 현재까지 최고 승리자다. 테이블에 남아 있는 사람 중에 오렌지와 후드티만 이기고 있고 나머지는 모두 잃고 있었다. 늦게 온 카리나도 칩의 절반 정도를 날려 보냈다.

현호가 테이블로 왔다. "여기 한 분도 지금 들어가셔야 해서, 오늘은 이쯤에서 마무리해야 될 거 같습니다." 한 명이 더 가고 나면 테이블에 남아 있는 사람은 오렌지, 카리나, 범샤크, 알렉스, 아톰, 후드티, 드래곤뿐이다. 드래곤이 안 한다고 하면 진행하기가 버거운 상황, 모두 말이 없자. "그럼, 오늘은 여기서 끝내겠습니다. 야! 랙 가져와!" 현호가 오늘 갬블이 종료되었음을 선언했다. 그런데, 그 순간!

"천만 원만 주세요. 모두 십만 칩으로."

정적을 깨는 듯한 드래곤의 이 한마디에 마무리할 동작을 하던 현호, 신림 관계자, 딜러, 서빙, 핸디들, 하우스 안에 있는 모든 사람이 그대로 얼어붙어 버렸다.

"그리고 사장님. 잠시 저 좀 볼까요." 드래곤과 현호는 룸으로 들어갔다.

"방금 들었지? 천만 원 갖다 달라는 거!" 범샤크가 아톰에게 놀란 듯이 말했다. "와~ 드래곤 오빠 어쩌려고 저러지…" 카리나도 걱정 반, 기대 반인 듯한 어조로 중얼거렸다.

"모두 십만 칩으로 달라는 건 '안 봤다'를 하겠다는 건가?" 알렉스도 한마디 거들었다.

갈 채비를 하던 사람들은 그대로 테이블에 앉아 드래곤과 현호의 알 수 없는 대화가 끝나기를 기다리고 있었다.

10분 정도가 지난 후 드래곤과 현호가 테이블로 돌아왔다.

드래곤이 먼저 자리에 앉은 후 현호가 모두에게 말했다.

"여기 드래곤 사장님이 두 시간만 더 놀고 싶답니다. 모두 괜찮으시면 그렇게 진행해도 될까요?" 마다하는 사람은 아무도 나타나지 않았다.

알렉스, 범샤크, 아톰은 다소 과한 액션으로 고개를 끄덕였다.

"비도 오고 갈 데도 없는데 조금 더 하면 땡큐죠." 범샤크는 행여나 누가 반대라도 할까 걱정되었는지 드래곤의 대변인처럼 말했다.

"오렌지 형님도 괜찮으시죠?" 범샤크는 계속해서 사람들을 단속했다.

"나는 뭐, 이래도 좋고 저래도 좋고." 오렌지는 얼떨결에 그렇게 말했다.

잠시 테이블 눈치를 살피던 현호는 남아 있는 사람들이 계속할 의향이 있음을 확인한 후 말을 이어갔다.

"드래곤 사장님이 요청하신 건데 블라인드는 만. 만 맥스 바이인은 이백만으로 올리고 워싱은 끝날 때까지 하지 않는 걸로 요청했는데 이 부분도 다들 동의하실 겁니까?" 현호의 말이 끝나기 무섭게,

"네 좋죠. 두 시간만 할 건데 무슨 워싱입니까. 계속 쭉쭉 가야죠." 범샤크는 또 대변인처럼 말했다. 이번에도 누구 하나 반대하지 못했다.

지금 분위기에서 드래곤 의견에 반대한다는 건 갬블을 하지 말자는 것과 다름없는 상황이었다.

　"그럼 그렇게 하는 걸로 하고 지금부터 두 시간 진행하겠습니다."

　"저는 두 시간이 아니라 24시간도 상관없어요. 하하." 범샤크는 신이 난 듯 크게 웃으며 말했다.

　"저는 두 시간 이상 못 해요. 그 정도가 딱 좋아요." 이번에는 카리나가 말했다.

　"네네. 이쁜 아가씨는 두 시간만 하셔도 좋습니다. 우리끼리 남아서 계속하죠." 범샤크는 연신 신이 난 듯 말했다.

　"음. 두 시간 정도는 괜찮은데, 나도 그 이상은 못 할 거 같아." 오렌지는 카리나와 보조를 맞추고 싶었다. 지금 끝나면 카리나와 헤어지는 게 아쉬운 감정도 있던 오렌지는 두 시간 정도 카리나와 더 있는 것도 나쁘지 않다고 생각했다. 드래곤이 천만 바이인 한 것을 본 지금은 잘하면 오늘 수익을 더 낼 수 있다는 기대감도 겸하고 있었다.

　"네 그럼. 일단 두 시간만 해요. 두 시간 뒤에 가고 싶은 사람은 누구든지 편하게 가시면 되죠." 이번에는 알렉스가 말했다.

　"그럼 지금부터 두 시간 진행, 새벽 여섯 시에 마감하는 걸로 진행하겠습니다." 테이블 멤버들의 의향을 모두 들은 현호가 재차 말했다. "드래곤 사장님 칩 가져다드려." 현호는 미니에게 지시했고 미니는 지체 없이 뱅크실로 달려가 빨간색 십만 칩으로 가득 채워진 랙을 가져다 드래곤 앞에 놓았다. 호구 앞에 천만 원이 놓였다.

　말은 안 하지만 누구나 저 먹음직스러운 빨간 칩이 자신 앞으로 오는 기대와 상상을 하고 있을 것이다.

"아~~ 한 가지 더 요청하고 싶은 게 있는데."

드래곤이 말하자 모두가 주목한다.

"네. 말씀해 보세요." 범샤크는 드래곤이 무슨 요청을 하더라도 다 들어 줄 것 같은 어조로 응답했다.

"숏포인데 테이블에서 담배 피우면 안 될까요? 더 이상 올 사람도 없을 거 같은데." 드래곤의 요청은 흡연 테이블로 전환하자는 것이었다.

"아~ 좋아요. 도박은 담배 피우면서 해야 제맛이죠. 헤헤." 이번에는 카 리나가 신난 듯 드래곤의 요청을 거든다.

"혹시 비흡연자 계시나요?" 현호가 말하자 아무도 대답이 없었다. 단 한 명, 후드티만 살짝 손을 들어 비흡연자임을 밝혔다.

"한 명이라도 반대 있으면 없던 일로 하고요." 현호는 후드티의 승낙을 물었고 사람들은 후드티의 결성을 약간 긴상하며 바라보았다.

"네 괜찮습니다. 담배 연기만 저한테 너무 오지 않게끔 주의해 주시면 좋겠습니다."

만약 이걸 거절했다면 사회생활에 문제가 있는 사람으로 비추어졌을 것이다. VIP의 사소한 요청도 거절했다면 괜히 심기를 건드려, 분위기가 어색해지는 것은, 불을 보듯 뻔한 일이었다.

"미니야. 재떨이 깔아!" 현호가 지시하자 미니는 종이컵에 물을 약간씩 담아 사람들 앞에 놓았다.

테이블에 남은 사람은 이제 총 일곱 명이다.

오렌지는 삼백만 정도의 칩, 알렉스도 그 정도, 아톰과 범샤크는 백만 정도, 카리나는 오십만 정도, 그리고 단연 칩 리더인 후드티는 칠백만 정도의 칩을 앞에 쌓아두고 있었다.

드래곤 앞에 놓인 천만 칩으로 갬블은 이제부터 지금까지와는 완전히 다른 양상으로 전개될 것임을 모두가 직감하고 있었다.

"새로 버튼 뽑고 시작하겠습니다." 별이가 칼랑한 목소리로 말했다.

첫 장에 에이스가 나왔고 더 이상 카드를 깔 필요 없이 후드티의 버튼으로 갬블은 다시 시작되었다.

"안 봤다. 백만 '올인' 하겠습니다." 모두의 직감대로 드래곤은 시작부터 블라인드 베팅을 묵직하게 날렸다.

카드가 각자에게 두 장씩 돌아간 후 모두 침을 꿀꺽 삼키며 자신의 카드를 들춰보고 있었다.

'만약 드래곤이 계속 블라인드 베팅을 한다면 나는 가장 유리한 포지션을 잡고 있어. 이건 분명 하늘이 준 기회야. 카리나와 잡담은 멈추고 신중하고 담대하게 한번 해 보자.' 오렌지는 마음속으로 결기를 다지고 있었다. 그리고 받은 카드 두 장을 확인했다. 킹 텐 업 숏.

카드가 마음에 들지 않았는지 모두 폴드 되고, 오렌지 차례로 돌아왔다.

'블라인드 베팅을 상대로 킹, 텐은 나쁘지 않은 카드지만 백만을 받기에는 위험 부담이 커. 이기고 있으니 조금 더 좋은 기회를 차분히 기다리면 돼. 무리하지 말자.' 오렌지도 폴드 했고 드래곤은 스몰, 빅 블라인드로 나왔던 만 원 칩 두 개만 가져가게 되었다.

"그대로 둘게요." 드래곤은 '올인' 한 백만 칩은 그대로 놔두고 별 의미

없어 보이는 만 원 칩 두 개만 챙겨갔다.

두 번째 판도, 세 번째 판도 모두 폴드 했다.

"이러면 재미없는데, 다들 에어라인만 기다리시나." 드래곤은 약간 맥이 풀린 듯 중얼거렸다.

"카드가 너무 안 좋아서요. 에이스 한 장만 있어도 콜인데. 하하." 범샤크는 드래곤을 달래듯 말했다.

어설픈 카드로 덤비기에는 백만 칩은 앉아 있는 모두에게 부담스러운 베팅임이 틀림없었다.

네 번째 판이 돌아가고 드디어 도전자가 나타났다. 카리나였다. 오렌지는 8파켓으로 썩 괜찮은 카드였지만 카리나가 '콜' 하자 전혀 미련 없이 카드를 딜러에게 던졌다.

"보신 분 먼저 오픈하세요." 별이가 카리나에게 밀했고 카리나가 오픈한 카드는 잭파켓이었다. 좋은 카드다. 프리미엄 카드 다섯 개 중 하나인 잭파켓, 블라인드 베팅을 상대하기에 손색이 없다.

커뮤니티 카드 다섯 장이 펼쳐졌고 카드를 확인한 드래곤은 카드를 덮은 채 딜러에게 던져주며 패배를 시인했다.

"칩 카운팅 할게요." 별이는 빠른 손놀림으로 카리나의 칩을 센 후 "총 오십사만입니다." 드래곤의 십만 칩 여섯 개를 가져간 후 만 원 칩 여섯 개를 거슬러 주었다. 드래곤은 만 원 칩 여섯 개를 가져간 후 십만 칩 여섯 개를 더 꺼내어 백만을 채운 후 계속해서 블라인드 백만 '올인'을 이어갔다.

다음 도전자는 알렉스였다. 역시 프리미엄 카드 다섯 개 중 하나인 에이스, 킹, 수딧으로 콜했고 커뮤니티 카드 다섯 장 중에 에이스와 킹은 나타나지 않았다.

지금 보드에 깔린 다섯 장의 커뮤니티 카드를 대상으로 드래곤이 가진 미상의 카드 두 장은 알렉스의 에이스, 킹을 상대로 승리할 확률이 62%에 달한다. 드래곤이 반격할 차례다. 드래곤은 천천히 카드를 쬐어보고 있었고 알렉스는 상기된 표정으로 바라보고 있었다. 드래곤의 카드 두 장 모두 보드에 깔린 다섯 장의 카드와 비켜 가기를 바라고 있을 것이다.

에이스, 킹이 맞지 않았을 경우 블라인드 베팅이 이길 확률은 다양하게 존재한다.

보드에 원페어가 깔려 있으면 52%

지금처럼 각기 다른 레인보우면 62%

것샷(빵꾸)이 있으면 72%

더블 것샷(양차)이나 같은 무늬 네 장(포플)이 있으면 80%

만약 저 보드에 에이스와 킹이 한 장이라도 나왔더라면 드래곤의 승리 확률은 11%로 확 줄어들었을 것이다. 그만큼 에이스, 킹은 맞은 것과 안 맞은 것의 차이가 크다.

드래곤의 첫 장은 5가 나왔고 이제 상황은 알렉스가 6 대 4로 유리해졌다.

카드를 옆으로 쬐던 드래곤은 "스페이드 포 사이드"라고 외쳤다. 스페이드 포 사이드라면 9 아니면 10, 둘 중 하나다. 다시 확률은 5 대 5가 되었다. 드래곤은 동전 던지기 하듯 카드를 높이 뒤집어 던졌고 보드에 사뿐히 착륙한 카드는 스페이드 10이었다.

알렉스를 제외한 모두가 드래곤의 승리를 축하해 주었다.

"에이스, 킹으로 10, 5에게 지다니." 알렉스는 불만스러운 듯 혼자 중얼거리며 백만 칩을 드래곤에게 밀어주었다. 드래곤의 칩은 더블업이 되었다. "투깡으로 갑니다." 드래곤은 칩을 가져가지 않고 알렉스에게 받은 백만 칩을 더해서 블라인드 베팅 이백만을 했다.

숨이 멎을 거 같은 긴장감이 테이블을 휘감는다.

'백만도 부담스러운데 이백만이라니……' 오렌지는 웬만한 카드로는 받을 엄두조차 들지 않았다. 다른 사람들도 그렇게 생각하기에 마찬가지였을 것이다.

두 판이 모두 폴드 하면서 지나가고 세 번째 턴에서 후드티가 '리올인' 했다.

'칠백만 올인' 올 커버다. 아무도 들어오지 말거나 들어오려면 각오 단단히 하라는 시그널이다. 모두 폴드 했고 후드티의 카드는 에어라인이다. 모두 마음속으로 드래곤이 승리하기를 바라지만 에어라인을 상대로는 무리였을까, 드래곤의 이백만은 후드티가 가져갔다.

정말 얄밉도록 오늘 내내 저런 식으로 계속 이겨 가고 있다. 어쩌다가 한 번씩 저렇게 참여하는데 그때마다 꼭 빅팟을 챙겨 가고 있다.

줄어들지 않고 계속 쌓여만 가는 후드티의 칩 무더기를 보고 있으면 소외감이 들었다. 오렌지도 이기고 있지만 더 많이 이기고 있는 사람이 있으면, 그 차이가 제법 크다면 왠지 이기고 있다는 기분이 살짝 반감되곤 했다.

이후로도 드래곤은 계속해서 블라인드 베팅 백만을 이어갔고 30여 분이 지났을 무렵 천만 칩을 벌써 다 잃어버렸다. 아톰이 한 번 승리했을 뿐 런이 불붙은 후드티가 천만 칩을 거의 다 가져갔다.

드래곤은 천만 칩을 다 잃는 동안 세 번의 승리를 했지만 세 번 다 더블 업 한 칩을 후드티에게 모두 패했다. 후드티는 에어라인, 킹파켓 두 번, 퀸파켓, 텐파켓 등등으로 독식을 해 버렸다. 좀처럼 카드가 잘 들어오지 않던 오렌지는 단 한 번도 참여하지 못하고 계속 폴드만 하며 남들이 싸우는 것을 구경만 하고 있었고 밉상인 후드티에게 계속 좋은 패를 안겨주는 별이에게 짜증이 나기 시작했다.

범샤크와 카리나는 드래곤을 상대로 올인 당하고 리바인을 했다.

'알렉스, 범샤크, 카리나처럼 당하지 않은 게 어디야.' 오렌지는 그렇게 자위했지만, 산더미같이 불어난 후드티의 스택을 쳐다보고 있으면 울화가 치밀었다. '이럴 때 더 많이 이겨야 하는데. 이런 기회는 자주 있는 것이 아닌데.' 쓸쓸해지는 마음은 어쩔 수 없었다.

갬블은 잠시 중지되었다. 드래곤이 가진 칩을 모두 잃자 갬블은 더 이상 진행되지 못했다. 후드티는 일어나 화장실로 갔다.

"천만 더 주세요." 드래곤이 천만 더 리바인을 했다.

담배를 입에 물던 드래곤은 "저 친구 정말 꼿히게 하네."라며 중얼거렸다. 후드티를 지칭한 것이다. 단순히 칩을 일방적으로 빼앗겨서 그런 것은 아니었을 것이다. 후드티의 액션 하나하나는 뭔가 불쾌함을 주는 요소들이 많았다. 사람을 쳐다보는 눈빛도 기분을 나쁘게 만든다.

"오늘은 짜증 나는 사람이 많네." 드래곤은 다시 중얼거렸다.

'짜증 나게 하는 사람이 많다고?' 오렌지는 의아했다. '후드티 외는 드래곤을 불편하게 만든 사람이 누가 있을까?' 잠시 생각했다.

'알렉스는 아니다. 범샤크와 아톰도 아닐 테고, 카리나는 말할 것도 없다. 그럼 나를 말하는 것일까?'

그러고 보니, 드래곤은 처음 왔을 때 오렌지 옆에 앉았고 별 경계 없이 오렌지와 가벼운 대화도 주고받고 했는데 어느 순간부터 오렌지와 일절 말을 섞지 않고 있었다.

카리나가 오고 난부터 오렌지와 카리나는 이야기꽃으로 갬블은 뒷전인 듯 속닥거리고 있었고, 그런 점이 드래곤의 심기를 건드렸을까.

오렌지는 그렇게 유추되고 있었다.

'알게 뭐람. 드래곤이 나를 싫어하든 말든 난 돈만 따서 일어서면 돼.'

오렌지는 드래곤의 그 말을 신경 쓰지 않으려고 애써 노력했다.

드래곤 앞에는 다시 천만 칩이 놓였고 후드티도 화장실을 다녀온 후 착석하자 갬블이 진행되었다.

"딜러 교체 안 해?" 범샤크가 별이에게 물었다.

그러고 보니 딜러 교대 시간이 한참 지났는데도 별이가 계속 딜러를 맡고 있었다.

"지금은 저 혼자뿐이라서요." 별이가 대답하자.

"상우는 어디 가고?" 범샤크가 재차 물었다.

"상우는 집에 일이 생겨서 일찍 들어갔어요. 지금 딜러 오고 있으니 도착하면 바로 교대할게요." 현호가 별이를 대신해서 말했다.

"한 시간 후면 끝나는데 딜러를 새로 구했다고? 누가 그러려고 여기 와?"

"여기 몇 번 아르바이트로 왔던 딜러인데 어떻게 될지 몰라서 일단 불렀어요. 일찍 끝나면 차비라도 챙겨 줘야죠."

"알았으니까 진행해요."

갬블이 속개되자. 드래곤은 하던 대로 블라인드 베팅 백만을 이어갔다.

카리나가 '콜'을 했다. 남은 사람은 이제 오렌지뿐이었고 오렌지의 핸드는 에이스, 퀸이었다. 잠시 고민을 했지만, 다른 사람도 아니고 카리나인데 굳이 참여하고 싶지 않았다. 카리나도 오렌지가 결정을 미루고 있는 것이 신경 쓰였는지 오렌지를 쳐다보고 있었다.

"폴드" 오렌지는 카드를 던지며 "아무래도 카리나한테 잡혀 있을 거 같애!" 너스레를 떨었다.

드래곤과 카리나의 헤즈업. 먼저 카드를 오픈한 카리나는 퀸파켓을 쥐고 있었다. 커뮤니티 카드가 펼쳐졌고 에이스가 출현했다. 드래곤은 패했고 백만을 카리나가 가져갔다.

"이제 *멘징! 오렌지 오빠 뭐였는데 고민했어요?"

* 멘징: 본전의 속어.

"에이스, 퀸이었는데 카리나가 에이스, 킹 같아서 포기했어."

"고마워요. 오빠. 헤헤." 카리나는 새하얀 치아를 드러내며 5월 햇살의 눈부심도 이 정도일까 싶을 만큼 환하고 해맑게 웃었다.

'들어갔으면 이백만을 먹을 수 있었는데.' 오렌지는 다소 아쉬워하면서도 카리나가 기뻐하는 모습에 만족할 수 있었다. 지금 분위기에서 다른 사람이 콜을 했더라면 오렌지는 분명 참가했을 것이다.

이후 전개된 두 판은 후드티가 드래곤의 칩을 또 가져갔다. 드래곤이 블라인드 베팅을 시작한 시점부터 후드티는 하이파켓이 자주 들어오고 있었다. 런이 불붙기 시작한 것이다. 후드티 입장에서는 타이밍이 너무 좋다. 밉상인 후드티에게 좋은 빌미를 제공하는 별이가 너무 싫어졌다.

'차라리 드래곤을 이기게 해 주지. 팁 하나 안 주는 저 녀석만 이기게 해 주니….' 오렌지는 속으로 푸념했다.

"안 봤다. 백오십으로 힐게요." 드래곤은 계속 후드티에 패하자, 화가 났는지 블라인드 베팅 금액을 올렸다.

이번에는 범샤크가 에이스, 텐 수딧으로 콜을 했다. 보드에 커뮤니티 카드 다섯 장이 깔렸지만, 에이스와 텐은 출현하지 않았고 9 한 장을 맞춘 드래곤이 승리했다.

"흠. 오늘 게임이 잘 안되네." 범샤크도 답답해했다. 액션이라면, 천하의 둘째가라 해도 서러워할 범샤크가 오늘 드래곤을 만나 기를 못 펴고 있었다. "돈이 죽지 사람이 죽나." 테이블에서 범샤크가 자주 했던 말이다.

"딜러 교대할게요." 조금 전에 말한 딜러가 어느새 와 있었다.

"별이 얼른 꺼져." 범샤크는 별이에게 장난스럽게 말했고 별이는 살짝 미안한 미소를 지으며 자리에서 일어났다.

새로운 딜러가 누구인지 오렌지는 쳐다보았지만 처음 보는 딜러였다.

체격은 작고 반팔 티를 입어 드러난 팔에는 해골, 칼, 뱀 등등 기분 나쁜 문신들이 가득했다. 손등에도 문신이 있었다.

'이런 일 하는 놈이 팔에 무슨 낙서를 저렇게 하고 다녀. 적당히 하지.'

오렌지는 문신으로 인해 딜러의 첫인상이 마음에 들지 않았다.

"이건 뭐예요?" 새로 온 딜러는 테이블을 살피더니 보드 위에 잔뜩 쌓인 칩 더미를 바라보며 말했다.

"안 봤다. 올인." 드래곤은 무심하게 딜러에게 대답을 툭 던졌다.

드래곤은 방금 범샤크에게 이겨 더블업 된 칩을 그대로 두고 진행했다.

블라인드 베팅 삼백만! 실로 엄청났다. 오렌지가 여의도로 와서 아홉 시간 가까이 열중해서 모은 칩을 단번에 커버해 버리는 베팅이었다. 후드 티를 제외한 다른 사람들의 칩도 모두 커버 되었다.

카드가 돌아가고 있었고 오렌지는 이번 핸드에 좋은 카드가 들어오기를 학수고대하면서 천천히 자신의 카드를 들추어 보고 있었다.

첫 장이 에이스였다. 조심스럽게 다음 장을 쬐고 있는데 위가 뾰족해졌다. 밑으로 내려가는 옆면이 양쪽으로 경사지기를 바라며 천천히 카드를 내렸다. 똑바로 섰다! 4가 아닌 A다.

딜러가 교대되자마자 가장 큰 블라인드 베팅 판에서 최강의 카드 에어라인을 손에 쥐게 된 것이다. 드래곤이 어떤 카드를 들고 있더라도 오렌지의 승률은 80% 이상을 보장받는다. 압구정에서 첫 핸드로 받은 에어라인 이후로 장장 17시간 만에 다시 만져 보는 에어라인이다.

'제발 넘어가지만 않으면 돼.' 오렌지는 설레면서도 긴장하며 다른 사람들의 결정을 기다리고 있었다. 첫 번째로 결정하는 알렉스는 바로 카드를 던졌고 후드티 차례가 되었다. 그런데 후드티는 뒤에 남은 사람들을 쳐다보고 있는 것이 아닌가. 오렌지와도 눈이 마주쳤다.

딜러도 후드티를 바라보며 결정을 기다리고 있었다. 팟이 커서인지 시간을 충분히 주고 있었다. 그런데도 후드티는 좀처럼 결정하지 못하고 있었다.

"타임 드릴게요." 딜러는 후드티에게 결정을 재촉했다. "콜 할게요." 후드티가 콜 하자, 아톰, 범샤크, 카리나는 연이어 폴드 했다.

"콜!" 오렌지는 자신의 차례가 되자 추호의 망설임도 없이 '스냅콜'을 했다. "와~~~" 테이블에 앉아 있는 핸디들과 지켜보던 스태프 모두 오늘 갬블에서 가장 큰 구백만 팟이 만들어진 것에 대해 환호했다.

후드티는 오렌지를 쳐다보며 당황해하는 기색이 역력해 보였다.

"먼저 오픈해 주세요." 딜러는 후드티에게 말했다.

오픈된 후드티의 카드는 킹파켓이었다.

'정말 역대급 빌런이다. 킹파켓으로 그렇게 눈치를 보고 있었단 말인가.'

오렌지는 살짝 짜증이 나면서도 통쾌함과 비장한 결기를 가지고 자신의 카드를 자랑스럽게 오픈했다.

후드티가 먼저 오픈했을 때 테이블에서 나온 함성보다 오렌지가 카드를 오픈하자 더 큰 함성이 테이블에서 터져 나왔다.

드래곤이 쏘아 올린 불꽃놀이에 후드티와 오렌지가 숙명의 핸드 랭킹 1위와 2위, 에어라인 대 카우보이로 엮인 것이었다.

"만날 게 만났네!" 범샤크가 세기의 대결을 알렸다.

'카우보이로 에어라인을 이길 확률은 18%밖에 되지 않아. 남아 있는 드래곤도 미상의 카드로 에어라인을 이길 확률은 12%에 지나지 않고.'

오렌지는 70%의 승률을 가진 이번 빅 팟이 무사히 자신에게 오기를 기도하며 땀이 송골송골 맺히는 두 손을 주먹 쥐어 테이블에 올렸다.

"천천히 깔아. 천천히…" 오렌지가 딜러에게 주문했다.

딜러는 플랍 카드 세 장을 빼서 오렌지의 주문대로 천천히 펼치고 동작을 멈추었다. '킹이 나오면 안 돼!' 오렌지는 간절하게 애원했다.

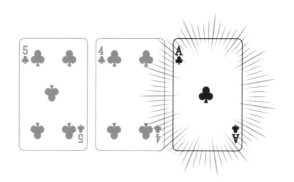

"그렇지!" 오렌지는 자신도 모르게 큰 소리로 환호했다. 제발 킹이 깔리지 않기를 바랐는데 에이스의 출현으로 후드티와의 승부는 끝났다고 오렌지는 생각했다.

"포플 있어요!" 범샤크가 외쳤다.

"잠깐만!" 범샤크의 말에 오렌지는 딜러가 턴 카드를 깔기 전에 보드를 다시 살펴보았다.

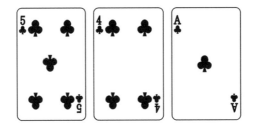

보드에 깔린 세 장의 플랍 카드가 모두 클로버 무늬인 것을 확인한 후 프리플랍 상황에서는 전혀 염두할 필요 없었던 후드티의 카드 무늬를 살펴보았다. 킹 한 장이 클로버였다.

에어라인과 카우보이의 대결은 이제 셋과 포플의 대결로 변화되었다. 프리플랍 때보다 오렌지는 승률이 더 내려간 것이다.

둘의 승부에서 오렌지는 72%, 후드티는 27%, 찹(무승부)이 1%다.

'저 클로버 세 장은 도대체….' 오렌지는 이 상황에서 에이스를 띄우고도 난처해하고 있었다.

"턴 카드 깔겠습니다." 딜러가 말하자 모두 숨을 죽이고 있었다.

'턴에 쫑을 내버려!' 오렌지는 풀하우스가 되기를 간절히 희망했다.

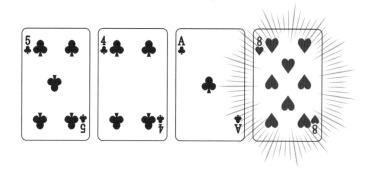

텐에는 하트 8이 출현했다. *블랭크 카드다.

* 블랭크: 승부에 영향을 주지 않는 카드.

'그래. 이제 마지막 한 장 남았어. 제발 플러시는 피해 줘!'

"마지막 리버!" 딜러가 복창하며 구백만 팟의 주인이 가려질 마지막 리버카드 한 장을 천천히 뒤집었다.

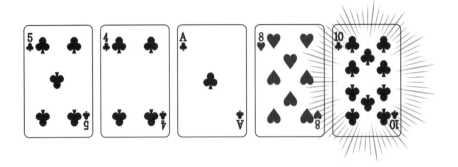

클로버 텐…. 하우스 안은 고요한 침묵만이 지배되고 어느 누구도 말이 없었다.

"뭐야! 이거 끝났잖아. 쫄 필요도 없겠는데." 짧았지만 긴 시간 같았던 고요함을 깨고 드래곤이 말했다.

"아직 스티플이 남아 있는데…." 범샤크가 힘없이 말했다.

"스티플? 크크." 드래곤은 포기한 듯한 어조로 중얼거렸다.

저 보드에서 스트레이트 플러시가 나올 확률은 홀덤에서 가장 낮은 확률인 0.1%에 불과했다. 첫 장을 확인한 드래곤은 두 번째 카드는 보지도 않고 카드를 던져 버렸다. 이 판마저 후드티가 먹어 가게 되었다.

오렌지는 충격 속에 망연자실하고 있었다. 밤새도록 열심히 모았던 칩을 단 한 번에 모두 날려 보낸 허탈함과 이겼으면 자신의 것이 되었던 구백만 칩을 마지막 리버카드 한 장 때문에 놓쳐 버린 허망함에 넋을 잃고 있었다. 그것도 그토록 얄미웠던 후드티에게 주고 말았다.

"와~ 에어라인이 셋 맞추고도 지네." 카리나가 위로지만 위로 같지 않은 말을 툭 내뱉었다.

무더기의 칩은 후드티에게 밀려갔고 후드티는 주체할 수 없을 만큼의 칩으로 자신 앞에 성을 쌓고 있었다. 두툼함과 높이에서 타의 추종을 불허했다. 이천오백만의 칩! 나머지 사람들의 칩을 다 합친 것에 몇 배에 달하는 칩 무더기를 앞에 놓게 된 것이었다. 후드티는 삼십만에서 출발하여 저렇게 되었다. 비현실적으로 칩이 불어났다.

이제 남은 시간은 한 시간 남짓, 한 시간 후에 후드티는 미련 없이 일어설 테고 앞으로의 갬블 운영은 더욱 단단해질 것이 자명하다.

갬블은 폭풍이 휘몰아쳤던 전 판을 뒤로하고 재개되었다.

"형님. 그만하실 겁니까?"

오렌지가 앞에 칩을 비워 두고 말없이 앉아 있으니 범샤크가 물었다.

"…………." 오렌지는 대답하지 않았다.

"빼고 돌릴게요." 그렇게 말한 딜러는 오렌지에게 카드를 주지 않았다.

"오빠, 정말 그만할 거야? 재미있는데 조금 더 하자. 두 시간은 채워야지." 카리나가 오렌지에게 조심스레 말했다.

"잠깐 화장실 좀 갔다 올게." 오렌지는 자리에서 일어나 룸으로 들어갔다. 룸에도 화장실이 있었다.

오렌지가 룸으로 들어가자 현호도 따라 들어왔다.

"와~ 형님 진짜 아깝네요. 그게 리버에 넘어가다니." 현호가 위로하듯 말을 걸었지만, 오렌지는 말없이 담배만 피우고 있었다. 그리고 어떻게 할지 고민했다.

'빅 팟을 내주었지만, 아직 잃고 있는 건 없잖아. 드래곤은 끝날 때까지 칼춤을 계속 출 테고. 포지션도 좋은데 포기할 필요는 없겠지….'

러시안 룰렛은 확률적으로 유리하다. 그러나 불운을 맞게 되면 목숨을 잃는다. 러시안 룰렛처럼 목숨까지는 아니라도 유리한 확률로 얻게 되는 보상이 위험을 걸 만큼 가치가 있는지 따져보아야 한다.

"현호야 지금 맥스 바이인이 얼마지? 얼마까지 올려놓을 수 있어?"

"지금은 이백만까지 가능해요."

"내 자리에 이백만 올려놔."

"네 형님."

오렌지는 담배를 한 대 피운 후 곧장 테이블로 돌아와 앉았다.

"오빠 파이팅~" 오렌지가 자리로 복귀하자 카리나가 속삭이듯 말했다.

여전히 드래곤의 블라인드 베팅이 나와 있었고 이후 연속해서 아톰, 카리나, 알렉스에게 패하면서 두 번째 천만 칩도 모두 잃게 되었다.

"휴~ '안 봤다'에 처음 이겨 보네." 알렉스가 아까 드래곤에게 당한 패배를 설욕이라도 한 듯 말했다.

"천만 더 주세요. 이것도 잃으면 그만할게요."

드래곤 앞에는 세 번째 천만 칩이 놓였다.

드래곤이 이천오백만을 잃는 동안 테이블에 남아 있는 사람 중에 혜택을 본 사람은 카리나만 백오십만 정도 받아먹었고 나머지는 거의 후드티의 재물로 들어갔다. 산타가 왔는데 한 명에게 선물을 몰아준 것이다.

남은 시간은 한 시간 정도. 처음 드래곤이 천만 칩을 올렸을 때 그렇게 많게 느껴지던 칩이 오렌지는 이제 적게 느껴졌다.

'저것만 하고 그만둔다고? 한 시간 못 버틸 것이다. 어쩌면 십 분 만에 끝날지도 모른다.' 오렌지는 여태 가지고 있던 여유롭던 마음이 사라지고 갑자기 조급한 마음이 들었다. 조금 전에 삼백만을 잃었던 데미지가 컸던 것이었다.

"얼마까지 올릴 수 있어요?" 드래곤이 현호에게 물었다.

"이백만까지 가능합니다." 현호의 대답이 떨어지기 무섭게 드래곤은 랙에 담긴 빨간색 칩 한 줄을 들어 "안 봤다. 이백만!" 블라인드 베팅을 했다. 카드가 돌려지고 오렌지의 카드는 또 에어라인이 들어왔다.

모두 폴드 하자 오렌지는 지체 없이 콜을 했다.

오렌지가 카드를 오픈하자 "또 에어라인이네." 카리나가 살짝 미소를 머금은 표정으로 말했다.

'드래곤이랑 헤즈업! 이번 판은 먹게 해 주겠지.'

오렌지는 다소 편안하게 생각하고 딜러가 펼치는 커뮤니티 카드를 바라보았다.

이내 커뮤니티 카드 다섯 장이 깔렸고 숫자는 제각각, 플러시가 나올 수 있는 상태는 아니었고 스트레이트도 투 핸드로 들어가는 보드였다.

드래곤이 첫 장을 조심스럽게 쬐더니, "하나 맞추고!" 하트 2, 한 장을 오픈했다. 보드에는 스페이드 2가 있었다. 첫 장이 비켜 갔으면 그대로 끝나는 드로잉 데드 상황이 될 뻔했는데 첫 장을 맞추면서 적잖이 이길 확률을 드래곤은 얻게 된 것이다. 오렌지도 등골이 오싹해졌다.

두 번째 카드를 쬐는 드래곤의 모습을 오렌지는 외면했다. 곧 "와~" 하는 함성이 들렸다. 드래곤의 두 번째 카드에도 2자가 쓰여 있었다.

2파켓으로 에어라인을 이겼다. 오렌지는 연이어 에어라인으로 구백만 팟과 사백만 팟을 지게 된 것이다.

어제 낮부터 다음 날 새벽까지 좋은 흐름으로 이기고 있던 오백만을 단 두 판 만에 전부 날렸다. 그것도 최강 카드 에어라인으로 말이다.

오렌지는 분노가 밀려왔다. 테이블에 앉은 사람들은 오렌지에게 측은한 눈빛을 주고 있었지만, 속마음은 드래곤이 승리하기를 바랐을 것이다.

오렌지가 칩을 가지고 있는 것보다 드래곤이 칩을 가지고 있는 게 본인들에게 훨씬 유리한 상황일 터, 오렌지도 사람들의 그런 속내를 모를 리가 없다. 측은지심과 오렌지가 지기를 바라는 마음이 동시에 혼합된 눈빛들이 와닿는 게 오렌지는 너무 싫었다.

"야! 이백 더 가져와!" 점잖은 오렌지 입에서 다소 거친 목소리가 나왔다.

드래곤은 오렌지에게 받은 칩을 합쳐서 블라인드 베팅 사백만을 했다.

오늘 블라인드 베팅 중에서 가장 큰 금액이다.

저 베팅을 풀로 받아먹을 수 있는 사람은 후드티뿐이다.

카드가 돌려지고 오렌지는 자신의 카드를 성의 없이 한꺼번에 들어 보았다. 거짓말처럼 또 에어라인이다.

220판에 한 번꼴로 만질 수 있다는 에어라인을 연속해서 받은 것이다. 17시간 동안 한 번도 오지 않던 에어라인이 십 분여 사이에 세 번이나 온 것이다. 오렌지는 딜러를 쳐다보았다.

'이 새끼는 뭐 하는 놈이야? 이번에도 또 지게 해 봐. 개새끼야.'

오렌지는 에어라인을 받고도 반가운 마음보다는 적개심이 들었다.

모두 폴드 하고 오렌지는 드래곤과 다시 헤즈업이 되었다.

오렌지가 카드를 오픈하자 모두 믿기지 않은 듯, "와~~~~ 또, 또 에어라인이야!" 합창하듯 모두 일제히 소리치며 서로를 입이 벌린 채 번갈아 쳐다보았다.

이윽고 커뮤니티 카드 다섯 장이 펼쳐졌다.

저 보드에서 미상의 카드 두 장이 에어라인을 이길 확률은 9.7%밖에 되지 않는다.

"4가 있으면 되잖아." 드래곤은 마치 데자뷔처럼 카드를 쬐고 있었다.

"이건 아니고." 드래곤은 첫 장을 옆으로 치웠다.

첫 장이 비켜 가면서 이제 드래곤이 오렌지를 이길 확률은 4.5%로 줄어들었다.

"응? 투 사이드인데." 카드를 끝까지 확인하지 않고 그렇게 말했다.

투 사이드라면 4, 5, 둘 중 하나인데 4가 두 장 남았고 5가 네 장 남았으니 4가 나올 확률은 33%다. 이길 확률이 4.5%에서 33%로 무려 7배 이상 격상한 것이다.

야구를 볼 때 4푼 5리짜리 타자랑 3할 3푼 타자의 안타 기대 심리를 생각해 보면 얼마나 큰 차이인지 실감할 수 있을 것이다.

"가운데 찍으면 안 돼!" 드래곤은 천천히 카드를 들추면서, "없다!"

외치고 카드를 오픈했다.

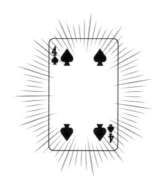

스페이드 4다!

'어떻게 이럴 수가 있단 말인가!

어떻게 에어라인으로 연속해서 세 판을 질 수가 있단 말인가!

별이처럼 차라리 카드를 좋게 주지 않았더라면 이런 험한 꼴을 당하지 않았을 텐데. 도지히 참여하지 않을 수 없는 에이라인을 세 번이나 주고 세 번 다 지게 만들 수 있단 말인가!'

오렌지는 두 팔과 두 다리, 온몸이 사시나무처럼 바들바들 떨렸고, 호흡이 가빠지면서 피가 머리로 쏠렸다. 먹구름이 뒤덮은 듯 속이 새까맣게 타들어 갔다.

현실일까, 악몽을 꾸고 있는 것일까. 오렌지는 지금 벌어진 상황들을 도저히 믿을 수 없었다.

오렌지는 자신 앞에 놓여 있는 만 원 칩 몇 개를 딜러에게 던지고 싶은 충동을 느꼈다. 딜러에게 레이저를 쏘고 있는 오렌지와 달리 딜러는 오렌지와 눈을 맞추지 않으려고 고개를 숙이며 카드를 섞고 있었다.

오렌지는 담배를 물고 증오스러운 눈빛으로 딜러를 계속 바라보고 있었다. 딜러는 어쩔 수 없이 오렌지를 바라보며 "카드 드릴까요?" 하며 물었다.

"빼! 이 새끼야! 칩도 없는데 무슨 카드를 받아!" 오렌지는 신경질적으로 대답했다.

오렌지를 빼고 갬블은 계속 진행되었고 드래곤의 블라인드 베팅은 이제 육백만이 되었다. 범샤크가 콜 하고 육백만 중 이백만을 자신에게 가져갔다. 오렌지는 담배를 피우면서 마음을 차분히 가라앉히려 애써 노력했다.

드래곤의 남은 칩은 천이백만, 아직 기회는 남아 있었다.

"현호야. 형도 천만 주라."

"네?"

"괜찮으니까 줘. 형이 돈 가지고 언제 실수한 적 있었니?"

오렌지는 천만 칩을 다 쓸 생각은 아니었다. 그냥 호기로 달라고 한 것이었다. 현호는 직접 칩을 가지러 가더니 오렌지에게 오지 않고 후드티에게 갔다.

"백만 칩으로 컬러 체인지 해드릴게요." 현호가 후드티에게 말했다.

"응? 괜찮아요. 저는 칩이 많은 게 좋아요."

"십만 칩이 모잘라서요." 현호가 그렇게 말하자 어쩔 수 없이 후드티는 십만 칩 백 개를 랙에 담아 현호에게 주었고 현호는 백만 칩 열 개를 후드티에게 건네주었다. 떡 칩이다. 동그란 칩이 아닌 네모난 칩, 떡처럼 생겨서 떡 칩이라 부른다. 떡 칩을 들어 살피던 후드티는 "난 빨간색 칩이 좋은데."라며 중얼거렸다.

이런 분위기에서 곱게 줄 일이지 별것도 아닌 것에 불만을 툭툭 내뱉는 후드티에게 오렌지는 입을 찢어버리고 싶은 감정이 들었다.

드래곤의 육백만 블라인드 베팅은 방금 범샤크에게 이백만을 할퀴고 사백만으로 줄어들었다. 오렌지는 사백만을 올려놓고 싶었지만, 룰은 지켜야 하므로 이백만까지 올릴 수밖에 없었다.

이제 오렌지는 오늘 하루 마이너스 이백만이 되었다. 17시간 갬블을 하면서 오백만을 플러스로 있다가 삼십 분 사이에 마이너스로 돌아선 것이다. 오렌지는 멘탈이 흔들리고 있었지만, 평정심을 잃지 않으려고 깊은 심호흡을 했다.

'여기서 더 밀리면 안 돼. 정신 차리자.'

카드가 돌려졌다. 알렉스가 폴드 후, 후드티는 데이블 눈치를 살피면서 '콜'을 했다. 킹파켓으로 삼백만을 타임이 들어간 후 '콜'을 했던 후드티가 사백만을 더 빠른 시간에 '콜' 했다. 아톰, 범샤크, 카리나가 차례로 폴드하고 오렌지 차례가 되었다. 오렌지 카드는 킹, 퀸이었다.

오렌지는 생각에 잠겼다. 킹, 퀸, 분명 좋은 카드였지만 그 누구도 아닌

후드티가 '콜'을 했다. 최소 에이스, 킹 이상일 거라 예상한 오렌지는 물러서기로 결정하고 카드를 딜러에게 던졌다. 후드티가 '콜'하지 않았더라면 오렌지는 지체 없이 '콜'을 받았을 것이다.

드래곤과 후드티의 헤즈업 리턴 매치. 먼저 카드를 오픈한 후드티의 패는 잭파켓이었다.

'투 오버 카드. 이럴 줄 알았더라면 '콜' 했을 텐데.' 오렌지는 속으로 중얼거렸다. 만약 오렌지가 '콜' 했으면 승리 확률은 후드티가 46%, 오렌지는 36%, 드래곤은 17%, 나머지 1%는 찹의 확률이다.

지고 있어도 그럭저럭해 볼 만한 상황이었지만 예상보다 후드티의 카드가 낮게 나온 것이었다.

커뮤니티 카드가 펼쳐졌고 에이스가 있고 마지막 리버에 퀸이 나타났다.

자신의 카드를 확인한 드래곤은 실망한 표정을 짓고 카드를 덮은 채 폴드 했다. 다시 후드티의 승리. 오렌지는 드래곤보다 더 실망스러운 표정이 되었다. 게임이 정말 안 풀렸다. 들어가면 패배하고 물러서면 이기게 되었고, '콜'을 했더라면 사백만을 먹을 수 있던 것을 차치하더라도 드래곤이 에이스와 퀸이 한 장이라도 있어 승리하기를 바랐는데 그마저도 이루어지지 않은 것에 실망이 컸다.

사백만의 칩을 또 가져가는 후드티…. 그 모습을 지켜보는 하우스 안은 씁쓸한 침묵만이 흘렀다.

드래곤은 랙에서 이백만을 꺼내어 예외 없이 블라인드 베팅을 이어갔다.

이번에는 아톰이 '콜' 했고 에이스, 잭으로 승리했다.

이어지는 드래곤의 블라인드 올인, 몇 판이 모두 폴드 하여 흘러갔고 범샤크가 9파켓으로 승리, 이제 드래곤의 남은 칩은 불과 이백만, 한 번만 더 패배하면 오늘 갬블은 이대로 끝날지도 모른다.

'남들은 드래곤에게 잘도 이기는데 왜 나만.' 오렌지는 소외감을 느꼈다.

드래곤이 마시막 바이인이라고 했던 것이 떠올랐다. 드래곤이 저거마저 잃고 갬블이 종료되면 오렌지에게는 최악의 결과로 끝나게 되는 것이다.

17시간 갬블을 해서 오백만을 이기고 있다가 마지막 한 시간 만에 칠백만을 잃고 마이너스 이백만이 된다는 것은 도저히 받아들이기 힘든 현실이 되는 것이었다. 드래곤의 저 이백만 칩이 마지막이라면 저거라도 챙겨서 오늘 하루 적어도 본전이라도 찾아야 하는 게 오렌지의 속마음이었다. 그렇게 되더라도 기분은 좋지 않겠지만 잃는 것보다는 낫다.

"이백밖에 안 남았네. 올인!" 드래곤이 마지막 블라인드 베팅을 했다.

오렌지의 핸드 카드는 5파켓이었다. 드래곤이 진다면 마지막 블라인드 베팅이자 갬블이 종료됨을 모두 아는지 이전보다 카드를 폴드 하는 사람들의 아쉬움이 짙게 묻어났다.

전부 폴드 하고 오렌지의 결정만 남았다.

테이블의 모든 시선이 오렌지에게 모여졌다. 사람들은 내심 오렌지도 폴드 해서 다시 한번 자신에게 기회가 주어지기를 바라고 있을 것이다. '콜'을 한다면 오렌지가 지기를 바랄 것이고. 오렌지는 길게 고민했다.

'5파켓으로 '콜'을 하는 건 위험하지만 헤즈업에서는 파켓 카드가 강해.'

블라인드 '올인'을 상대로 5파켓은 60%의 승률을 가지고 있다.

에어라인으로 세 번이나 지게 만든 것이 미안해서일까, 딜러는 한참 동안 이어지는 오렌지의 고민을 방해하지 않고 있었다.

"콜!" 오렌지는 승부하기로 결정했다.

이윽고 커뮤니티 카드 다섯 장이 펼쳐지고 보드에는 파이브 오버 카드가 깔렸다. 심지어 '컷샷'도 있다.

이 정도면 드래곤이 지는 게 훨씬 힘들다.

"도대체 아웃츠가 몇 장이야?" 테이블에서 수근거림이 들렸다. 오렌지는 이미 포기한 마음을 가지고 있었다.

자신의 카드를 살펴보던 드래곤은 첫 장에 텐을 확인하고 오픈했다.

나머지 한 장은 2였다. 오렌지는 드래곤을 상대로 네 번의 블라인드 베팅에 모두 패했고 피해 금액은 구백만으로 늘어났다. 계속 패하던 드래곤은 구사일생으로 갬블을 이어가게 되었다.

테이블에서 드래곤의 승리를 조심스럽게 축하해 주고 있었다.

드래곤의 블라인드 베팅은 다시 사백만이 되었고 오렌지를 제외한 모든 사람은 드래곤에게 승리 시 사백만을 가져갈 수 있는 칩을 앞에 놓고 있었다.

세 판이 흘러 지나가고 보드 위에는 드래곤의 사백만 칩이 그대로 놓여 있었고 오렌지는 또 좋은 카드를 받게 되었다. 이번에는 킹파켓이었다. 앞선 사람들이 모두 폴드 하고 카리나 차례가 되었다. 카리나는 오렌지 눈치를 살피고서는 "카드 좋은데 오렌지 오빠한테 양보할게." 하며 카드를 접었다.

'나는 킹파켓인네 무슨 양보를 해. 그냥 '콜' 하지.'

사람 마음이 간사하다. 오렌지는 자신이 어려워지자 아무나 물어뜯고 싶었다. 심지어 연모하는 카리나에게까지….

오렌지와 드래곤의 헤즈업 승부가 다시 펼쳐졌다.

플랍에 킹 셋이 맞았지만 턴, 리버, 카드까지 깔린 후 오렌지는 아연실색하고 말았다.

다섯 장 모두 클로버. 오렌지의 킹 셋은 아무 쓸모가 없게 되었다.

드래곤은 최소 참을 확보했고 클로버 카드 아무거나 한 장만 있으면 오렌지를 이길 수 있게 되었다.

아까는 플랍에 에이스 셋을 맞추어 주고 클로버 네 장을 깔아, 지게 만들더니 이번에는 아예 클로버 다섯 장을 깔아 킹 셋을 무용지물로 만든 것이다. 참을 확보한 드래곤은 편안한 표정으로 "토끼풀, 토끼풀."이라 중얼거리며 카드를 쬐어보고 있었다. 첫 장은 비켜 갔지만 두 번째 장에 클로버 6이 있었다. 드래곤은 오렌지와의 헤즈업에서 또 승리하고 오렌지의 이백만 칩을 가져갔다.

"나 에이스 클로버 있었는데. '콜' 할 걸 그랬어." 카리나는 그렇게 말하며 아쉬워했다. 오렌지는 때리는 시어머니보다 말리는 시누이가 더 밉다고 카리나의 그 말이 살짝 꽂혔다.

"사장님도 잘 안되시네." 계속 오렌지만 이겨서 그런 것일까. 드래곤은 오렌지를 힐끗 쳐다보며 무심하게 말했다.

오렌지는 *틸트가 왔다. 멘탈이 완전히 무너져 내렸다.

* 틸트: 배드빗을 맞거나 갬블이 잘 안될 때 오는 심리적 붕괴 상태.

드래곤의 블라인드 베팅이 시작된 무렵부터 테이블 곁에 서서 계속 지켜보고 있던 현호는 고개를 절레절레 흔들며 안타깝고 걱정스러운 눈빛으로 오렌지를 쳐다보고 있었다.

오렌지는 증오스러운 눈빛으로 딜러를 쏘아보았고 눈길이 마주친 딜러는 이내 고개를 숙인 채 카드를 셔플하며 자신이 할 일을 이어갔다.

새로 온 딜러는 짧은 시간에 오렌지에게 에어라인 세 번, 킹파켓 한 번, 5파켓 한 번으로 천백만의 피해를 주고 있었다.

드래곤의 블라인드 베팅은 오렌지에 연승하여 육백만이 되었고 오렌지의 남은 칩도 육백만이 되었다.

두 판이 그냥 흘러간 후 오렌지는 잭, 텐으로 드래곤의 블라인드 베팅에 응수했다. 한 시간 전 같으면 상상도 못 할 핸드로 '콜'을 한 것이다.

이번에도 잭, 텐은 출현하지 않았고 9를 맞춘 드래곤이 승리했다.

오렌지에게 받은 이백을 더해 드래곤의 블라인드 베팅이 팔백으로 늘어나자 테이블이 다시 술렁거리게 되었다.

후드티를 제외하고 모두 올 커버다.

"후아~~ 정말 무시무시합니다. 한 판에 다 잃거나 먹으면 오늘 잃고 있는 거 다 찾고도 남겠네요." 범샤크는 긴장한 듯 기대하는 듯 말했다.

"드래곤 오빠. 오늘 너무 막 가는 거 아니야? 나는 에어라인 들어와도 무서워서 죽을래." 이백만 정도를 이기고 있는 카리나는 여유를 부리며 너스레를 떨었다.

알렉스, 후드티, 아톰은 먹잇감을 발견한 사자처럼 잔뜩 긴장한 표정으로 드래곤의 팔백만 블라인드 베팅 칩을 바라보고 있었다.

넋이 나간 오렌지는 부들부들 손발을 떨며 출구 없는 미로를 헤매는 사람처럼 악몽 같은 시간을 마주하고 있었다.

"드래곤 오빠! 그거 짤리면 정말 그만할 거야? 두 시간 되려면 아직 30분 정도 남았는데?" 카리나는 이후 갬블 진행 상황을 확인하고 싶었다.

"응. 아침에 라운딩 약속이 있어. 비도 그친 거 같고 그만하고 가야지. 집에 가서 옷도 갈아입어야지." 드래곤은 금으로 뒤덮인 롤렉스 시계를 쳐다보며 그렇게 말했다.

"오빠 집이 어디야?"
"청담동."

"저 사백만 남았는데 모두들 반대 없으시면 다 올려도 괜찮겠습니까?"
오렌지는 떨리는 목소리를 애써 숨기려 노력하면서 테이블에 앉아 있는 사람들에게 동의를 구했다.

"저는 상관없습니다." 드래곤은 동의했다.
"저도 괜찮아요." 범샤크도 동의했고 아무도 싫다는 사람은 없었다.

오렌지는 랙에 남은 사백만을 전부 테이블 위에 올렸다.
그리고 오늘 갬블의 마지막이 될지 모르는 드래곤의 팔백만 블라인드 베팅이 시작되었다.
모두가 신중했다. 이기고 있던 오백만을 다 반납하고도 팔백만을 더 잃고 있는 오렌지도 연속해서 드래곤에 승리하여 드래곤 칩을 다 뺏어오거나 이 판에 한 명이 더 참가하여 3-way로 승리한다면 본전을 찾을 기회는 되었다. 사백만을 다 올린 이유도 승부수를 띄우기 위함이었다. 카리나와 후드티를 제외한 알렉스, 범샤크, 아톰도 오렌지와 입장이 비슷했다. 크게 잃거나 한 번에 본전을 다 찾고 이기거나, 둘 중 하나였다.

테이블에 남아 있는 사람들의 각자 스택은 대략 이랬다.

드래곤은 팔백만, 알렉스는 칠백만, 아톰 육백만, 범샤크 육백만, 카리나 사백만, 오렌지 사백만, 후드티는 삼천만.

오렌지를 제외한 누구든지 드래곤에 승리한다면 오늘 갬블에서 샴페인을 터트릴 수 있는 상황이었다.

너무 베팅이 커서일까. 다섯 판을 돌렸는데 아무도 '콜'을 받지 않았다.

"다들 에어라인만 기다립니까? 기회 줄 때 들어오세요. 버스 놓치지 말고." 드래곤이 사람들에게 참여를 독촉했다.

여섯 번째 판 만에 드디어 '콜'이 나왔다. 후드티가 '리올인'을 했다. 어차피 후드티를 제외하면 드래곤의 칩이 가장 많아서 '콜'만 해도 되는데 과한 액션으로 '리올인'을 외치는 것이 아닌가.

저런 액션은 내 패가 강력하니 모두 폴드 하라는 시그널이다. 드래곤과 헤즈업을 강력하게 원한다는 의미다.

자신의 패가 에어라인이라도 많은 사람이 참여하면 승률은 떨어지기 마련이다. 물론 이기게 되면 더 많이 먹겠지만 고배당 고리스크인 셈이다. 그런데 범샤크가 잠시 멈칫하더니 이내 '콜'을 하는 것이 아닌가.

후드티가 '리올인'을 했는데 범샤크는 '콜'을 했다. 놀라운 광경이었다.

팟은 벌써 이천이백만이 되었다. 카리나는 즉시 폴드 했고 오렌지 차례가 되었다. 오렌지의 카드는 다이아몬드 6, 7 수딧이다.

카드를 확인했을 때 오렌지는 모두가 폴드 하면 자신도 폴드할 생각이었다. 그런데 후드티와 범샤크가 '콜'을 받았다. 오렌지가 '콜'을 하면 메인 팟은 사백만 곱하기 4, 천육백만 팟이 되고 만약 오렌지가 승리한다면 한 시간 전으로 돌아갈 수 있었다. 오백만을 이기고 있던 한 시간 전으로 말이다.

'후드티와 범샤크는 하이파켓일 것이다. 거의 에어라인과 카우보이의 만남이라고 보는 게 맞을 것이다. 내가 저들을 상대로 승리하려면 투페어가 맞거나 플러시, 스트레이트, 혹은 트립스 등이 되어야 한다. 이번 판이 끝나고 드래곤이 승리하지 못하면 더 이상 갬블은 진행되지 않고 이대로 끝날 가능성이 100%다. 커넥터 수딧 카드, 나쁘지 않다. 참여자가 많은 건 원하던 바다. 승부를 걸어 보자.'

계속된 배드빗을 맞고 제정신이 아닌 오렌지는 다소 무리한 결정을 내리고 말았다. 머릿속에 떠오른 투페어, 트립스, 플러시, 스트레이트의 확률은 모두를 합쳐도 20%가 되지 않는다.

"콜!" 오렌지는 앞에 놓인 사백만 칩을 모두 밀어 넣었다.

테이블에 앉아 있는 사람들은 물론이고 하우스 안에 있던 모든 사람이 몰려왔다.

"와~~~ 이거 도대체!" 하우스 안은 사람들의 함성으로 술렁거렸다.

"메인부터 잡을게요." 딜러는 메인, 세컨, 서드 팟을 차례대로 나누었다.

"순서대로 오픈하겠습니다."

후드티가 자신의 패를 먼저 오픈했다. 짐작대로 에어라인이 나왔다.

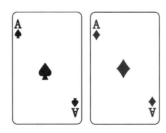

"이게 이렇게 되네." 범샤크는 낙담한 듯 자신의 패를 오픈했다. 역시 짐 작대로 카우보이였다.

오렌지도 카드를 오픈했다.

"6, 7 수딧! 엣지 있네." 현호는 오픈된 오렌지의 카드를 확인한 후 승리할 수 있다는 희망을 불어넣어 주었다. 일종의 기합 같은 것이다.

모두가 테이블에서 일어났다.

"제발 킹 한 장만 부탁해!" 범샤크는 애원하듯 딜러에게 말했다. 그런다고 섞인 카드가 바뀌는 것 아닐 테지만.

시간이 멈춰 버린 듯한 잠깐의 침묵이 흐르고, "플랍 오픈하겠습니다." 딜러는 조심스러운 동작으로 플랍 카드 세 장을 깔았다.

오렌지는 스트레이트 드로우(양차)가 걸렸다.

4나 9가 나오면 스트레이트가 되는 상황이고 그 확률은 31%로 희망을 걸기에 충분했다. 오렌지 뒤에서 지켜보고 있던 현호는 오렌지 어깨에 손을 올리고 가볍게 주물렀다.

"턴 카드 오픈하겠습니다." 팟이 너무 커서일까. 딜러는 진행 상황을 일일이 복창하며 카드를 오픈했다.

"킹!" 범샤크가 자기 희망을 크게 외쳤지만 턴 카드는 킹이 아닌 텐이었다.

무슨 의미가 있겠냐마는 턴 카드는 한 끗 차이로 오렌지의 스트레이트를 비켜 갔다. 이제 마지막 한 장! 오렌지는 속으로 애타게 기도했다.

'제발 이번에는 스트레이트를 띄워 줘! 그러면 앞서 있었던 모든 배드빗을 용서해 줄 테니.'

"마지막 리버!" 이천육백만 팟의 주인이 가려질 리버카드가 딜러 손에서 떠나 보드에 오픈되었다.

하우스 안은 무서울 정도로 고요해지고 오렌지의 머릿속은 새하얗게 물들여졌다. 끝났다. 모든 게. 허망함, 피가 거꾸로 도는 듯한 절망감, 완전히 끝나 버렸다. 희망했던 4, 9의 출현은 사막의 신기루같이 사라져 버렸다. 아니, 사라진 것이 아니라 존재하지 않았다.

오렌지가 가진 칩도, 기회도, 희망도, 완전히 소멸했다.

오렌지는 선 채로 망부석이 되었다. 후드티는 오렌지와 범샤크를 꺾었고 이제 마지막 남은 드래곤만 이기면 메가 팟을 차지하게 되었다.

"뭐가 떠야 이기지?" 드래곤은 보드를 쳐다보며 말했다.

"잭 한 장이면 돼요!" 카리나가 드래곤의 승리를 바라며 긴장된 어조로 말했다.

"그게 제일 간단하네." 드래곤은 카리나의 말에 동조하며 첫 번째 카드를 천천히 쬐어보고 있었다.

클로버 9, 드래곤의 첫 장은 클로버 9였다.

오렌지가 그토록 염원하던 9는 드래곤 카드에서 나왔다.

흔히 말하는 뿌양! 첫 장이 클로버 9였던 드래곤은 스트레이트 드로우와 플러시 드로우를 동시에 가지게 되었다. 거기다 잭도 두 장이 남아 총 아웃츠는 15장이나 되었다.

오렌지, 범샤크, 후드티, 아무도 클로버 카드를 빼지 못했고 오렌지의 7만이 스트레이트 드로우를 한 장 방해하고 있었다.

"오늘 클로버랑 사대가 잘 맞았는데…."

드래곤은 플러시가 되기를 바라는 듯 두 번째 카드를 천천히, 너무도 천천히 조금씩 들면서 살펴보더니.

"응? 그림인데!" 외쳤다.

그림이라면 킹, 퀸, 잭 중 하나다.

남아 있는 그림 카드는 잭 2장, 퀸 4장, 킹 2장.

그런데 잭이면 트립스가 되고 퀸이면 스트레이트 메이드 혹은 스트레이트 플러시가 되는 보드다. 킹만 피하면 되는데 범샤크가 2장을 빼서 2장이 남았고 그중에서도 클로버 킹은 플러시 메이드가 된다.

다이아몬드 킹만 피하면 드래곤이 이기게 된다. 남은 8장의 그림 카드 중 드래곤이 후드티에게 승리할 수 있는 가능성은 7 대 1, 86%의 승리 확률을 가지게 된 것이다.

"후아~~~ 이거 손 떨려서 못 열어 보겠네. 카리나가 대신 오픈해 줘!"

담담하게 갬블을 쭉 하던 드래곤이지만, 이번에는 긴장하는 것 같았다. 팟이 커서 그럴 수도 있지만 그것보다 얄미운 후드티에게 저 팟을 주고 싶지 않았을 것이다.

"오빠, 나 이거 다이아몬드 킹 나오면 어떡해….""

카리나는 마치 불길한 징조라도 생길 듯 드래곤의 카드를 건네받으며 말했다.

"괜찮아. 다이아몬드 킹 나와도 카리나 잘못은 아니잖아."

"그래도……. 그래! 설마 다이아몬드 킹이겠어!"

카리나는 카드를 잡고 높이 들어 보드에 내리쳤다.

설마 했던 일이 벌어졌다. 모두가 할 말을 잃었고 후드티는 두 주먹을 불끈 쥐고 "예스! 예스! 나이스!" 하며 괴성을 지르고 있었다.

오렌지와 범샤크가 그토록 애타게 출현을 기대했던 9와 킹은 보드에 나타나지 않고 드래곤의 카드에서 두 장 다 모습을 드러냈다.

오렌지, 범샤크, 드래곤은 한 번에 같이 후드티에게 올인 당했고 세 명의 합한 천팔백만 칩은 후드티에게 들어갔다.

삼십만으로 시작한 후드티의 칩은 오천만에 이르렀고 갬블은 끝이 났다.

진행한다고 해도 오렌지는 더 이상 바이인할 돈도 없었다.

"무슨 놈의 카드가 이따위야!" 드래곤은 카리나가 오픈한 다이아몬드 킹을 찢어 버리며 분노했다.

"두 번 다시 여기 오나 봐라." 드래곤은 가지고 온 우산을 집어 들고 하우스 문을 열고 나섰다. 현호도 따라 나갔다.

테이블은 조금 전의 여운이 아직 가시지 않은 듯 허망한 결과에 모두 망연자실하고 있었다.

후드티만이 즐거운 기분으로 자신의 칩을 랙에 담고 있었다.

하우스 안의 모든 랙이 필요한 듯 후드티 앞에는 랙이 잔뜩 쌓여 있었다.

오렌지는 실성한 사람처럼 정신을 잃고 그 모습을 바라보고 있었다.

'어떻게 이런 일이 벌어질 수 있단 말인가. 어제부터 시작해 모든 것이 좋았던 흐름이 단 한 시간 남짓한 시간에 이렇게 처참하게 무너져 내릴 수 있단 말인가.'

현기증이 난 오렌지는 룸으로 들어가 누웠다.

두 손으로 얼굴을 감쌌다. 받아들이기 힘든 현실이었고 너무 괴로웠다.

드래곤을 따라나섰던 현호가 가게로 돌아왔다.

바깥에서는 정산하면서 오늘 갬블을 정리하는 듯한 소리가 들려왔다.

"오렌지 형 어디 갔어?" 현호가 오렌지를 찾자, "룸에 들어가셨어요." 미니가 대답했다.

문을 열고 룸으로 들어온 현호는 얼굴을 감싸고 누워 있는 오렌지의 모습을 보고 한동안 아무 말도 하지 못하고 물끄러미 쳐다보고 있었다.

"형님, 괜찮으세요?"

"……………………."

"형님?" 현호가 긱징스러운 듯 재차 묻자 오렌지는 누워 있던 몸을 일으키고 소파에 걸터앉았다.

이제는 갬블의 패배에 대한 책임을 지고 의무를 다할 시간이다.

"형님 오늘 너무 많이 지셨죠? 잘하고 계셨는데…."

오렌지의 사정을 잘 아는 현호는 조심스럽게 말을 이어갔다.

"형님. 지금 천사백만 입금해야 하는데, 백만 빼고 천삼백만 입금해 주세요. 더 빼 드리고 싶은데 오늘 우리 멤버가 모두 져서 차비 처리해 주느라 저도 내용이 없어요. 정산하면 저도 마이너스 될 거 같습니다."

"………………." 오렌지는 듣고만 있고 말이 없었다. 아직 정신적 충격에서 완전히 헤어나지 못하고 있었다.

"형님, 괜찮으세요?" 현호가 걱정스럽게 바라보며 재차 물었다.

"괜… 찮… 아…. 현호야. 바깥에 카리나 아직 있니? 있으면 들어오라고 해. 너는 잠깐 나가 있어."

"네 형님." 현호가 나가고 카리나가 들어왔다.

룸으로 들어온 카리나는 표정이 어두운 오렌지를 살피고 아무 말 없이 문 앞에 서 있었다.

"카리나."

"네. 오빠."

"내가 오늘 크게 잘못되어서 그런데 아까 술값으로 준 백만 원 다시 돌려줄 수 있어? 정산하려면 그 돈이 필요할 거 같아."

"네. 오빠 드려야죠." 카리나는 오렌지 말이 떨어지기 무섭게 매고 있던 핸드백에서 돈을 꺼내었다.

"미안해. 카리나. 내가 다음에 꼭 놀러 갈게." 돈을 돌려받는 오렌지는 체면이 말이 아니었다.

"오빠, 괜찮아요. 지금 그게 문제예요? 천천히 편할 때 언제든지 오세요." 눈치 빠른 카리나는 이 상황을 무난하게 수습하고 있었다.

"고마워. 카리나. 나가서 현호 좀 들어오라고 해."

카리나가 나가고 현호가 다시 룸으로 들어왔다.

"현호야. 형이 지금 가지고 있는 돈이 천백만밖에 안 돼. 나머지 이백만은 여유 되면 줄 테니 조금 기다려 줄 수 있니?"

오렌지는 계좌에 천만이 있고 카리나에게 돌려받은 백만을 합쳐 천백만밖에 없었다.

"아… 이거 참… 저도 힘들어서 그런데 얼마나 기다리면 해결될까요? 오늘 완전 엉망 돼 버렸네요."

"미안해. 현호야. 한 달 정도만 기다려 줘. 돈 되는 대로 바로 줄게."

"그렇게 하세요. 형님 제가 괜히 오라고 해서……."

"아니다. 너 잘못이 아니다. 내가 잘못한 거지. 계좌번호 줄래?"

오렌지는 현금 백만을 현호에게 주고 천만을 이체했다.

"형님, 저 신림 애들이랑 정산해야 해서 나가 볼게요. 기다렸다가 식사 겸 소주 한잔하고 가실래요?"

"아니, 괜찮아. 다음에 먹자. 형이 지금 너무 피곤하다."

"네. 형님. 그러면 조심해서 들어가세요. 연락드리겠습니다."

현호는 오렌지 미수금이 처리되자 룸에서 나갔다.

문을 열고 나서는 오렌지를 보고 스태프들이 인사를 했지만, 오렌지는 아무런 대꾸 없이 하우스를 빠져나갔다.

밖으로 나오자 비는 그쳤다. 하늘은 새벽을 지나 이른 아침이 되었지만 해는 보이지 않고 온통 회색이다. 오렌지의 마음은 하늘보다 훨씬 잿빛으로 물들어 있었다. 발걸음은 제대로 걷지 못하고 휘청거리며 집으로 가는 열차를 타기 위해 대방역으로 향하고 있었다.

'오늘은 '좋은 날'이 될 수 있었는데 어디서부터 잘못되었을까.'
오렌지는 걸으면서 생각했다.

'현호가 전화하지 않았더라면,
압구정에서 이긴 걸로 만족하고 여의도에 가지 않고 집에 갔더라면,
여의도에서도 이기고 있을 때 일어났더라면,
카리나가 오지 않았더라면,
상우가 퇴근하지 않고 계속 딜러를 했더라면,
드래곤이 미친 짓을 하지 않았더라면.'

이런저런 과정들에 참사를 피할 선택들이 존재했지만 모두 부질없는 후회들이다. 가진 것을 전부 잃고 빚까지 진 게 돌아온 현실일 뿐.

오렌지는 상실감, 자괴감, 분노감이 밀려와 온몸에 경련이 일었다.

'미안해 여보. 스테이크는 다음에 먹자. 정말 미안해.'

오렌지의 두 뺨에는 뜨거운 눈물이 흘러내렸다.

1996년…

소년은 청년으로 성장했다.

두 번의 검정고시를 패스했고 대학에 입학했다.

대학에 입학하자마자 휴학했고 현역으로 군대도 다녀왔다.

군 생활은 국방부 의장대에서 복무했다.

키가 컸고 운동 능력이 탁월했던 소년은 6주간의 기초군사 훈련소 수련 후 보름간의 테스트를 받고 최종적으로 의장대에 차출되었다.

의장대는 군기가 엄격했다. 실수는 용납되지 않았고 용서받지도 못했다.

대검을 꽂은 소총은 공중에서 한 바퀴를 회전한 후 정확한 위치로 돌아와 손에 잡혀야 했다.

연습 중에 실수가 나와도 의장대 전체가 내무반에서 얼차려를 받았다.

이등병 때부터 병장으로 제대할 때까지 긴장을 늦출 수가 없었다.

행사가 있거나 국빈이 방한하면 의장대는 출동했다.

김포공항. 미합중국 VIP가 에어포스 원에서 내렸고, 주름 한 점 없이 다림질로 빳빳하게 다린 의복을 입은 의장대와 군악대는 공항 활주로에 도열해 있었다. 한국의 국가 원수도 나와 있었고 그 옆으로 제복 위에 훈장을 주렁주렁 달고 있는 국군의 장성들이 병풍처럼 둘러싸고 있었다.

수많은 국내외 기자들과 방송사 카메라는 이들을 계속 주시하고 있었다.

에어포스 원은 예정보다 늦게 도착했고 소년은 뜨거운 햇볕으로 달구진 아스팔트 위에서 몇 시간을 미동 없이 망부석처럼 서 있었다. 갈증이 났고 긴장감에서 나오는 현기증이 찾아왔다. 탈진으로 쓰러질 것 같았지만 정신력으로 버티며 서 있었다. 힘들기는 모두가 마찬가지였을 것이다.

"실수하면 죽는다! 모두 정신 바짝 차려!"

의장대 최고참은 정면을 응시하며 입으로만 말했다.

한 명이라도 실수가 나오면 의장대 모두 연대 책임을 져야 했다.

소년이 대학에 입학하게 된 계기는 친구의 영향이 컸다.

학교를 뛰쳐나와 서울에서 그저 그렇게 권투나 하면서 유년을 허비하고 있던 시절, 고교야구는 대통령기를 시작으로 청룡기, 봉황대기, 황금사자기를 거치며 신문의 스포츠면에 친구들의 기사가 자주 등장했다.

어린 시절 전국대회에서 자웅을 겨루고 국가대표로 선발되어 미국으로 가 세계 리틀야구 월드시리즈에서 우승했던 친구들….

공부하는 일반 학생들과는 달리 운동선수들은 전지훈련이나 대회를 통해 교류가 잦고 직접 맞닥뜨리며 기량을 겨룬다. 특출한 선수는 눈에 띄기 마련이고 금방 친해지며 서로서로 리스펙하게 된다.

친구들이 재학 중인 휘문고, 신일고, 경기고, 공주고, 경남상고, 광주일고, 마산고 경기가 있은 다음 날에는 빼먹지 않고 신문을 챙겨 보았다.

유망주 ○○○ 연세대 진학 결정, 한국 야구의 빛나는 샛별 등등.

명문대학교는 이들을 데려가기 위해 혈안이 되어 있었다.

지금은 고교 유망주들이 프로에 바로 입단하지만, 당시에는 명문대를 거쳐 프로에 입단하는 게 엘리트 코스였다.

대학에서 국가대표로 활약하면서 스펙을 쌓아 프로에 입단할 때 많은 계약금을 받는 게 유리했다. 그때는 지금처럼 FA(프리에이전트) 제도가 없었다. 프로에서의 미래는 불확실하다. 많은 계약금을 받는 게 중요했다.

한 친구는 입단할 때 4억의 계약금을 받았다. 당시 그 돈이면 압구정 현대 아파트를 살 수 있었다. 지금의 돈 가치로 따지면 수십억이 넘는다. 그 돈을 23살 나이에 받았다.

입단하면 트레이드가 되지 않는 한 구단에 계속 머물러야 한다. 본인 의사로 이적할 수 없었다. 계약금은 일종의 *마이킹이다.

* 마이킹: 술집에서 접대부로 일하는 조건으로 받는 선불금.

신문에 난 친구의 기사로 소년은 묘한 감정에 사로잡히게 되었고 진지하게 미래에 대해 고민하게 되었다.

'나는 지금 어디로 가고 있나? 현재 무엇을 하고 있나?' 그런 생각들.

'힘들어서 참지 못하고 그만둔 것을, 이 친구라고 힘들지 않았을까?'

친구들은 참고 견뎌내고 이 자리까지 오게 된 것이다. 그렇게 비교하니 자신이 한없이 초라해졌다.

19살, 소년은 다시 집으로 돌아갔다. 2년간 미친 듯이 공부했다.

검정고시를 두 번 거치고 SKY는 아니지만 비교적 명문대에 합격했다.

입학했을 때 기적이라고 주변 사람들이 말했다. 소년은 친구와 어깨를 나란히 하고 싶었다. 그것이 결정적 동기부여가 되었다.

소년과 야구의 인연은 깊었다. 어릴 적, 함께 운동했던 친구는 국가대표를 거쳐 많은 계약금을 받고 서울을 프랜차이즈로 둔 프로구단에 입단했다.

소년의 전역과 친구의 입단이 시기적으로 겹쳤다.

전역 후 별다른 거처가 없던 소년은 그 친구와 잠실야구장과 가까운 구의동에 아파트를 전세로 얻어 같이 지내기로 했다. 집을 얻는 비용은 친구의 입단 계약금으로 충분했다.

입단 동기였던 고향 친구가 한 명이 더 있어 세 명이 동거하게 되었다.

한 명은 트윈스고, 한 명은 베어스다.

가사는 소년의 몫이었다. 청소하고, 빨래하고, 밥도 준비했다. 얹혀사는 놈이 이 정도는 해야 했다.

친구들과 같이 지내는 자취방은 트윈스와 베어스 선수들의 놀이터가 되었다. 훈련이 끝나면 집으로 쳐들어와 소년이 차린 밥을 먹고 포커 게임을 하곤 했다. 그런 날이 많았다. 선수들의 하우스였다.

돈이 없던 소년은 딜러를 맡았다. 딜러를 하면서 한 판에 천 원씩을 몫으로 떼었다. 인건비다. 그렇게 서너 시간을 하면 십만 원 정도가 모였다. 당시 커피숍 같은 곳에서 아르바이트하면 시급 이천 원을 받았으니 서너 시간에 십만 원 벌이면 꽤 괜찮은 일이었다.

그리고 밤이 되면 선수들은 젊은 혈기를 발산으로 나이트클럽으로 놀러 갔다. 너무 자주 갔다. 소년은 일행에 파묻혀 항상 공짜로 갔다.

돈을 많이 버는 친구들은 학생 신분으로 돈 없는 소년을 이해해 주었다.

나이트클럽 사장은 야구광이었다. 소년 일행이 가면 항상 테이블에 와서 같이 술을 마시며 대화를 나누었다. 서비스 술도 많이 제공해 주었다.

술자리가 잦다 보니 소년과도 친해지게 되었다.

소년은 나이트클럽이 좋았다. 여자들과 어울리는 게 좋았다.

어느 날 소년은 용기를 내어 클럽 사장에게 말했다.

"형님. 저 여기서 일하면 안 되겠습니까?"

"내일부터 출근해." 사장의 대답은 너무 간단했다.

다음 날부터 소년은 청담동 J 나이트클럽에서 영업이사로 일하게 되었다.

같이 지내는 친구가 소년에게 정장 두 벌을 사 주었다.

월급은 없었다. 능력에 따라, 자기가 하는 만큼 벌어 가는 것이었다.

클럽에서 일하게 된 소년은 물 만난 고기처럼 기지를 발휘해 갔다.

처음에는 프로야구 선수들이 손님 층의 베이스였지만 점차 확장해 나갔다. 모르는 테이블로 가서 말을 걸고 같이 술을 마시며 친해졌다.

주로 접근한 테이블은 화류계에 종사하는 마담이나 그 밑에서 일하는 접대부 아가씨들이었다.

오렌지족, 연예인, DJ들과도 친하게 지냈다.

오렌지족들에게 연예인과 업소 여자들을 부킹해 주었다.

세상은 기브 앤 테이크고 인간관계는 비즈니스다.

소년이 원하는 것을 그들은 충분히 가지고 있었고 그들이 원하는 것을 소년은 충분히 제공할 수 있었다. 즐겁게 해 주면 그들은 언제든지 넉넉한 주머니를 열었다. 거래가 이루어진 것이다.

얼마 되지 않아 클럽에서 실적 넘버원이 되었다. 여자와 섹스도 많이 하고 술도 공짜로 마시고 돈도 많이 벌고 더할 나위 없이 좋았다.

위스키는 로얄샬루트, 조니워커 블루, 발렌타인 30년만 마셨고 마지노 선이 발렌타인 21년이었다. 코냑은 XO 등급과 나폴레옹 등급만 목으로 넘겼다. 싸구려 술이 들어갈 위의 공간은 없었다.

"김 이사! 이리 와. 한잔하고 가!" 알음알음 알게 된 일반 손님들도 소년을 보면 술을 권했다.

"아냐. 괜찮아. 일해야 해."

"이거 비싼 술이야. 발렌타인 17년 산이라고."

'비싸긴, 너나 많이 마셔라.'

소년 인생의 화양연화였다.

일이 끝나면 여자들과 '새벽집'에 가 2차를 하거나 그럴 일이 없으면 웨이터들과 바둑이 포커를 자주 했다. 거기서도 수입이 발생했다.

소년은 나이트클럽에서 일한 지 6개월 만에 친구의 구의동 집을 떠나 독립할 수 있었다. 끼리끼리 논다고 논현동 아시아 선수촌에 방을 얻어 텐프로 새끼마담과 동거하게 되었다.

버는 만큼 쓰는 돈도 많았다. 자리를 유지하려면 어쩔 수 없었다.

쉬는 날이면 아가씨들이 일하는 고급 술집을 자주 방문했고 아낌없이 돈을 썼다. 손님들과 점심 한 끼를 먹는데도 이십만 원이 넘게 나갔다.

돈을 써서 품위를 유지해야 했다. 가오를 죽이면 안 되었다.

구찌 수트를 입고 페라가모 구두를 신고 까르띠에 시계를 차고 베르사체 향수를 뿌렸다. 불가리 시계도 샀고 라치오 정장도 샀다.

버는 돈은 많은데 오히려 돈이 부족하다는 풍요 속 빈곤을 느꼈다.

같이 어울리는 사람들이 너무 높은 위치에 있었다. 어느 날, 클럽에서 손님들과 술을 마시던 중 "김 이사. 요즘 많이 오바하는 거 아냐? 클럽에서 친해졌다고 우리랑 같은 레벨로 놀려면 안 되지. 그러다 가랑이 찢어져." 일행 중 가장 나이 많은 손님이 소년에게 웃으며 장난스럽게 말했고, 소년은 망치로 머리를 맞은 듯한 충격을 받았다. 그 말이 너무나도 현실적으로 느껴진 것이다. 친해지다 보니 자신도 모르게 잊고 있었는데 같이 술을 마시며 어울리고 있지만 이 사람들은 소년과 신분이 달랐다. 이

중에는 부모가 재벌인 사람도 있다. 이들과 비교하면 소년의 신분은 한참 '언더'에 있었다.

1990년대 중후반 한국에는 테크노 열풍이 불었다.

클럽은 테크노 음악을 틀었고 손님들은 테크노 리듬에 맞춰 춤을 추었다. 테크노와 함께 들어온 것이 한국에 있었다.

사람들은 그것을 'E'라고 불렀다. 엑스터시(ecstasy)의 줄인 말이다.

향정신성 의약품으로 유럽이나 미국 클럽에서 널리 쓰이는 일종의 마약류였다. 이 약을 먹게 되면 지치지 않고 환각 상태에서 밤새도록 신나게 춤을 출 수 있었다. 강남 나이트클럽과 이태원 나이트클럽을 중심으로 공급되었고 주로 유학생들이 가지고 들어왔고 소비했다.

오렌지족과 친했던 소년은 E를 자주 접하게 되었다. 먹으면 건전지를 새로 끼워 넣은 플래시처럼 육체와 정신이 반짝반짝 힘이 났다.

E를 먹고 스테이지로 나와 양손에 라이트스틱을 들고 예사롭지 않게 춤을 추는 사람을 보면 남들은 그저 신이 나서 춤을 춘다고 생각했지만, 소년은 E를 먹고 환각 상태에서 춘다는 걸 한눈에 알아챌 수 있었다.

유튜브로 클론의 〈초련〉 뮤직비디오를 보면 그 춤사위와 라이트스틱의 현란한 움직임을 알 수 있다. 밤이 깊어지면 클럽은 매일 그런 풍경으로 신이 났고 사람들은 내일이 없는 것처럼 광적으로 즐기며 놀았다.

언론을 통해 사회문제가 되자 E에 대한 단속이 심해졌고 귀해졌다.

연예인, 오렌지족, 텐프로 아가씨들, 너도나도 E를 찾았다.

제보가 있었는지 어느 날 형사가 클럽으로 찾아왔다. 소년은 공급책으로 오해받았다. 형사는 클럽 룸에서 소년을 취조했다. 소년은 부인했고 형사는 떠나면서 "적당히 하는 게 좋을 거야."라며 충고했다.

소년은 콧방귀를 끼었다. '적당히 하고 싶지 않아. 지금 이대로가 좋아.'

소년이 화류계에 몸담은 지 어느덧 5년이 되었다.

향락에 젖은 소년은 대학에 복학하지 않았다. 학교보다 클럽이 좋았다.

좋아하는 것을 업으로 삼으면 행복해진다.

소년은 클럽으로 출근할 때 일하러 가는 기분이 아니라 놀러 가는 기분이 들었다. 집에서 쉬는 것보다 클럽에 나가 있는 게 더 좋았다.

그러나 나이트클럽 문화는 점점 쇠락해 가고 홍대거리를 중심으로 새로운 클럽 문화가 자리 잡아갔다. 소년의 기반도 점점 무너져 내리고 있었다.

급기야 클럽은 문을 닫게 되었고 사람들은 뿔뿔이 흩어졌다.

어울렸던 사람들은 더 이상 소년을 만나주지 않았다. 소년의 존재는 나이트클럽에서만 유용했을 뿐이고 이제는 쓸모가 없어졌다.

5년 동안 술, 여자, 도박, 약물에 취해 있었던 소년은 몸이 망가져 있었고 일을 그만두자, 몸이 아프기 시작했다. 수개월을 앓아누워 있었고 같이 지내던 여자는 떠나가고 없었다.

그렇게 소년의 화양연화도 막을 내렸다.

2부

보드카페
사장님

5장

오렌지 보드카페

크리스마스 날.

다소 시끌벅적한 바깥과는 달리 카페 안에는 적막함만이 감돌았고 사
나이 둘이 말없이 앉아 있었다.

오렌지 보드카페는 삼 일 넘게 손님의 발길이 끊어져 있었다.
'누가 이런 날, 이런 곳에 와서 주사위나 던지고 있으랴.' 사장인 오렌지
는 푸념 섞인 자조를 속으로 중얼거리고 있었다.
종업원인 현호는 다소 불편한 듯 사장인 오렌지의 눈치를 살펴보고 있
었다.

"형님. 저 오늘 먼저 들어가 볼게요."
"그래. 그러렴. 오늘도 손님 못 받을 것 같은데, 나도 조금 더 앉아 있다
가 들어갈 생각이다."

현호는 딱히 필요해서 고용한 직원은 아니었다.

동네 도박판에서 알게 된 현호는 사회인 야구팀에서 같이 운동하면서 호형호제로 발전하게 되었다. 현호는 건달이다.

불미스러운 일에 연루되어 감방을 다녀왔고 출소한 지 얼마 되지 않았을 무렵 오렌지가 보드카페를 오픈한다고 하자 마땅한 일을 찾을 때까지 잠시 적을 두기로 했다.

오렌지는 현호가 곁에 있는 게 좋았다. 현호와 마음이 잘 통했고 그의 남자다운 성품도 마음에 들었다. 무엇보다 말이 잘 통했다.

손님이 오면 현호가 서빙을 맡았다. '덩치는 산만 하고 분위기는 조폭 행동대장 같은 현호가 서빙이라니.' 그러나 현호는 입담이 걸쭉했다.

손님들도 그런 반전에 즐거워했다. 여기 드나드는 손님들은 삼삼오오 들어와 부루마블, 젠가, 할리갈리, 루미큐브 같은 게임을 즐기고 갔다.

인원당 한 시간에 삼천 원을 내고 음료수와 맥주는 별도였다.

마시기 싫어도 의무적으로 시켜야 했다.

그게 오렌지 보드카페의 규칙이다. 여느 보드카페들도 마찬가지다. 오렌지는 그것을 벤치마킹했을 뿐이다.

오픈한 지 한 달쯤 지났고 손님은 당혹스러울 만큼 없었다. 매출은 가겟 세를 내기에도 부족했다.

가끔 포커판을 개최하여 포커판에서 얻는 수익으로 오렌지는 연명하고 있었다.

오렌지와 포커 게임을 하는 주 방문객들은 에어컨 설비를 하는 토르와 잡스, 커피숍을 운영하는 이디야, 삼계탕집 인곤이, 백반집 강훈이가 주 멤버고 현호도 알고 지내던 동네 얼치기 도박꾼들을 보드카페로 데려왔다.

나름 포커 게임을 한가락 한다고 자부하던 사람들이었지만 포커판에서 산전수전 다 겪은 오렌지의 상대는 되지 못했다.

전부 밥이 될 뿐 이겨서 나가지를 못했다. 포커판도 며칠째 열지 못하고 있었다. 도박판에서 사장이 손님들의 수입을 철저히 배제했으니 손님들의 발길도 끊어진 것은 당연했다.

'너무 많이 따 먹었나? 조금 봐주면서 할 걸 그랬다.' 이런 생각들도 들었지만 제 코가 석 자인 오렌지는 그럴 여유가 없었다.

오렌지는 보드카페를 오픈하면서 가진 돈에 대출까지 받아야 했다.

십 년 넘게 운영하던 옷 가게를 접고 갈빗집을 차렸는데 거의 사기를 당했다. 갈빗집 체인화를 확장하던 조 사장은 잘 알고 친한 사이였다.

옷 장사를 인근에서 같이 했고 사회인 야구팀 동료였다.

옷 가게를 서로 접을 무렵 미래에 대해 불안했고 타개책을 찾기 위해 서로 의논했다. 얼마 후 조 사장은 치킨집을 신림동과 개봉동에 연이어 오픈했고 개봉동 상인들과 친해졌다. 그중에는 벽제갈비에서 수석 주방장으로 일했던 구 사장이 있었다.

둘은 의기투합하여 숯불 돼지갈비 브랜드를 탄생시켰고 개봉 푸르지오 앞, 창고 같은 터에 1호점을 오픈했다. 장사는 잘되었다.

연이어 2, 3, 4, 5호점이 오픈되었다.

오렌지는 관심을 가졌고 구로디지털단지 점을 인계받아 운영하게 되었다. 밖에서 보는 것과 달리 실상은 어려웠다. 영업 마진은 조 사장이 말한 것과 달랐고 일도 고단했다.

6개월을 넘기지 못하고 가게를 헐값에 처분했다. 생계를 이어가야 한다는 조급함에 신중하지 못했고 일억에 가까운 돈만 날리게 된 것이었다.

갈빗집을 접고 야심차게 차린 보드카페에 암울한 그림자를 드리우고 있었다. 마음은 점점 막막해졌다.

'이것도 안 되면 뭐 해 먹고살아야 하나.' 그런 걱정이 들었다.

새벽 1시, 카페 문을 닫고 퇴근하려던 무렵 한 사나이가 문을 열고 들어섰다.

"혹시, 홀덤 하나요?"

"안 합니다." 오렌지는 귀찮은 듯 대답했고 사나이는 문을 닫고 나갔다.

'홀덤이 뭐지? 그런 게임도 있나?' 오렌지는 홀덤이 뭔지도 몰랐다.

그러고 보니 홀덤 하냐고 물어본 사람이 제법 되었던 거 같았다.

오렌지는 갑자기 뇌리를 강하게 치는 기억이 떠올랐다.

'맞아! 홀덤은 포커 게임의 일종이야. 얼마 전에 놀러 왔던 *당질도 아재가 보드카페 오픈했다고 하길래 홀덤 하는 줄 알고 왔다고 했어.'

* 당질: 사촌 형의 아들.

오렌지는 조금 전 들어왔다 나간 그 사나이를 황급히 쫓았다.

"저기! 잠시만요."

"네?"

"잠시 시간 괜찮으시면 커피 한잔하고 가세요."

사나이는 오렌지를 따라 다시 카페 안으로 들어섰다.

"고맙습니다. 여기 잠깐 앉아 계시죠." 오렌지는 사나이를 테이블에 앉혀놓고 커피 두 잔을 타러 주방으로 갔다.

커피 두 잔을 테이블에 올려놓은 오렌지는 자신을 소개했다.

사나이는 자신을 빌리라고 소개했다.

'빌리? 재미교포인가?' 나중에 알게 된 사실은 사나이의 닉네임이었다.

"제가 잠시 보자고 한 것은 홀덤이 대체 무엇인지 궁금해서입니다."

"아~ 홀덤요. 요즘은 보드카페에서 홀덤 많이 하는데, 지나가다가 보드카페가 있길래 혹시 하는 줄 알고 들어왔던 겁니다. 집이 이 근처거든요."

"보드카페에서 홀덤을 하나요? 금시초문이라. 초면에 실례지만 자세히 설명해 주시면 감사하겠습니다."

빌리는 오렌지에게 홀덤에 관한 얘기를 친절하게 설명해 주었다.

포커 게임의 일종인데 그동안 오렌지가 했던 포커 게임과는 다른 시스템으로 운영한다는 것을 빌리 말을 듣고 지금 막 알게 되었다.

오렌지는 조금 전 빌리가 말한 홀덤에 사로잡혔다.

영화 〈벅시〉에서 벅시가 사막을 지나면서 차를 멈추고 사막 한가운데에 카지노를 만들 영감을 얻었듯이 오렌지도 그런 영감을 받고 있었다.

벅시가 세운 카지노는 망했지만, 훗날 그 카지노는 라스베이거스의 시초가 되었다. 오렌지는 조용한 이 동네에 자신의 라스베이거스를 창조하고 싶은 계획이 머릿속에 들어왔다.

다음 날. 현호가 출근하고 카페 안으로 들어섰다.

"형님 안녕하세요." 현호가 청소하려고 빗자루를 들었다.

"현호야, 이리 와 봐. 오늘은 일할 필요 없어."

"네?" 오렌지는 현호에게 어젯밤에 빌리와 나눈 홀덤 얘기를 해 주었다.

"아… 형님. 그런 게 있어요?"

현호도 처음 듣는 홀덤 얘기에 관심과 호기심이 있어 보였다.

"우리 어쩌면 그거 하게 될지 몰라."

오렌지가 그렇게 말하자. 현호는 더욱 관심을 가졌다.

"제이 누군지 기억나? 당질이라고 한 제이. 얼마 전에 여기 와서 포커 게임하고 갔잖아."

"아… 네. 누군지 알 거 같아요."

"걔 지금 여기로 올 거야. 내가 불렀어. 제이가 홀덤을 안다고 했거든."

제이는 며칠 전에 오렌지 보드카페에서 세븐오디 포커 게임을 하면서 '요즘은 다 홀덤 하는데.' 하며 세븐오디 포커 게임을 마땅찮은 듯하고 있었다.

현호가 출근하고 한 시간이 지나지 않아 제이가 카페 문을 열고 들어섰다.

"아… 아재. 어쩐 일로 저를 다 보자고…."
"아까 말했잖아. 홀덤 하우스에 관한 거라고."

"네. 아재 하하."
"이리 와서 앉아라."

그사이 잡스도 카페에 와 있었다. 테이블에서 남자 네 명이 얘기를 나누고 있었다. 제이는 홀덤에 관해 자신이 아는 대로 상세히 얘기했고 세 명의 남자는 미지의 대륙으로 모험을 떠나는 탐험가들처럼 호기심 있게 얘기를 듣고 있었다.

"현호야. 카드 한 벌 가져와 봐."

제이는 카드로 기초적인 규칙과 상황별로 일어날 수 있는 중요 핵심을 설명해 주었다. 키커의 개념이 상당히 중요하다는 걸 알게 되었다.
남자 셋은 세븐오디 포커 게임을 해서인지 이해도가 빨랐고 긴급 특강은 쭉쭉 거침없이 진행되었다.

"너 아는 곳으로 한번 가 보자." 오렌지는 제이에게 말했다.

"네, 그러시죠. 여기서 가장 가까운 곳은 까치산역에 있는데 택시 타면 20분도 안 걸려요. 게임도 바로 하실 건가요?"

"한번 해 보지 뭐. 세븐오디랑 족보도 같고 금방 적응할 거 같은데."

"한 가지 더 주의할 점은 스트레이트 중에서 백 스트레이트가 가장 낮은 스트레이트예요. 착각하면 안 돼요."

"오케이. 가 보자."

오렌지는 가게 문을 닫고 '오늘 임시 휴업.' 팻말을 문에 걸었다.
'어차피 올 손님도 없는데 무슨 상관이람.'
남자 넷이 비좁게 택시를 탔다. 택시에 타고도 제이는 걱정이 되는지 연신 홀덤 규칙에 관한 설명을 이어가고 있었다.

"여기서 내려주세요." 현장에 도착하니 제이가 앞장서 안내했다.
5층짜리 꼬마빌딩. 좁은 엘리베이터에 장정 네 명이 타니 꽉 채워졌다.
엘리베이터 벽에 붙은 층별 안내를 보니 4층에 '헤즈업 홀덤 아카데미' 라고, 쓰여 있다. 4층에서 내려 홀덤 아카데미 문을 열고 들어서자 아카데미 사장이 오렌지 일행을 반갑게 환영하며 맞이했다.

오렌지 일행의 방문은 하우스 안에 잔물결 같은 동요를 퍼져 나가게 했다.

시끌벅적하던 내부의 사람들도 하던 일을 멈추고 오렌지 일행에게 시선을 고정했다. 태어나서 처음 보는 넓은 테이블 두 개, 정체를 알 수 없는 내부의 방 두 개, 식사 등을 할 수 있는 테이블, 몇 명의 사람들이 몸을 파묻고 있는 소파들. 오렌지에겐 낯선 풍경이었다.

사장이라고 말한 큰 체구의 사나이가 자신을 '피오'라고 오렌지 일행에게 소개했다.

"제이에게 얘기 들었습니다. 홀덤은 처음이라고."

"네. 홀덤은 처음이지만 도박판에서 갈고 닦은 포커 실력은 누구 못지않습니다." 오렌지가 그렇게 말하자, 작은 웃음소리가 여기저기서 들려왔고 어떻게 진행하는지 잠시 살펴본 후 게임에 참여하기로 했다.

오렌지의 눈에 가장 먼저 띄는 건 딜러였다. 홀덤은 세븐오디 포커와는 다르게 전문 딜러가 있었다. 귀신같은 셔플과 정확한 피칭, 정갈한 목소리와 진행, 칩을 카운팅 하는 빠른 손놀림. 오렌지는 넋을 잃고 난생처음 보는 딜러의 동작을 관찰하고 있었다.

테이블에 앉아 있는 손님들도 각각의 개인기를 보여 주고 있었다.

세워진 칩을 반으로 나눠 손길 한 번으로 칩을 섞으며 다시 일렬로 세웠다. 그런 풍경들이 오렌지 일행에게 신선한 모습으로 비추어졌다.

"기가 막히는데." 일행끼리 작은 목소리로 수군거렸다.

딜러 앞에 놓인 랙에는 판이 끝날 때마다 약간의 칩들이 들어갔다.

'저렇게 걷는 게 하우스 수입이겠군.' 오렌지는 그렇게 생각하면서 칩을 세 보았다. 딜러가 교대될 때 만 원 칩 30개 정도를 가지고 일어섰다.

딜러 교대는 30분마다 이루어지니 한 시간이면 육십만, 열 시간이면 육백만. 떼돈을 벌겠다고 오렌지는 계산했다.

그렇게 한 시간 정도 남들이 하는 것을 지켜보았고 사장인 피오는 오렌지 곁에 서서 궁금한 점이 생기면 친절하게 설명해 주었다.

"한번 해 볼게요." 웬만큼 관찰한 오렌지는 도전해 보기로 했다.

"네. 천천히 해 보세요." 피오는 오렌지에게 앉을 자리를 마련해 주었다.

"이분은 오늘 처음이니 미숙하더라도 넓은 이해 부탁드립니다."

"네, 좋습니다. 어서 오세요." 테이블에 앉아 있는 사람들의 환영이 이어졌다. 처음이라는데 누군들 환영하지 않으랴. 오렌지가 가진 칩은 곧 없어지고 빈손으로 일어서게 되리라고 모두 기대하고 있었을 터.

'나는 그렇게 만만한 사람이 아니야. 내가 가진 카드 두 장과 보드에 깔리는 카드 다섯 장을 조합해서 훌륭한 족보를 만들어 상대를 꺾어 버리면 되잖아. 그 정도는 쉽다고. 다들 곧 당혹스럽게 만들어 주지.'

오렌지는 내심 그렇게 마음먹고 있었다. 그런데…

막상 갬블이 시작되자 오렌지는 어떻게 해야 할지 몰랐다. 카드 두 장을 받고 상대가 베팅하니 '콜' 해야 하는지, '레이즈' 해야 하는지, '폴드' 해야 하는지 도무지 감이 오지 않았다.

플랍 카드 석 장이 펼쳐지고도 마찬가지였다. 오렌지는 지금 자신이 어떤 상황인지 알 길이 없었다. 망망대해에서 나침판 없이 표류하고 있는 난파선에 올라탄 기분이었다. 혼란스러운 시간의 연속이었고 칩은 무기력하게 줄어들고 있었다. 현호와 잡스도 안타깝게 오렌지를 지켜보고 있었다. 오렌지는 별다른 저항도 제대로 못 해 보고 오십만을 잃고 일어섰다. 어차피 돈을 따려고 온 게 목적은 아닐 테지만 자신이 생각하기에도 너무 무기력하게 패했다는 것을 알아차렸다. 홀덤은 여태 자신이 했던 포커 게임과는 완전히 다른 운영 스킬이 필요하다는 것을 그나마 일찍 깨우친 게 다행이라면 다행이었고 유일한 수확이었다. 어쨌거나 오렌지 일행의 홀덤 하우스 방문은 신선한 충격이었다.

"나가자." 아직 갬블하고 있는 제이를 남겨두고 오렌지 일행은 홀덤 하우스를 나섰다. 사장 피오는 오렌지 일행의 퇴장을 극진히 살폈다.

일행은 다시 오렌지 보드카페로 돌아왔다.

"맥주랑 안주 좀 가져와." 오렌지가 현호에게 말하자 현호는 즉각 준비해 왔다.

까치산 홀덤 하우스 방문은 현호, 잡스에게도 신선한 경험이었다.

"내일부터 저걸 할 거야. 중앙에 있는 테이블 다 치우고 홀덤 테이블 가져다 놓을 거야. 내일 당장!" 오렌지는 단호한 어조로 말했다.

"내일 곧바로 하신다고요? 괜찮겠어요?"

"어차피 손님도 없는데 뭐가 두려워. 뭐라도 시도해 봐야지. 현호야, 너는 돌아가서 아는 사람 다 긁어모아서 내일 저녁에 여기로 데려와. 최대한 많이. 형님도 내일 토르랑 같이 오세요."

잡스는 대답 대신 피식 웃었다.

오렌지는 다음 날 아침 일찍 일어나 인터넷 검색으로 알게 된 카지노 용품 매장에 들러 홀덤에 필요한 테이블과 칩, 홀덤 카드, 딜러 의자 등을 구매해 용달차에 싣고 와 카페에 설치했다.

저녁 8시가 되자 사람들이 하나둘 오렌지 보드카페에 모였다.

오렌지는 토르, 잡스, 이디야 사장, 백반집 강훈이, 삼계탕 인곤이, 당구 고수인 고구마를 불렀고 현호는 동네에서 포커 하우스 물 좀 먹은 선후배들 서너 명 정도를 이끌고 나타났다.

오렌지는 세팅이 끝난 홀덤 테이블에 손님들을 모두 앉혔다. 그리고 모두에게 홀덤 포커를 설명했다. 어제 알게 된 홀덤에 마치 오래된 경력자인 마냥 설명했다. 빌리와 제이도 카페로 들어왔다.

"아니 어떻게 이렇게 빨리? 대단하십니다. 하하."

빌리는 어제랑 사뭇 다른 오렌지 보드카페의 풍경에 어이없다는 듯 웃었다.

"이게 다 빌리 님 덕분이죠. 자 이제 시작해 볼까요. 다들 홀덤 포커는 처음이니 배운다고 생각하시고 천천히 설명하면서 진행하겠습니다."

딜러는 사장인 오렌지가 맡았다.

어제 홀덤 하우스에서 본 딜러보다는 훨씬 서툰 솜씨로 오렌지는 카드를 서플하고 조심스럽게 사람들에게 카드 두 장씩을 나누어 주었다.

다행스럽게도 사람들은 홀덤 포커에 금방 적응했고 홀덤 포커의 매력에 빠져들며 즐거워했다.

"바로 '올인'해도 되는 거야? 이거 박진감 있는데."

"야, 이거 묘하게 재미있네."

"키커가 이렇게 들어가는 거네."

저마다 조금씩 알아가는 홀덤에 관해 한마디씩 하곤 했다.

경력자인 빌리와 제이는 심판처럼 각각의 상황에 대해 친절히 설명하고 판정을 내렸다. 음악을 틀고 맥주를 마시면서 밤새도록 사람들은 집에 돌아가지 않고 아침까지 홀덤을 즐겼다. 다음 날도 사람들은 찾아왔고, 그다음 날에도, 계속해서 오렌지 카페를 방문해 홀덤을 즐겼다.

오렌지 보드카페에 홀덤이 개최되고 한 달이 지났을 무렵, 오렌지 보드카페도 이제 제법 홀덤 하우스의 위용을 갖추고 있었다.

전문 딜러도 섭외했고, *본방도 상주했고, 어리고 예쁜 아가씨 서빙도 있었고, 혹시 모를 사고에 대비해 가게 뒤를 봐주는 건달도 있었다.

* 본방: 하우스 지원을 받고 매일 상주하면서 도박하는 포커 선수.

딜러는 태규다. 태규는 오렌지가 처음 홀덤 하우스를 방문했던 까치산 헤즈업 홀덤 하우스의 고정 딜러였지만 태규랑 친분이 두터웠던 제이가 권유해 오렌지 보드카페로 오게 되었다. 본방으로 스카웃 한 봉달이와도 친하게 지낸 터라 무리 없이 데려올 수 있었다.

딜러는 태규 하나뿐이었다. 교대 없이 혼자 쭉 딜러를 맡았다. 태규는 불만이 없었다. 힘들지만 돈을 좀 더 벌 수 있어 만족했다.

봉달이는 까치산 헤즈업 본방으로 일하던 것을 역시 제이가 권유해 오렌지 보드카페로 오게 되었다.

초보자들이 가득한 오렌지 보드카페에서 봉달이는 군계일학의 실력으로 수익을 냈고 사장인 오렌지는 그 수위를 조절해야만 했다. 봉달이로 인해 손님들이 하우스를 방문하지 않을까 염려하고 있었다.

토르, 잡스, 이디야, 고구마, 강훈이는 매일 오렌지 하우스를 방문해 주었고 오렌지와 현호도 남는 자리가 있으면 항상 갬블에 참석했다.

봉달이까지 합쳐서 기본 8명이 있으니 갬블을 매일 할 수 있었다.

알음알음 입소문을 듣고 찾아오는 사람들도 생겼다.

"신도림 오렌지 보드카페 방수가 좋대. 앉아 있는 사람들이 초보들이야."

이런 소문이 심심찮게 주변으로 퍼져나가고 있었다. 손님들은 날이 갈수록 늘어났고 일찍 오지 않으면 자리가 없어 웨이팅을 하기에 이르렀다.

"형님. 하우스가 완전히 자리 잡은 거 같아요." 현호는 마치 오렌지 보드카페가 대성공이라도 한 것처럼 들떠 있었다. 하지만 오렌지는 다가올 먹구름을 알고 있었다. 카지노처럼 도박장 대 손님 대결 구도가 아닌, 손님대 손님 대결 구도에서는 누가 이기든 업주는 상관할 바가 아니고 업장의 손실도 없지만, 이왕이면 자신과 친한 사람들이 이겼음을 바라는 마음은 숨길 수 없었다. 그러나, 오렌지 지인들은 방문하는 레귤러들의 상대가 되지 못했다. 계속 돈을 잃고 있었고 오렌지는 일정 부분을 하우스에서 나오는 수익으로 메꿔 주고 있었다. 이 사람들이 없으면 하우스는 돌아가지 않는다. 먹을 게 없으면 사람들이 오지 않는 게 당연하다. 토르는 한 달만에 벌써 오천만 원을 잃고 있었다.

강훈이도, 이디야도, 잡스도 모두 크고 작은 내상을 입고 있었다.

잘 운영되는 것 같아도 오렌지의 수익은 얼마 되지 않았다. 미수금이 너무 많았다. 사람들은 돈이 없다고 한다. 그래도 사람을 불러야 했고 오렌지의 지원금은 더 커져만 갔다.

급기야 한계에 달한 오렌지는 전문으로 핸디를 모집하는 관계자를 섭외했다. 현호가 소개해 주었고 동네에서 성인 PC방을 운영하는 친구였다. 오렌지는 관계자와 지분을 5 대 5로 나누기로 했다. 원활하게 게임을 맞추려면 어쩔 수 없는 선택이었다. 오렌지 보드카페는 손님들로 다시 넘쳐나게 되었고 오렌지는 더 이상 지인들에게 의존하지 않아도 되는 상황이 되었다.

핸디 모집에 숨통이 트인 오렌지는 하우스를 현호에게 맡기고 외부로 자주 나다녔다. 다른 홀덤 하우스도 견문하고 핸디들도 섭외하고 홀덤 실력도 배양하며 다녔다. 홀덤을 처음 알게 된 시점에서 3개월이 된 무렵 오렌지의 홀덤 실력은 일취월장했고 어디를 가더라도 쉽게 지지 않았다. 오히려 수익을 내고 있었다. 도박으로 잔뼈가 굵은 오렌지라 홀덤도 빨리 터득해 나갔다.

홍대 라운더스와 신림 상상 보드카페를 자주 갔다. 라운더스는 젊은 사람들과 박진감 있게 갬블하는 곳이고 상상은 적은 돈으로 홀덤 실력을 쌓기 좋은 곳이었다. 일장일단은 있었다.

상상은 블라인드가 이백-오백이고 바이인은 삼만에서 십오만이었다.

동전 방이지만 삼만 원을 잃고 괴로워하는 사람들이 많았다. 학생들에게는 삼만 원도 큰돈이다. 가진 것의 전부일 수 있다. 경제 활동을 안 하니 집에서 받는 용돈이 얼마나 되겠는가. 더군다나 신림동은 잘사는 동네도 아니니 그들의 주머니 사정은 뻔하다. 삼만 원을 올려놓고 마치 전 재산을 걸고 갬블하는 것처럼 달려드는 사람들이 적지 않았다. 진지한 분위기다. 오렌지도 삼만 원을 따려면 최선을 다해야 했다. 그 재미로 상상을 갔다.

'도박은 장난이 아니야. 정신 차리지 않으면 커서도 도박으로 재산을 탕진하게 돼.' 오렌지는 어린 친구들에게 그런 교훈을 주고 싶었다.

상상은 항상 손님들이 많았다. 매일 저녁이 되면 다섯 테이블이 돌았다. 거기서 사람들을 많이 만나게 되었고 친해져 갔다. 몇몇을 오렌지 보드카페로 데려가기도 했다.

반면 홍대 라운더스는 장난이 아니었다. 잘못하면 하룻밤에 수백만을 잃을 수 있었다. 아직 홀덤에 여물지 않은 오렌지는 바짝 긴장하며 라운더스에서 도박했다. 진짜 실력은 거기서 늘어가고 있었다. 집중하고 도박하니 상황에 따른 운용 스킬이 제대로 느껴졌다. 홀덤 하는 사람들을 알게 되니 영역도 점차 넓어졌다. 오렌지는 강남으로 진출했다. 방배동, 서초동, 논현동, 압구정을 다니면서 홀덤을 했다.

새로운 곳을 알게 될 때마다 저마다 조금씩 다른 재미가 있었다. 보드카페를 운영함에 많은 도움이 되었다.

'여기는 이런 식으로 하는구나. 돌아가서 나도 저렇게 바꿔야지.'

조금씩 발전된 생각이 늘어났다.

오렌지는 자기 하우스에 있는 것보다 외부로 돌아다니면서 홀덤 하는 게 더 좋았다. 이유는 여러 가지지만 가게에 있는 게 불편했다. 감정적으로 좋지 않게 지내는 손님들이 더러 있었기 때문이다. 그 꼴을 보기 싫어서 현호에게 하우스를 맡기는 날이 많아졌다.

오렌지는 대인 관계에서 호불호가 유난히 강했다. 마음이 통하는 사람에게는 쓸개도 내주지만 반대인 경우는 말도 섞기 싫었다. 홀덤 하우스를 운영하는 일을 하기에는 적합하지 않았다. 그냥 혼자 갬블하는 게 마음이 더 편했다. 그렇다고 하우스 운영에 완전히 손을 뗀 것은 아니었다. 하우스 운영과 적당히 발란스를 맞추며 외부로 돌아다녔다.

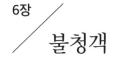

6장

불청객

어느 날, 오렌지는 여느 때와 다름없이 남들보다 일찍 나와 하우스 오픈 준비를 하고 있을 때 환갑쯤 되어 보이는 한 노인이 카페로 들어왔다.

"어떻게 오셨어요?"
"여기 홀덤 하는 곳 아닌가?"

"맞습니다. 어떻게 알고 오셨나요?"
"텔레그램 광고 보고 왔지."

"네. 자리에 앉아 계세요. 스타트 하려면 아직 시간이 많이 남았습니다."

노인은 테이블에 앉았고 오렌지는 석연찮은 기분이 들었다. 보통 신규로 오게 되면 전화로 먼저 문의하고 찾아오는 게 정석인데 처음 보는 사람이 덜컥 찾아온 것이다. 주소도 알려 주지 않았는데 말이다. 그래도 찾

아온 손님이고 요즘은 핸디 한 명도 소중한 시기라 개의치 않고 갬블에
참여시키기로 했다.

"홀덤은 해 보셨어요?"
"많이 해 봤지. 잘해."

"……네. 닉네임은 어떻게 해 드릴까요?"
"보안관! 보안관이야."

노인과 오렌지는 테이블에서 몇 마디를 나누었고 이윽고 사람들이 조
금씩 들어오기 시작했다. 들어오는 사람마다 낯선 노인을 한 번씩 힐끗
쳐다보았다.

"형님. 저 노인네 누구죠? 형님이 데리고 왔나요?"
현호는 노인의 정체가 궁금해서 물었다.

"나도 몰라. 그냥 광고 보고 왔대."
"인상이 별로인데요."
현호 말이 맞았다. 노인의 인상은 그리 썩 좋지 않았다. 왠지 기분 나쁜
몽타주를 하고 있었다.

"스타트 하겠습니다. 모두 바이인 하세요." 현호가 외치니 하우스 안에
있던 사람들은 뱅크실로 모였다. 노인은 오렌지에게 백만을 달라고 했다.

오렌지는 백만 어치 칩을 건네주었고 계좌 이체로 백만 원을 받았다.

갬블이 시작되니 노인은 말도 안 되는 카드로 계속 '콜'을 받고 게임에서 계속 지고 있었다. 그러면서도 허허 웃고 있었다.

'뭐지 이 노인네? 너무 좋잖아.'

오렌지는 속으로 어쩌면 괜찮은 핸디 한 명 얻어걸렸다는 생각이 들었다. 좋지 않은 면상은 무시하기로 했다.

그러나, 관상은 거짓말을 하지 않았다. 백만을 다 잃어 갈 때쯤 노인은 본색을 드러내기 시작했다. 레이크로 트집을 잡으며 억지를 부리기 시작했다. 딜러는 레이크 체계에 관해 친절하게 설명해 주었고 애초 아무런 문제가 없던 상황이었다. 하지만 노인은 계속 억지를 부리고 있었다. 갬블은 몇 분째 중단되어 있고 사람들은 짜증을 내기 시작했다.

오렌지도 몇 번이고 되풀이하는 설명을 받아들이지 않는 노인에게 짜증이 나기 시작했다. 적반하장으로 노인의 말이 점점 험해졌다.

사장인 오렌지는 나서야 했다. 차근차근 설명해 주었고 이해를 구했다.

"넌 조용히 해! 내가 너한테 물어봤어?"

노인의 거친 말에 오렌지의 표정도 험해지고 노인을 쏘아보았다.

"가게 접어!"

그렇게 고함친 노인은 칩을 한 묶음 들어 벽에 던졌다. 벽을 맞고 튕겨

나온 칩 하나가 손님 한 명 뒤통수를 맞혔다.

노인은 자리에서 일어나 냉장고에서 맥주 한 병을 꺼내더니 다른 테이블로 가 앉았다.

사람들은 노인의 어이없는 행동에 꿀 먹은 벙어리처럼 말없이 앉아 있기만 할 뿐이다. 오렌지는 자리에서 일어나 노인에게 다가갔다.

'가게 접어'라는 노인의 얘기에 머리끝까지 화가 났다. 생계가 걸려 있는 가게다. 어떻게 여기까지 왔는데 남의 삶의 기반을 소홀히 다루는 그런 말을 함부로 한단 말인가.

"어이, 당신 뭐야? 왜 행패야?" 오렌지는 증오의 찬 눈빛으로 노인을 노려보며 더 이상 좋은 말로는 해결할 수 없다는 듯이 말했다.

"네가 똑바로 안 하니까 화가 나잖아!" 노인은 물러서지 않았다.

오렌지와 노인은 서로를 노려보며 대치하고 있었고 오렌지는 노인의 면상에 주먹을 날리고 싶은 충동을 느꼈지만 그래서는 안 되었다.

대신 쉽고 빠르고 효과적인 방법이 있었다.

"현호야. 이 새끼 내쫓아!" 오렌지의 말이 떨어지자 현호는 조폭 모드로 바뀌었다. 현호도 노인의 행동에 화가 치밀어 있던 터였다.

"야 이 개씹새끼야. 어디서 개수작이야. 처맞고 핏덩어리 되기 싫으면 당장 여기서 꺼져! 씨발새끼야."

키 190에 체중 120킬로가 넘고 팔뚝 굵기가 통나무만 한 현호가 화를 내고 덤벼들면 타이슨도 움찔해지기 마련이다.

하지만 웬걸, 이 노인은 눈 하나 깜박하지 않고 때릴 테면 때려 보라는 식이다. 오히려 그러기를 바라는 눈치다. 현호도 수그러들지 않는 노인에게 적잖이 당황했다. 위협을 가했는데도 물러서지 않으니 뭔가 믿는 구석이나 의도가 있는 것으로 보였다.

"일어나! 누가 허락도 받지 않고 맥주 마시라고 했어."

오렌지는 노인 멱살을 잡고 밖으로 데리고 나가 야외 테이블에 앉혔다.

헝클어진 옷매무새를 고치고 난 후 노인이 말했다.

"너 나한테 이런 식으로 굴고 장사 계속할 수 있을 거 같아?"

"원하는 게 뭔지 모르겠지만 개수작 부려 봐야 소용없어."

카페에서 나와 테이블에서 노인과 마주하고 있는 오렌지는 노인의 정체가 참으로 궁금했다. '이 노인이 의도하는 건 도대체 뭘까? 아무런 사연도 없는 가게에 와서 대체 왜 이러는 걸까?'

오렌지는 담배를 피우면서 노인을 계속 쳐다보고 있었다.

밖으로 나오니 아직 3월이라 저녁에는 날씨가 제법 쌀쌀했다. 오렌지는 한기 때문에 이내 소변이 마려웠다. 화장실을 가는데 손님 중 한 명이 오렌지를 따라왔다.

"저기 사장님."

"네?"

"저 사람 '보안관'이라고 유명한 사람이에요. 보드카페 여기저기 돌아다니며 저런 식으로 깽판 치면서 돈 뜯고 다니는 사람입니다. 당한 가게가 한두 개가 아니에요. 레퍼토리도 똑같아요. 레이크로 트집 잡는 거요. 불법 영업을 약점 잡고 저러는 거죠."

"그래요? 상습범이네. 양아치 새끼네. 우리 가게에서는 그런 거 안 통해요."
"하지만 집요하게 물고 늘어질 겁니다. 조심하세요."

"네. 말씀해 주셔서 감사합니다. 오늘 게임하러 왔는데 이런 일이 생겨서 죄송하네요."
"아닙니다. 사장님 대처 잘하시고 저는 다른 데로 가 보겠습니다. 저 사람 있으면 어차피 제대로 진행하기 힘들 것 같아서요."

화장실을 다녀오면서 오렌지는 노인을 어떻게 처리할지 생각해 보았다.
여기서 물러설 수 없었다. 강 대 강으로 맞서기로 마음먹고 노인에게 다가갔다.

"꺼져!" 노인에게 그렇게 말하고 더 이상 상대하지 않기로 하고 오렌지는 카페로 들어갔다.
카페 안으로 들어서자 서너 명이 캐시아웃을 하고 있었다. 오늘 장사는 끝난 것 같았다.
카페 안에는 이제 지인 손님들만 남게 되었다. 노인도 다시 카페 안으로 들어왔다.

"꺼지라고! 장사 안 해!"

"내 본전은 돌려줘."

"무슨 본전? 내가 너 돈 따 먹었어? 딴 놈들 다 집에 갔어. 그리고 도박해서 잃었으면 그걸로 끝난 거지. 뭘 돌려줘 정신 나간 놈아."

오렌지가 재차 말하자 노인도 '이게 아닌데.'라고, 느꼈는지 멀뚱히 서 있다. 오렌지는 오기가 생겼다. '오늘 나는 장사 접고 너는 백만 원 잃고 그것으로 마무리 짓자.' 오렌지가 상대하지 않자, 노인은 더 이상 버티지 못하고 카페 밖으로 나갔다.

"오늘은 이렇게 되었으니 다들 돌아가시고 내일 오세요. 죄송합니다."

오렌지는 사람들에게 그렇게 말하고 돌려보냈다. 사람들이 가고 난 후 오렌지는 현호와 딜러, 서빙을 데리고 근처에 있는 삼겹살집으로 갔다.

"한잔하자." 오렌지는 현호와 잔을 부딪치고 단숨에 소주를 마셨다.

"형님. 저 새끼 내일도 오겠죠? 아니면 경찰에 신고할 거 같은데요."

"어떻게 하는지 두고 보자. 너도 명심해 절대 물러서면 안 돼."

"그럼요. 저는 저런 양아치 새끼 못 봐줘요. 아까는 정말 패 버리고 싶었어요. 합의도 안 봐주고 감방 한 번 더 다녀오면 되죠."

"그러면 되나. 때리지는 마. 업장에서 사고 터지면 나도 잘못돼."

"그렇죠. 참기는 해야 하는데 아까는 정말 피가 끓더라니까요. 요즘 장사도 잘 안 되는데 별, 거지 같은 게 와서 염장을 뒤집으니."

그랬다. 오렌지는 카페 운영으로 머리도 아픈데 좋지 않은 일이 겹치니 화도 났고 기분도 좋지 않았다. 그 노인의 기분 나쁜 면상이 계속 떠올랐다. 덕분에 소주는 잘 들어갔다. 현호와 소주 다섯 병을 나눠 마신 후에야 일어났다.

다음 날 보안관은 다시 오렌지 보드카페로 왔다. 아예 시작부터 맥주를 꺼내 놓고 앉아 있다.

"맥주 한 병에 칠천 원이야. 지금 계산하고 마셔."

오렌지는 보안관에게 말했고 보안관이 돈을 주지 않자, 맥주를 치워 버렸다. 남은 맥주는 싱크대에 다 부어 버렸다.

"함부로 맥주 꺼내지 마. 돈 주고 산 거야. 돈 내고 마셔."

오렌지는 보안관을 사람으로 대접하지 않기로 했다.

스타트 시간이 되었는데 보안관이 저러고 있으니, 정상적으로 갬블을 시작하기에 여의치가 않았다. 보안관은 돈을 꺼내 들고 바이인 하려고 뱅크실 앞에 서 있었다.

"홀덤 안 하니까. 돌아가."

"안 하긴 뭘 안 해. 빨리 칩 줘."

"부루마블 하자." 오렌지는 사람들에게 말했고 자초지종을 알고 있는 사람들은 "좋아요. 부루마블 재밌죠." 하며 오렌지를 거들었다.

홀덤 테이블에는 부루마블과 썬틴 포커가 열렸고 모두 웃고 떠들며 게임을 즐겼다. 물론 보안관 보라고 한 쇼였지만 막상 해 보니 제법 재미도 있었다. 보안관은 이 광경을 서서 지켜보고 있었다.

"왜 서 있어요? 볼일 없으면 나가 봐요. 나이가 들면 곱게 늙어야지 사람이 그러면 쓰나." 현호가 보안관에게 실실 웃으며 조롱했다.

다른 사람들도 키득키득 웃으며 보안관을 쳐다보았다.

보안관은 카페를 나갔다.

"형님, 저 자식 갔는데 시작할까요?"

오렌지는 판단이 잘 서지 않았다. 아무래도 무슨 일이 일어날 거 같은 감이 들었다. 보안관이 쉽게 물러나고 갈 거 같지 않았다.

"아마 경찰이 올지도 몰라요. 대비하고 있는 게 좋을 것 같습니다."

딜러가 그렇게 말했고 모두 고개를 끄덕였다. 보안관이 나가고 30분 뒤쯤 정말로 경찰 세 명이 왔다.

"실례합니다. 도박하고 있다는 신고받고 나왔습니다."

경찰은 그렇게 말하고 카페 내부를 둘러보았지만, 그런 징후는 전혀 찾아볼 수 없었다. 사람들은 부루마블 게임을 하고 있을 뿐이다.

"누가 그런 허위신고를 했습니까? 누군지 짐작 가는 사람은 있습니다. 조금 전에 한 노인이 여기로 들어왔고 계속 도박하러 왔다고 하길래 여기는 그런 곳이 아니라고 돌려보냈습니다. 정신이 약간 이상한 사람 같았습니다. 아무래도 그 사람이 신고한 거 같습니다."

오렌지는 자초지종을 경찰에게 설명했고 경찰은 이내 돌아갔다.

"저 자식 아직 밖에 있는데." 화장실을 다녀온 잡스가 말했다.

"아…. 이거 머리 아픈데요. 저 자식 계속 신고할 거 같은데 어떡하죠?"
현호가 걱정스러운 듯 말했고 오렌지도 성가신 일이 생긴 것 같아 근심이
들었다. 보안관에게 밀리지 않으려고 맞섰지만, 상황이 불리한 건 오렌지
쪽이다. 이러지도 저러지도 못하고 있는데 경찰이 다시 찾아왔다.

"여기 사장님 누구세요?"

"제가 사장인데, 왜 그러시죠?"

"사업자 등록증 보여 주시고 저랑 얘기 좀 하시죠."

오렌지는 사업자 등록증을 보여 주었고 등록증을 살핀 후 경찰은 물었다.

"여기서 도박한다는 신고가 또 들어왔습니다. 신고하신 분이 여기서 어
제 돈을 잃고 사장님 계좌로 돈을 입금했다고 하는데 사실입니까?"

'아뿔싸!' 오렌지는 보안관이 어제 바이인 하면서 오렌지 계좌로 입금했
다는 사실을 깜빡하고 있었다. 아직 보드카페 운영 경험이 많지 않은 오
렌지는 이런 일을 겪어 보지 못했고 신규 손님은 조심했어야 했는데 방심
하고 그만 계좌로 돈을 받아 버린 것이었다. 증거가 남아 있게 되었다. 오
렌지는 난처했지만 그런 일이 없었다고 부인했다. 경찰은 떠나면서 원만
하게 해결하지 못하면 나중에 조사받을 일이 생길지도 모른다고 말했다.
경찰이 가고 난 후 사람들은 모두 사색이 되었다.

"난처하네요. 이 새끼 정말 독종이네. 지가 도박했다고 자폭하네."

"현호야. 너는 어떻게 했으면 좋겠니?"

"계속 이러면 영업도 못 하고…. 백만 원 주고 돌려보내는 게 낫지 않을까요? 어제도 장사 못 하고 오늘도 장사 못 하고 앞으로도 계속 이러면 곤란한 건 우리잖아요."

"...........................".

오렌지는 마땅한 대안이 떠오르지 않았다. 일하는 식구도 있는데 현호 말대로 가게를 생각해서 보안관에게 백만 원을 주고 해결하고 싶었지만, 벌레 같은 놈이랑 타협하는 게 너무 싫었다. 오렌지는 한동안 말없이 앉아 있었다.

"사장! 현호 말대로 그렇게 하는 게 좋을 거 같아."

이번에는 손님으로 자주 오는 이디야 사장이 오렌지를 설득했다.

오렌지는 보안관이 경찰에 신고해 놓고 근처에서 가게 동향을 살피고 있다는 걸 알고 있었다. 조금 전에 잡스도 보안관을 목격했고 문밖을 내다보면 보안관의 모습이 수시로 목격되었다.

"현호야. 밖에 나가서 보안관 찾아봐. 근처에 있을 거야. 찾거든 가게로 데리고 들어와."

현호는 문을 열자마자 "저 자식 여기 쳐다보고 있는데요."

"이리 오라 그래."

현호가 보안관을 향해 손짓하자 보안관은 카페로 걸어왔다.

보안관이 카페로 들어서자, 오렌지는 보안관을 앉히고 말했다.

"너 잘 들어! 내가 백만 원 돌려주겠는데 앞으로 내 앞에 얼씬거리지 마. 한 번만 더 눈에 띄거나 개수작 부리면 그때는 사건 벌어지는 거야. 계좌번호 남기고 꺼져."

보안관은 계좌번호를 남기고 떠났다. 오렌지는 백만 원을 물어주고 이틀간 영업도 못 했다. 일하는 식구들도 이틀간 한 푼도 벌어가지 못했다. 피해가 막심했다. 남아 있던 사람들과 음식을 시켜 놓고 술을 한껏 마신 후에야 집에 들어가 잠들 수 있었다.

* * * * *

오렌지가 외부로 돌아다닐 때, 오렌지 보드카페는 점점 개판이 되어 가고 있었다. 관계자로 영입한 성인 PC방 사장은 동네에서 도박 좀 한다는 사람들을 오렌지 보드카페로 불러 모았는데 그들 중에는 불량배들도 섞여서 들어왔다. 현호도 어찌할 수 없었다. 현직으로 건달 생활하는 현호 선배나 친구들이다.

불법 도박장 개설⋯⋯⋯.

이 친구들은 자신들의 영역을 오렌지가 건드렸다고 여겼다.

그런 친구들이 오면 테이블 분위기는 험해지고 일반 손님들은 불편해서 갬블을 접고 일어나곤 했다. 자기네들끼리 남으면 홀덤을 접고 바둑이를 했다. 그런 날이 점점 많아졌다. 오렌지도 막기 힘들었다. 그나마 이런 애들이라도 와야 카페가 유지되는 점도 있었고 오지 못하게 할 명분도 부족했다. 그랬다간 괜히 시비만 붙을 것 같았다. 적당히 서로 넘지 않을 선을 지키며 공존했지만, 오렌지가 원하는 그런 그림은 아니다.

오렌지는 정통 홀덤 하우스를 하고 싶었다. 외부를 돌면서 알게 된 시스템을 접목하고 싶었다. 하지만 지금은 방해꾼들이 많다.

정리하지 않고서는 하고 싶어도 할 수 없는 상황이었다.

시간이 지날수록 갈등은 깊어졌고 오렌지는 모두 내보내고 현호랑 둘이 운영하려고 결심했고 방해꾼들에게 카페를 떠나라고 통보했다.

현호의 선배 중 한 명이 오렌지에게 반발했다.

"형님! 제가 지금껏 이 하우스에 공헌한 게 얼마나 많은데 이렇게 나가라고 하세요? 저는 못 나갑니다. 절대로요!"

건달인 작두는 오렌지의 통보를 받아들이지 않았다. 작두의 말은 틀리지 않았다. 그가 오렌지 보드카페에 지난 수개월간 공헌한 점이 많은 건 사실이다. 핸디들을 불러 모았고 자신도 갬블에 참여해 많은 시간을 하우스에서 보냈다. 오렌지는 작두한테 *롤 비를 따로 챙겨주었다.

* 롤: 카지노나 하우스의 손님에게 플레이 시간에 따라 지급하는 보너스.

그렇다고 작두가 오렌지 보드카페에서 돈을 번 것은 아니었다.

홀덤 경력 없이 오렌지 보드카페에서 홀덤을 배운 작두도 갬블에서 많은 돈을 잃었다. 더 이상 홀덤으로 승산이 없다고 판단한 작두는 바둑이를 적극적으로 유도했다. 바둑이는 잘할 자신 있었고 실제로 잘했다.

하우스에서 오렌지와 대립각을 세운 대표적인 인물이고 이 좁은 하우스 내에 홀덤을 선호하는 오렌지파와 바둑이를 선호하는 작두파가 대립하는 다소 어이없는 상황이 벌어졌다.

"여기가 홀덤 하는 곳이지 바둑이 하는 곳이야? 바둑이 하고 싶으면 너네들끼리 따로 모여서 해. 내가 사장이야. 나가라면 나갈 것이지 무슨 이유가 필요해."

"형님이 이런 식으로 나오면 저도 가만히 있지 않습니다. 제가 여기서 지금껏 빠트린 돈이 얼만데 그냥 나가라고요? 이제 할 만해졌는데 단물 다 빼 먹고 쫓아내려 하세요. 그리고 저희랑 불편하게 지내면 형님이 영업하실 수 있을 것 같아요?"

"작두 형, 적당히 하시죠! 조그만 하우스 하나 차려서 밥 먹고 살겠다는데 뭘 그리 뺏어 먹지 못해서 안달입니까?"
"이야~ 현호. 너 밥줄이라고 사장 편들며 형한테 대드는 건가?"

오렌지와 작두의 갈등이 자칫하면 현호와 작두 싸움으로 번질 것 같았다.
주변에서 중재에 나섰다. 중재안은 작두가 6개월 동안 오렌지 보드카페를 운영하고 그 기간이 지나면 이유 불문하고 하우스를 떠나는 것이었다. 오렌지도 작두가 고분고분 떠나지 않을 것 같아서 중재안을 받아들이기로 했다. 그러지 않으면 큰 충돌이 생겼을 상황이었다.
작두의 의도는 뻔했다. 하우스에 드나드는 홀덤 레귤러들을 다 쫓아내고 호구들만 데리고 바둑이로 수익을 내려는 계획을 하고 있었다.
처음에는 홀덤으로 스타트했다가 사람이 줄어들면 바둑이로 종목을 바꾸는 패턴을 계속해 왔기 때문이다.

오렌지는 하우스 대관료로 작두에게 월 이백만 원을 받는 조건으로 합의했다. 월세, 관리비, 전기세 등등은 사용자인 작두가 처리했다.

바둑이파와 공생할 수 없었던 오렌지는 궁여지책으로 작두의 제안을 받아들였고 홀덤 하우스 선진화 계획은 6개월 뒤로 미루게 되었다.

7장
시행착오

    자신이 운영하던 보드카페를 잠시 떠나게 된 오렌지는 알고 지내던 지재의 도움으로 논현동 세븐 보드카페에서 본방으로 활동하게 되었다.

    지재는 방배동에서 처음 만났고 지재는 갬블에 참여할 핸디를 모으는 관계자였다. 이런 일을 하는 사람들이 으레 그렇듯이 지재는 붙임성이 좋고 사교적이다. 그런 성격이 아니라면 이 세계에서 살아남기가 힘들다. 오렌지도 보드카페를 운영했지만, 사실 그런 성격과는 거리가 있었다. 그래서 손님들과 적잖이 마찰도 있었고 다툼도 여러 번 발생하곤 했다. 손님뿐만 아니라 같이 운영하던 식구들과도 갈등이 많았다. 서로 불편한 경우가 많았고 신도림을 떠나게 된 연유도 여러 가지가 있겠지만 인간관계가 원만하지 못한 이유가 가장 큰 원인이었다.

    물과 기름이 섞일 수 없듯이 공생할 수 없었고 서로 갈라서는 길을 선택한 것이었다. 어쨌거나 홀덤 하우스 재오픈을 6개월 뒤로 미루게 된 오렌지는 그 시기가 올 때까지 지낼 만한 곳을 물색하게 되었고 논현동 세븐으로 오게 되었다.

첫날 출근하고 스태프들과 인사를 나누었다. 노아와 잭하이가 주 운영자고 부 스태프로 환석이나 테마, 조조가 있었다.

제법 규모가 있는 홀덤 하우스였다. 딜러인 민영이와 민주 자매도 여기서 처음 보게 되었다. 앳되고 예쁜 자매들이다.

이들 자매가 있어 세븐에 애착이 가고 더 많이 가게 되고 더 오래 머물게 되었다. 만나면 기분 좋아지는 자매들이다.

모든 스태프들이 착하고 친절하며 좋았다. 오렌지는 자신이 머물던 자신의 하우스에서 겪었던 사람들에 진절머리가 나 있었던 탓에 세븐의 사람들과 분위기가 자신과는 잘 맞는 그런 감정들이 너무도 반갑고 좋았다. 무언가 해방된 기분이 들었다. 지재는 오렌지가 세븐에서 무난히 정착할 수 있도록 물심양면으로 도와주었다.

오렌지도 기대에 부응했다. 모든 핸디를 통틀어 세븐 홀덤 하우스에 가장 오래 머무는 넘버원 핸디로 보답했다. 운영자 입장으로 보면 자주 오고 오래 머무는 사람이 최고다. 남들에게 불쾌감만 주지 않는다면 그렇다. 오렌지는 본방으로 활동하는 조건으로 시간당 만 원을 세븐에서 지원받았다. 일주일마다 정산받았는데, 첫 주에 백이십만 원을 넘게 받게 되었다. 하루 18시간 정도를 세븐에서 갬블하며 보낸 것이다.

72시간을 연속해서 한 적도 있었다. 그러고는 근처 사우나나 모텔에서 잠시 눈을 붙이고 다시 세븐으로 돌아와 갬블하곤 했다. 밥도 세븐에서 먹었다. 집에는 거의 들어가지 못했다. 홀덤에 막 재미를 붙였던 시기였고 세븐에서 보내는 시간이 너무 즐거워서 다른 것들은 잊고 살았다. 오렌지는 사람들과 세븐에서 홀덤을 하는 것이 유일한 낙이었고 늘 안고 있는 근심을 잠시 잊을 버릴 수 있는 해방구였다.

가끔 기분 전환 삼아 압구정으로 가는 날도 있었다. 강남에서 가장 큰 규모인 메인 보드카페를 운영하던 상필이도 이 시기에 알게 되었다. 메인 보드카페는 1년 365일 24시간 갬블이 끊어지지 않고 이어졌다. 저녁 피크 타임에는 다섯 테이블이 꽉 차고도 테이블이 부족해 자리가 날 때까지 대기하는 인원도 꽤 많았다. 하우스 안은 사람들로 항상 시끌벅적했다. 같이 갬블하면서 친목도 다지며 정보를 교류하는 사람들로 넘쳐 났다. 오렌지도 그랬다. 6개월 뒤 홀덤 하우스를 다시 운영하려면 인적 네트워크는 필수였다. 세븐과 메인 보드카페에서 사람들과 어울리며 전화번호를 얻곤 했다. 나중에 고객이 되어 줄 기대를 하면서 성격과 어울리지 않는 짓을 곧잘 하고 있었다.

그러던 어느 날, 주노한테서 연락이 왔다. 주노는 신도림에서 알게 된 동생이다. 성인 PC방 쪽 손님으로 오게 되었는데 주로 하는 일이 성인 PC방 프로그램을 제작하고 배포하는 일을 하는 친구였다. 불법 토토 사이트 일도 겸하고 있었다.

"형님, 잘 지내세요?"
"…응, 뭐 그럭저럭 지내고 있어. 어쩐 일로?"

"소식은 들었어요. 신도림에서 나왔다는 거."
"잠시 떠나 있는 거지. 다시 돌아갈 거야."

"형님. 혹시 뷰라고 들어보셨어요?"

"뷰? 그게 뭔데?"

"얘기하면 긴데 만나서 설명할게요. 돈 버는 일이에요. 형님 힘들다고
해서 도와드리려고요."
"대충이라도 말해 봐. 무슨 일인지는 알고 만나야지."

"성인 PC방 프로그램인데 다른 사람들의 패가 보여요."
"상대방의 패가 보인다고?"
"네. 그럼요."

오렌지는 심장이 뛰었다. '저 사람이 무슨 패를 들고 있을까?'
겜블에서 다른 사람의 패를 짐작하는 어려움, 완벽히 알아챌 수 있는 건
신의 영역이다. 남의 패를 알고 겜블을 할 수 있다면 얼마나 신나는 일인
가. 부처님 손바닥 보듯이 타인의 패를 살펴볼 볼 수 있다는 건 겜블에서
상상할 수 없는 일이다. 그것을 현실로 만들어 주겠다는 주노의 제안이었
다. 귀가 솔깃해진 오렌지는 두 시간 뒤 홍대에서 만나기로 바로 약속을
정했다.
주노와 전화 통화를 끊은 직후 오렌지는 현호에게 전화를 걸었다.
자초지종을 설명했고 같이 만나기로 했다. 오렌지가 현호에게 전화를
건 이유는 이런 일에는 현호가 익숙하고, 타당성이 있는 일인지 잘 감별
할 능력이 있기 때문이다. 현호는 불법에 관한 전문가다.

"랙 갖다줄래?"

오렌지는 하던 갬블을 멈추고 자리에서 일어났다.

"형님, 벌써 가시려고요? 오늘은 짧게 하시네요."
"응. 집에 갑자기 급한 볼일이 생겨서."

오렌지는 하던 갬블을 허둥지둥 마감하고 자리를 떴다. 지금은 홀덤이 문제가 아니었다. 상상만 해도 큰돈을 벌 것 같은 일이 생겼는데 만사 제쳐두고서라도 주노를 만날 필요가 있었다. 오렌지는 곧장 홍대로 향했고 주노와 약속된 시간에 앞서 먼저 현호를 만났다.

"주노가 말한 거 어떻게 생각해?"
"글쎄요? 일단 만나서 들어보죠."

약속 시간보다 조금 이르게 주노는 도착했고 오렌지와 현호에게 여러 가지 자료를 보여 주며 뷰 프로그램에 대한 설명을 이어갔다.
"제가 전국에 있는 성인 PC방에 이 프로그램을 깔아놓았어요. 이 프로그램이 깔린 PC 앞에서 게임하는 사람들은 전부 패가 다 보이는 겁니다."
주노의 '뷰 프로그램' 설명은 신천지였고 오렌지와 현호는 단숨에 현혹되었다. 주노는 3인 1조로 사무실을 차릴 것을 권장했고 프로그램의 가격을 사천만 원으로 제시했다.
우선 삼천만 원을 주고 나머지 천만 원은 차후 돈을 벌어서 주기로 합의했다.
주노가 가고 난 후 오렌지와 현호는 나머지 한 명은 누구로 끌어들일지

상의했다. 현호는 적격자로 작두를 추천했다. 오렌지는 내키지 않았지만 이런 일에는 그만한 적임자가 없다는 현호의 설득에 그렇게 하기로 정하고 신도림으로 가 작두를 만났다. 설명을 들은 작두는 망설임 없이 동조했다.

불과 두 달 전에 함께 하기 싫어서 찢어졌던 작두와 다른 일로 다시 한 배를 타게 되었다.

'설마 건달들한테 사기를 치겠어. 맞아 죽지 않으려면.'

오렌지는 그런 생각으로 현호와 작두를 곁에 두었다.

셋은 의기투합했고 현호와 작두는 홀덤 하우스도 운영해야 하기에 신도림 오렌지 보드카페 근처에 원룸을 얻어 작업실로 사용하게 되었다. 각자 천만 원씩 갹출했고 수입도 정확히 삼분의 일로 나누기로 했다.

근무도 셋이 돌아가면서 맡기로 했다. 준비를 마친 오렌지 일당은 주노에게 통보했고 돈을 건네받은 주노는 프로그램이 깔린 PC 3대를 작업실에 설치했다.

주노가 먼저 PC에 앉아 프로그램이 제대로 작동되는지 시현 했다.

종목은 바둑이고 정말로 남의 패가 보였고 쉽게 돈을 땄다.

세팅을 마치고 난 후 네 명은 룸살롱으로 향했다. 같은 식구가 된 기념으로 주노가 한 잔 사기로 한 것이고 몇 가지 점검을 할 필요가 있었다. 술을 마시면서 세부적인 사항들을 점검했고 오렌지, 현호, 작두는 마치 벌써 큰돈을 번 것 같은 기분으로 샴페인을 터트리며 흠뻑 취했다. 오렌지는 주노에게 한 가지 의문점이 든 것을 얘기했다.

"그런데 너는 황금알을 낳는 거위를 왜 우리한테 주는 거야? 너 혼자 해

먹거나 주변 사람들한테 주면 되잖아?"

"어차피 이거 저 혼자 다 못 먹어요. 주변에도 벌써 작업 다 마쳤고요. 저는 프로그램 파는 게 일이고 형네 같은 팀을 많이 만드는 게 목적이거든요. 이런 팀들 많아요. 수수료 수입이 얼마나 큰데요. 가끔 뷰 프로그램끼리 같은 방에서 만날 수도 있어요. 그럴 때는 피하세요. 해 보면 상대가 뷰인지 알잖아요. 오늘도 여기 오기 전에 두 팀 작업 마치고 왔어요. 이 돈 보세요!"

주노는 가방에서 일억은 족히 넘을 듯한 현금 뭉치를 꺼내 보였고

탄성을 지르는 접대부 아가씨들에게 십만 원씩을 팁으로 나눠 주었다.

"한 가지 더 주의할 점이 있다면 너무 욕심내지 마세요. 보고 하는 것처럼 너무 티 나면 상부에서 아이피 주소 막아 버려요. 말이 되게 이기세요. 이거 아주 중요해요."

도박으로 잔뼈가 굵은 셋은 이 말을 충분히 이해했다. 노골적이지 않고 자연스럽게 이긴다는 것, 일종의 알리바이다. 남의 패를 보고 치는데 이 정도는 어려운 과제가 아니었다. 지는 일만 피하면 되는데 무엇이 문제겠는가. 금방 부자가 될 것 같은 기분으로 접대부를 껴안고 노래 부르며 신나게 놀았고 모두 기분 좋게 흠뻑 취한 밤이었다.

"형님. 전에 무례하게 군거 용서하십시오. 저도 잘해 보려고 한 건데 본의 아니게 형님한테 실수했던 거 같습니다. 앞으로 잘하겠습니다."

"괜찮아. 같이 일하다 보면 의견이 다를 수도 있지."

오렌지와 작두는 화해했다.

다음 날 저녁, 셋은 다 함께 작업실로 들어갔다. 주노가 알려 준 대로 작업 매뉴얼을 지키며 뷰 프로그램을 작동했다. 남의 패를 보며 땅 짚고 헤엄치기처럼 순탄하게 이겨 나갔다. 서로 돌아가면서 게임을 하면서 연신 얼굴에 웃음꽃이 피어났다.

"저 자식 7탑으로 깨끗하게 맞았네. 그런데 어쩌나 우린 6탑인데. 낄낄."

작업을 시작한 지 다섯 시간 만에 육백만 원을 이겼고 주노의 충고대로 오늘은 욕심 부리지 않고 여기까지만 하기로 했다.

환전 요청하니 수수료를 빼고 오백만 원 정도가 입금되었다. 입금 통장은 막내인 현호가 맡기로 했다.

"저녁 뭐 먹을까요? 갈비 먹으러 가죠."

늦은 밤, 늦은 저녁을 먹으면서 서로 장밋빛 미래를 설계했다.

이렇게 일 년만 작업해도 평생을 먹고살 돈을 마련할 수 있을 것 같았다.

돈이 생기면 뭘 할지 각자 희망을 말했다.

"이번에 차를 바꿔야겠어요. 지금 차는 너무 작고 오래 탔어요."

작두는 차부터 바꾸고 싶어 했다.

"저는 전세 자금 마련해야죠. 사귀는 여자랑 같이 살려면 전셋집 정도는 마련해야죠."

현호는 조금 더 큰 목적을 말했다.

"나는 빚부터 갚고 싶어. 매달 나가는 이자 때문에 스트레스받아."

오렌지는 짊어진 짐부터 내려놓고 싶었다.

오늘은 다 같이 모여서 했지만, 내일부터는 한 명씩 교대로 네 시간씩 작업하기로 정하고 목표 금액인 칠백만 원에 도달하면 작업을 종료하기로 했다.

작업 둘째 날, 작두가 먼저 작업에 참여했다. 작두가 작업실에 도착한 지 얼마 지나지 않아 연락이 왔다.

"형님. 뷰 프로그램이 작동되지 않는데요?"

"무슨 소리야? 왜 안 돼?"

"저도 모르죠. 한번 와 보세요. 현호한테도 말했어요."

오렌지는 황급히 작업실로 달려갔다. 현호는 이미 와 있었고 작두와 현호는 난감한 표정으로 앉아 있었다. 모니터에는 접속 불가라는 문구가 떠 있었다.

"주노한테 연락해 봤어?"

"네. 해 봤죠."

"뭐래? 왜 안 된대?"

"자기도 알아보고 전화 준다고 했어요."

셋은 작업실에 모여 연신 담배를 피우며 주노의 연락을 기다리고 있었다. 한 시간 정도가 지난 후 주노에게서 연락이 왔고 전화는 주노와 동갑내기로 친해진 현호가 받았다. 현호는 말없이 주노의 말만 듣고 있었고 오렌지와 작두는 궁금증과 초조함으로 둘의 통화를 지켜보고 있었다. 전화를 끊은 현호가 말했다.

"우리가 어제 작업한 거 상부에서 클레임 걸었다고 하네요. 뭐 실수한 게 없는 것 같은데."

현호 말대로 어제 작업은 주노의 충고대로 조심스럽게 진행했고 하자가 잡힐 만한 아무런 문제가 없었다. 세 명이 서로 지켜보면서 조언하며 자연스럽게 게임을 했음을 세 명 모두 알고 있다. 초보자들이나 욕심쟁이들이 할 만한 바보 같은 짓은 분명 일절 없었다. 그런데 클레임이라니….

"그래서! 뭐 어떻게 해결하기로 했어?"
"자기가 말해서 다시 열어 보겠대요. 근데 며칠 걸릴 것 같다고 하네요."
"………………."
"형님 이거 좀 이상한데요."
석연치 않고 답답하지만 기다릴 수밖에 당도가 없었다.
작업은 둘째 날부터 중단되었고 아이피가 재개될 때까지 일단 각자 일상으로 복귀했다.

오렌지는 다시 세븐으로 돌아가 갬블하고 있었지만 좀처럼 홀덤에 집중할 수 없었다. 온 신경이 뷰 프로그램에 가 있었고 어서 아이피가 재개되기만을 기다리고 있었다. 보름이 지나고서야 다시 할 수 있다는 연락이 왔다. 기다리는 보름이 영원의 시간처럼 길게 느껴졌고 세 명은 다시 작업실로 모였다. 뷰 프로그램을 켜니 접속이 되었고 정상적으로 작동했다. 세 명은 모니터에 달라붙어 앉아 실수가 될 만한 상황을 절대 만들지 않으려고 집중했다. ……그런데 지난번에 할 때랑 뭔가 달랐다.

상대도 우리 패를 보고 친다는 느낌이 계속 들었다. 상대는 우리에게 지고 있으면 아무리 좋은 패라도 카드를 접는다. 우리 패를 모른다면 있을 수 없는 일이다. 물론 우리도 마찬가지라 상대도 그렇게 느낄 것이다.

뷰 프로그램끼리 만날 수 있다는 얘기는 들어서 알고 있었지만, 어느 방을 가도 마찬가지다. 모두 뷰 프로그램 접속자들만 있다.

일곱 시간을 넘게 했는데 수익은커녕 약간의 마이너스가 났다.

현호가 주노에게 전화해서 오늘 일을 설명했지만 돌아온 대답은 가끔 그런 날이 생길 수 있다고 한다. 물고기가 되어줄 일반 유저가 적으면 뷰만 남아서 그런 것이니 실망하지 말고 꾸준히 해 보라고 했다.

하지만 다음 날도, 그다음 날도 마찬가지였다. 일주일을 했지만 만나는 건 오직 뷰 프로그램뿐이다. 가뭄에 콩 나듯이 일반 유저를 만났지만, 그마저도 뷰 프로그램끼리 경쟁해야 했다. 수익이 날 리가 없었다.

며칠 뒤에 뷰 프로그램은 다시 접속 불가가 되었고 주노는 이제 전화도 받지 않았다.

"형님, 아무래도 당한 거 같은데요."

"………………."

뷰 프로그램이 접속 끊어진 지 한 달이 넘었고 주노의 행방은 오리무중이다. 현호와 작두는 인맥을 동원해 수배를 내렸고 얼마 뒤 소식을 듣게 되었다. 주노는 이미 구치소에 수감되어 있었다.

대전에서 뷰 프로그램을 사천만 원에 샀던 피해자가 사기로 주노를 고소했고 주노는 현행범으로 체포되었다.

훗날 이런 방향으로 결론이 났다.

불법 도박 사기 프로그램 제작 및 유포, 죄명은 가볍지 않았고 주노는 징역 4년을 선고받게 되었다.

오렌지도 법원에서 계좌 조회를 받았다는 것을 금융기관 통보로 알게 되었다. 주노와 친하게 지내면서 일정 부분 사업에도 관여했고 계좌를 관리했던 현호는 공범으로 검찰 조사까지 받게 되었다. 하마터면 곤경에 처할 뻔했지만, 다행스럽게 단순 가담과 일정 부분 피해 본 정상이 참작돼 벌금형으로 마무리되었다.

작두는 호기롭게 주노를 사기죄로 고소했다. 주노의 가족과 합의금으로 이천만 원을 받고 고소를 취하해 주었다. 돈을 떼이고 살 수 없는 건달의 자존심일까. 아무튼 대단한 기백이었다. 오렌지는 겁이 나서 그럴 엄두도 내지 못했다. 괜히 엮여서 잘못되지 않을까 하는 불안감만 있었다. 엄밀히 따지면 범행을 공모한 것이 아닌가. 더 이상 이 일에 얽히고 싶지 않아서 조용히 있었다. 주노가 구속되고 현호가 검찰 조사를 받는 것을 보며 없는 살림에 천만 원을 허공에 날렸지만, 그 정도로 마무리되면 오히려 다행이라는 생각이 들었다.

돈을 벌어보겠다고 한 일에 돈을 까먹고 몇 달을 불안감에 시달려야 했다. 단 하루 오백만 원. 그 돈은 현호의 벌금으로 대체되었고 일장춘몽은 그렇게 끝이 났다.

* * * * *

오렌지는 야구유니폼을 입고 야구장에 나와 있었다.

오늘은 사회인 야구 2부 리그 결승전이 있는 날이다.

최근 평소에 운동을 잘하지 않았지만, 이번에는 일주일 전부터 스트레칭으로 몸을 만들었다. 결승전이라는 무게도 있지만 상대 팀 때문이다.

결승전 상대는 예선 라운드에서 한 번 싸웠던 팀이다. 오렌지의 팀은 2대 15로 처참하게 졌다. 작년에도 이 대회에서 우승했던 팀이다.

오렌지는 그날 등판하지 않았다. 이미 예선 통과를 확정했고 결승 라운드에서 만날 게 확실한 상황이라 전략적으로 에이스인 오렌지를 보여 주지 않았다. 하지만 오늘은 다르다. 선발 투수고 이기려면 끝까지 던져야 했다.

이 팀에는 오렌지를 빼면 상대 팀 타선을 상대할 만한 마땅한 투수가 없었다. 오렌지의 강판은 패배를 의미했다. 결승까지 올라온 것도 오렌지의 지분이 90%가 넘었다.

"형님밖에 없어요. 완투할 수 있겠어요?"

이 팀의 감독이자 포수로 공을 받을 현호가 걱정스럽게 물었다.

"너무 걱정하지 마. 널 위해서 최선을 다해 볼게."

"그리고 중견수를 맡을 재상이가 오늘 집에 일이 생겨 못 나왔어요. 걔가 없으면 중견수를 볼 애가 마땅찮아요."

"중견수는 필요 없어. 거기까지 공이 날아갈 일은 없을 거다."

오렌지는 경기 시작 전, 불펜에서 공을 몇 개 던져 보니 컨디션이 나쁘지 않다는 느낌이 들었다. 괜히 하게 된 '뷰 프로그램'으로 현호를 난처하게 만든 미안한 기분이 섞여 있어 야구로 조금이나마 보답하고 싶은 마음속 결의를 다지고 있었다.

오렌지는 1회부터 전력으로 투구했고 상대 팀은 당황했다.

삼진을 당하고 들어가면서 다음 타자에게 '공이 안 보여'라고 말했다.

6회가 되었다. 스코어는 1 대 0으로 앞서고 있었다. 1회에 터진 오렌지의 2루타로 선취점을 내며 지키고 있었다.

배트에 공이 제대로 맞았고 힘도 실렸다. '넘어갔다!' 타구는 좌중간을 향해 알맞은 각도로 힘차게 뻗어갔고 오렌지는 이 타구가 홈런이 될 것임을 믿어 의심치 않았다. 하지만 오렌지의 타구는 발사할 때의 기대와는 달리 담장 앞에서 바운드 되었다.

2루에 안착한 오렌지는 기쁘지 않고 오히려 실망스러웠다.

'왜 안 넘어갔지? 그러고도 충분히 남을 타구였는데….'

이제는 젊을 때보다 근력이 한참 떨어졌다는 걸 인정할 수밖에 없었다.

1회에 오렌지에게 장엄한 타구를 얻어맞은 상대 팀은 혼비백산했고 그 뒤로 타석에 서는 오렌지를 더 이상 상대하지 않고 고의사구로 걸어 나가게 했다. 하지만 마운드에 있는 오렌지는 피할 수 없었다. 무조건 상대해야 했다.

"형님! 오늘 공 정말 좋은데요. 긁히는 날이네요. 살벌합니다."

긁히는 날이 아니라 오렌지는 긁고 있었다. 평소 경기할 때보다 공의 실
밥을 세게 낚아채었다. 포심을 던질 때도, 슬라이드를 던질 때도, 공의 실
밥을 힘차게 긁었다. 투구 동작의 메커니즘도 맥시멈으로 가져갔다.

이런 식으로 던지면 몸에 무리가 간다는 것을 알고 있었지만, 오렌지는
개의치 않았다. 6회가 되자 팔이 아프고 손가락 끝 살점이 쓸리기 시작했다.

'괜찮아. 2이닝만 버티자. 내일 팔이 아파 수저를 못 들어도 상관없어.
야구는 이번이 마지막이야.'

팔을 위로 올리기 힘들었던 오렌지는 6회부터 사이드암으로 던졌다.

"형님! 올 시즌만 우리 팀에서 활약해 주세요. 형님이 계시면 우승할 수
있어요. 회비도 낼 필요 없고 유니폼도 그냥 맞춰 드릴게요."

사회인 야구에서 선수 출신인 오렌지는 인기가 많았다. 기량은 프로 선
수 못지않은데 활용도는 극강이다. 봉황대기를 출전하지 않은 오렌지는
선수 출신으로 등록되어 있지 않아서 투수로 써먹을 수 있었다. 여기저기
서 오렌지를 모셔가려고 애썼고 일일이 거절하기도 귀찮았다.

오렌지는 올해까지만 사회인 야구를 하기로 마음먹고 있었다.

그렇게 생각하게 된 이유는 몸이 더 이상 예전 같지 않아서였다.

야구하고 나면 몸이 회복되는 데, 꽤 오랜 시간이 걸렸다.

대가도 없는 일에 일상생활의 지장을 받으면서까지 하고 싶지 않았다.

경기는 그대로 1 대 0으로 끝이 났다. 오렌지는 7이닝을 완투해, 탈삼진

13개를 기록하며 상대 팀을 완봉으로 잠재웠다. 사회인 야구에서는 좀처럼 나오지 않는 스코어였다.

경기가 끝난 후 팀원들과 뒤풀이를 한 후, 오렌지와 현호는 둘이 따로 남아서 향후 오렌지 보드카페 운영에 관해 상의했다.

"형님, 다시 신도림으로 복귀할 날도 얼마 남지 않았는데, 준비는 잘하고 계세요?"

"응. 뭐 그럭저럭 준비하고 있어. 다시 하면 전보다는 훨씬 잘하게 될 거야. 신도림 상황은 요즘 어때?"

"똑같죠 뭐…. 홀덤 하다가 바둑이로 바꾸고 꾸역꾸역 돌리기는 해요."

"작두는 신도림 손 떼면 뭐 하겠대?"

"벌써 영등포에 가게 구했어요. 거기로 가서 홀덤 하우스 하겠대요."

"영등포에? 너무 가깝잖아."

"그래서 저도 걱정입니다. 여기 핸디들 그쪽으로 다 넘어가는 거 아닌지 모르겠네요. 이디야, 고구마, 잡스, 토르 같은 진성 멤버들이 바둑이에 익숙해졌어요. 이제는 자기들이 먼저 바둑이로 바꾸자고 해요. 형님도 알다시피 그 사람들 없으면 돌리기 힘들잖아요. 다른 사람들도 그 사람들 돈 따 먹으려고 오는데."

"너무 걱정하지 마라. 그 사람들 나와 친분이 몇 년인데 쉽게 넘어가겠니. 그리고 강남에서 활동하면서 좋은 사람들 많이 알아두었어. 그 사람들이 와주면 재미있을 거다. 활기가 넘쳐 날 거야."

"그래요? 강남에서 좋은 사람들 많이 섭외했다니 안심이 되네요. 걱정 많이 했는데 허송세월 보내지는 않으셨네요."

"그래. 내가 신도림에 재오픈하면 와서 도와주기로 약속했어. 강남 사람들이랑 우리가 가진 기존 멤버랑 신규 멤버들 열심히 유치하면 잘 운영될 거다. 이벤트나 시스템도 잘 짜두었어. 확실하게 성공할 거야."

"네. 형님만 믿고 있을게요. 형님은 잘 챙겨 주지만, 작두 형은 자기밖에 몰라요. 형님 밑에 있는 게 저도 훨씬 좋아요. 신도림으로 복귀하면 정말 잘해 보자고요."

"그래. 이번에는 정말 잘해 보자. 나도 더 이상 잘못되면 안 돼. 그나저나 검찰에서 뷰 건으로 조사받는 건 어떻게 되어 가고 있어?"

"다음 달에 출석하라고 통보받았는데, 가서 잘 말해야죠. 형님은 크게 걱정하실 필요 없어요."

"내가 괜한 일을 건드려서 너를 난처하게 만들어서 미안하구나. 별일 없어야 할 텐데 걱정이다."

"아니에요. 제가 제대로 파악하지 못해 오히려 형님한테 미안해요. 사기란 걸 알아챘어야 했는데 바보같이 당했네요."

"주노랑 뷰 프로그램에 어디까지 관여한 거야?"

"저도 이걸로 돈 좀 버려 보려고 욕심 좀 냈죠. 형님 모르게 주노가 소개해 준 그쪽 관계자들도 많이 만났고 일 배워서 지분 투자까지 하려고 했는데 일이 이렇게 꼬여 버렸네요. 돌이켜보면 처음부터 그놈이 저를 가지고 논 격이죠. 그놈 출소하면 가만히 안 둘 겁니다. 안 그러면 분해서 못 살 거 같습니다."

* * * * *

작두에게 운영권을 약속한 6개월은 이제 며칠 남지 않았다. 오렌지도 슬슬 신도림으로 복귀할 준비를 조금씩 마치고 있었다. 가장 중요한 일은 하우스를 방문해 줄 핸디를 많이 확보하는 것이다. 오렌지는 강남 일대에서 갬블을 하면서 항상 그 점을 잊지 않았다. 말을 트게 된 사람들에게 자신이 보드카페를 운영한다는 것을 숨기지 않았고 좋은 이미지를 주려고 노력했다. VIP가 될 만한 사람이 있으면 같이 식사도 하고 술도 마시며 친해지려고 노력했다. 심지어 갬블에서 이긴 칩을 돌려주기까지 했다. 지금은 갬블로 돈을 버는 것보다 투자할 시기라고 판단했었다.

그런 식으로 갬블을 하니 돈이 바짝 마르게 되었다. 통장에는 오백만 원 정도의 잔액이 남아 있었다. 신도림으로 복귀해서 실패하면 난처한 상황에 직면함은 불을 보듯 뻔한 일이다.

모든 역량을 동원해 하우스가 성공하도록 사활을 걸어야 했다.

오렌지는 지난번에 하우스를 운영하면서 겪었던 시행착오를 되풀이하고 싶지 않았다. 핸디 유치, 미수 관리, 스탭 관리, 운영 노하우 등을 전보다는 진일보하게 업그레이드되게 준비를 마쳤고 성공을 확신하고 있었다. 수개월 동안 핸디 입장에서 활동해 보니 핸디들이 무엇을 원하는지, 어떤 게 싫은지가 느껴졌고 그런 점들을 한층 보완해서 운영하기로 마음먹고 있었다.

재오픈 전날, 오렌지는 보드카페를 방문해 작두에게 인수인계를 받았다. 작두가 가져갈 것은 가져가고, 남길 것은 남기고, 계산할 것은 계산하고 일을 마무리 지었다.

"영등포에 하우스 오픈한다면서?"

"네. 형님. 그렇게 되었습니다. 아무래도 이 근방이 제가 할 수 있는 유리한 조건이 많아서요. 형님한테는 누가 되지 않게 하겠습니다."

"그럴 일이 뭐가 있겠어. 각자 할 일만 잘하면 되지."

"네. 그렇죠. 서로 공생하면서 해요. 저도 게임 안 맞춰지면 사람들 데리고 신도림으로 올게요."

"그럴 필요 없다. 여기는 형이 알아서 잘할게. 너는 너 가게만 신경 써."

"아무튼 형님 덕에 홀덤 일 배워서 밥 먹고 사네요. 감사하게 생각하고 있습니다."

"뷰 건은 미안하게 되었다."

"아닙니다. 같이 돈 벌자고 한 일인데 형님이 죄송할 게 뭐 있어요. 그놈이랑 잘못된 관계는 제가 알아서 정리하겠습니다."

"그래. 가서 잘해라."

작두는 오렌지가 닦아놓은 신도림에서 6개월간 홀덤 하우스를 운영하며 2억이 넘는 종잣돈을 마련했고 그 돈을 밑천 삼아 영등포에 하우스를 얻을 수 있었다. 남의 주머니에서 돈을 뺏어내는 데 천부적인 자질이 있는 놈이다. 중심 상권 2층에 50평이 넘는 제법 큰 규모의 보드카페를 오픈한다고 한다. 오렌지는 작두와 더 이상 엮이고 싶지 않았다. 그래서 6개월간 신도림을 떠나야 했던 것을 감내하면서까지 정리하려고 했던 것인데 협업은 있을 수 없는 일이다. 작두와 그 주변 사람들에 진절머리가 나 있다. 서로 다툼이 잦았고 몇 번 주먹다짐이 생길 뻔했다. 그들이 신도림으로 오지 않는 것이 도와주는 일이라 생각했다.

'잘됐어. 너네끼리 따로 떨어져서 홀덤을 하든, 바둑이를 하든지, 고스톱을 치든지 마음대로 하고 여기는 얼씬도 하지 마라.'

드디어 6개월을 기다린 오픈 날이 되었다.

오렌지는 일주일 전부터 사람들에게 메시지를 보냈다.

특별히 꼭 와주었으면 하는 사람들은 유난히 신경을 많이 쓰기도 했다. 기존의 신도림 멤버들은 따로 불러 모아 술과 밥도 사주었다.

'오렌지 보드카페 리뉴얼! 풍성한 이벤트로 준비! 방수 섭외 완료!'

오픈 날이라 손님이 많이 올 것을 예상해 딜러도 네 명을 불렀다. 세컨 테이블이 열릴지 모르기 때문이다. 스타트 시간이 가까워지자, 사람들이 조금씩 하우스로 들어오기 시작했다. 잡스, 토르, 이디야, 고구마, 강훈, 인곤, 쌩또 등 기존의 신도림 멤버들도 의리 있게 모두 와주었다. 세븐에서는 노아와 테마가 방문했다. 강남에서 알게 된 몇몇 핸디들도 방문해주었다. 하지만 거기까지였다. 정작 기대했던 VIP가 되어줄 사람들은 단한 명도 오지 않았다. 방수가 없으니 갬블은 지루했다. 강남에서 신규로왔던 사람들은 의무 타임이 지나니 하나둘 자리에서 일어나 실망스러운 표정으로 떠났다. 분위기를 살피니 다시는 올 거 같지 않았다. 얼마 되지 않아 기존의 신도림 멤버들만 남게 되었다.

"좋은 사람들 많이 온다더니 뭐 이래. 전이랑 똑같잖아. 아니 더 재미없어. 사장, 어떻게 된 거야?"

오렌지는 낙담했다. 호기 있게 흥행을 장담했건만 오픈 날부터 참담한 성적표를 받아들여야 했다. 기대가 컸으니 실망도 컸다. 사람들에게 부끄러웠고 어디 쥐구멍이라도 있으면 숨고 싶었다.

오픈 날, 갬블은 다섯 시간 만에 막을 내렸고 딜러 두 명은 일도 못 해

보고 퇴근했다. 다음 날은 아예 스타트도 하지 못했다. 이디야, 고구마, 토르는 작두 하우스로 갔다는 얘기를 들었다. 작두 하우스는 오픈하고 문전성시를 이룬다고 한다. 어제도 아침까지 사람들이 갬블을 즐겼다고 한다.

삼 일째가 되는 날도 스타트가 되지 못하고 있었다. 강남에서 어렵게 섭외한 미녀 딜러는 내일부터 출근하지 않겠다고 한다. 사실상 오픈은 실패로 끝난 상황이었다.

작년 12월 크리스마스 날 현호와 단둘이 카페에 남아 있던 상황이 오버랩 되었다. 자정이 가까워진 시간, 지금도 둘만 남아 있다.

"형님. 너무 낙심하지 마세요. 너무 풀이 죽은 것 같아 안쓰럽네요."
"………응? 그렇게 보여?"

"네. 세상 걱정 다 하는 사람처럼 보여요."
"…………휴! 이제 어떡하면 좋을까? 대안이 없네."

"형님, 제가 생각하기에는 형님이 강남으로 게임 다닌 게 잘못되었다고 생각해요. 신도림에서 하우스 운영할 거면서 강남은 너무 멀잖아요. 그쪽 사람들이 강남에서 놀지 여기로 왜 오겠어요. 여기 사람들은 강남 넘어가도 강남 사람들은 여기 안 와요. 특별한 이유가 없다면요. 핸디 유치하려면 차라리 신림이나 화곡동 근처로 다니는 게 나았을 텐데요."

현호의 말은 틀린 게 없었다. 강남에서 핸디 섭외를 한 오렌지의 판단은 매우 잘못된 것이었다. 입장 바꾸어 생각해 보면 간단했다. 강남에는 홀덤 하우스가 넘쳐난다. 핸디 입장에서 여기저기 고르며 갈 수 있다. 이쪽에서 잘 안되면 저쪽으로 넘어가고 이동하기도 편리하며 얼리 받기도 유리하다. 반면 신도림으로 오려면 왕복으로 두 시간을 허비하게 된다. 근처에 마땅히 갈 만한 곳도 없다. 있다고 한들 낯선 곳에서 갬블을 하고 싶겠는가. 강남 핸디들을 상대로 신도림 영업을 했으니 실패한 것이다. 헐리우드 영화를 보는 미국 사람들에게 한국 영화를 봐달라고 영업한 꼴이나 다름없었다. 흥미 삼아 한번 봐줄 수는 있지만 계속 봐주지는 않는다. 한 번이라도 봐주면 감사한 일이다. 오렌지는 강남의 큰손들과 친하게 지내며 그 사람들이 자신의 하우스로 방문해 주기를 희망했지만, 엄청난 착각을 하고 있었던 것이었다. 큰손들은 강남에 있는데 그런 사람들에게 기대며 갬블을 하는 사람들이 무엇 때문에 이런 외곽으로 빠져나오겠는가. 더 이상 시행착오를 하고 싶지 않았던 오렌지였지만 첫 단추부터 잘못 끼우고 말았다. 핸디 유치는 고사하고 가지고 있던 핸디들도 작두한테 다 뺏기고 말았다. 알고 지내던 신도림 멤버들은 6개월 동안 작두에게 익숙해져 있었고 영등포로 넘어갔다.

"있는 사람들에게 잘해야지. 잡은 물고기라고 무시하면 안 돼."

이런 충고들을 오렌지는 다소 귀담아듣지 않은 경향이 있었고 예전에 하우스를 운영할 때도 손님들과 마찰이 많았다. 그렇다고 오렌지가 손님들을 막 대하지는 않았다. 본분을 다했고 배려 깊었다. 그런데도 받아들일 수 없는 행동이 나오면 충돌이 발생한 것이다. 어디까지 물러서야 할 것인지 그 접점을 찾기 힘들었다. 참다가 다소 과격해질 때 오해받는 경우가 많았다. 호불호가 강한 성격, 현호도 그런 오렌지를 염려해서 가끔 조언하기도 했었다.

악플보다 무서운 게 무플이라 했던가, 아무도 없는 것보다 싸울지언정 누구라도 있는 게 낫다는 생각이 들기도 했다. 오렌지는 현호에게 실패를 깨끗하게 인정하고 앞으로 어떻게 할 것인지 대안을 서로 모색했다.

오렌지는 혼자 핸디를 모아서 갬블을 맞추는 게 불가능해졌고 핸디를 모을 관계자 섭외에 대해 현호와 상의했다. 동네에서 핸디를 모을 수 있는 사람들은 모두 작두에 붙은 상태다.

"형님. 강훈이가 핸디를 모을 수 있다고 합니다."
"백반집 강훈이가? 걔가 어떻게?"

"저도 의외였는데 여기저기 게임하러 다니면서 알게 된 사람들이 많은 모양이에요. 그놈도 이쪽 일에 흥미가 있는 것 같아요."
"그래? 하지만 그게 어디 쉽겠어. 알고 지내는 것과 불러올 수 있는 건 차원이 다른 문제인데."

"본인이 자신 있다고 하니 한번 해 보는 건 어떨까요?"
"…………그래. 일단 만나서 얘기는 해 보자."

오렌지는 마땅한 대안이 없었다. 관계자를 두고 게임을 맞추는 건 계획에 없었다. 관계자들과 겪는 갈등이 싫어서 작두를 정리했는데 다시 그런 일을 만들고 싶지는 않았지만 당장 뚜렷한 해결책이 없었다.

다음 날, 강훈이와 미팅을 했다. 강훈이는 지금 하는 백반집보다 홀덤 하우스 운영에 관심이 더 많다고 한다. 여기서 홀덤을 알게 되었고 배웠지만 단순히 즐기는 차원이 아니라 업으로 삼고 싶다고 했다.

아직 혼자만으론 벅차다고 해서 관계자를 한 명 더 섭외하기로 했다. 신림에서 활동하는 민규였다. 민규는 오렌지가 추천했다. 지분은 강훈이가 30%, 민규도 30%, 현호가 20%, 오렌지가 20%를 갖기로 했다. 이런 지분 구조에 오렌지는 만족스럽지 않았지만 실패한 경영자로 책임을 져야 했다. 망한 가게 경영주가 무슨 주도권이 있겠는가. 목소리는 작아졌고 힘이 없어졌다.

네 명이 힘을 합쳐서 다시 핸디를 불렀고 오렌지 홀덤 하우스는 영업이 재개되었다. 사공이 많으면 배가 산으로 가는 법, 의기투합해서 영업을 재개한 지 한 달이 넘었지만, 버는 돈은 없었고 불평이 많아졌다.

저녁 9시에 시작한 갬블은 다음 날 오후 1시에 끝이 났다. 16시간을 돌았고 정산을 시작했다.

수입은 레이크 815만 원.

지출은 스타트 얼리 50만 원, 후속 얼리 70만 원, 각종 이벤트 120만 원, 딜러 인건비 112만 원, 서빙 인건비 24만 원, 뱅커 인건비 32만 원, 식사 및 음료값 30만 원, 월세와 관리비 10만 원, 차비 처리 150만 원, 미수금 130만 원, 지출의 합은 728만 원.

남은 금액은 87만 원. 이것을 지분대로 나누니 한 명당 20만 원 남짓 손에 지게 되었다. 잘 돈 날이 이 정도였다.

"차비 처리 왜 이렇게 많아? 우리가 언제부터 차비 처리해 주기로 했어? 동전 방인데 무슨 차비 처리가 있어?"

"자주 오는 핸디인데 많이 죽고 가는데 어떻게 모른 체합니까. 성의라도 보여 줘야 다음에 또 오죠."

"그 친구가 자주 오기는 하지만 의무 타임만 하다가는 좋은 핸디도 아니고 겨우 백만 원 잃었는데 차비로 이십만 원 준다는 게 말이 돼?"

"형님, 너무 빡빡하게 굴면 저 핸디 부를 수 없어요. 어제도 낮에 일찍 일어나 연락하고 사비로 저녁 대접하면서 겨우겨우 사람들 모으는데 얼마나 힘든지 아세요. 지분 30% 가지고는 적자 나고 있어요. 지분 40%로 올려주면 제 핸디는 차비 처리 제가 알아서 할게요."

"너 40% 가지면 누구한테서 10%를 뺄까? 그냥 차비 처리 안 하면 간단한데 문제를 왜 복잡하게 만들어."

"형님이 양보해 주시면 되잖아요. 별로 하는 일도 없으시잖아요."

"사장인데 10%만 가지라고? 차라리 서빙하는 게 낫겠다. 그리고 하는 일이 없다니? 너 정말 말 듣기 좋게 한다. 오늘 내가 부른 핸디가 다섯 명이고 그 사람들이 플레이 한 시간이 네가 부른 핸디들 합친 것보다 더 많아. 나도 이어가려고 아침부터 테이블에 앉아 게임했고 그러다 오십만 원

깨졌어. 너는 왜 너 입장만 생각해서 말하니! 너 혼자만 일해!"

오렌지와 강훈이는 불협화음이 많았다. 오렌지는 그저 그런 핸디를 돈으로 모으면서 항상 힘들다는 강훈이가 답답했고 강훈이는 자신의 노력과 입장을 잘 몰라주는 오렌지에게 섭섭함이 많았다. 갈등은 점점 커졌고 이날을 계기로 강훈이는 오렌지 하우스와 인연을 끊었다. 현호가 나서 달래고 설득해 보았지만 돌아오지 않았다. 잘 지냈던 강훈이가 떠나자 민규도 손을 뗐다. 강훈이의 지분을 모두 밀어준다고 제의했는데도 하지 않겠다고 했다. 오렌지와 강훈이가 불편하게 지냈듯이 민규는 현호와 관계가 원만하지 못했다. 같이 일을 함에 있어 다소 강압적인 현호 태도가 민규는 부담스러웠던 모양이었다. 둘은 오렌지 보드카페를 떠난 얼마 후 신림동 123 보드카페에 관계자로 함께 들어갔다.

다시 둘만 남게 된 오렌지와 현호는 적은 인원으로도 돌릴 수 있는 오마하 홀덤으로 전환했지만 역부족이었다. 제대로 갬블을 맞추지 못하니 자주 오던 사람들조차 발길을 끊었고 영등포와 신림동으로 모두 넘어가 버렸다. 오렌지 보드카페는 딜러조차 외면했다. 아무도 출근하지 않으려 했고 부를 수도 없었다. 오렌지는 할 수 없이 텔레그램 방에서 아르바이트 딜러를 부르며 영업을 준비했다. 오늘도 갬블 맞추기가 쉽지 않다는 걸 알면서도 혹시나 사람들이 와주기를 바라며 최소한의 준비는 갖춰야 했다. 현호도 자포자기가 들었는지 제시간에 출근하지 않고 영등포로 가서 동향을 살피기도 하며 주변을 겉돌고 있었다.

공식적인 스타트 시간이 다 되어 갔지만 핸디는 한 명도 나타나지 않았고 홀덤 하우스에는 사장인 오렌지만 혼자 멍하니 앉아 있다. 한 시간 전부터 청소하며 준비했지만 오겠다고 전화 주는 사람은 아무도 없었다.

한 모금 마시고 버려진 음료수 캔을 치우다가 옷을 흠뻑 젖기도 했다.

텔레그램 딜러 방에서 구한 딜러가 왔다. 스타트 시간은 다가오지만 핸디는 한 명도 없다. 딜러도 눈치챘는지 들어와서 멍하니 서 있다.

"어디서 왔니?"

"인천에서 왔습니다."

"멀리서 왔네. 미안하지만 오늘 스타트 못 할 거 같다."

"네. 괜찮습니다. 이런 경우 자주 있습니다."

오렌지는 딜러에게 커피 한 잔을 대접하고 차비 삼만 원을 주고 보냈다.

오렌지는 넋이 나간 상태로 아무도 찾지 않는 하우스에 홀로 몇 시간째 앉아 있다. 이런저런 생각들로 머리가 복잡한데 뚱보가 들어왔다. 현호의 동네 친구인 뚱보다. 평소에도 깐죽깐죽하던 녀석이다. 건달도 아닌 것이 피지컬만 믿고 건달처럼 무게 잡고 다닌다. 꼴 보기 싫은 녀석이다. 홀덤을 싫어한 바둑이파였고 몇 번이고 카페 운영을 두고 이런저런 말 같지도 않은 훈수를 두곤 했었고 오렌지와 사이도 좋지 못했다.

인사도 하지 않고 담배를 물고 카페 여기저기를 둘러본다. 하는 행동이 눈엣가시다. 좋지 않은 기분을 더욱 더럽게 만들었다.

"어쩐 일이야?"

"그냥 심심해서 놀러 왔는데 사람도 없고 뭐 이래. 망했군. 망했어! 작
두 형 하우스는 사람들이 넘쳐나는데. 사람 있을 때 좀 잘했어야지. 도통
남의 말을 안 들어요."

뚱보의 놀림 같은 비아냥거림에 오렌지는 눈살을 찌푸렸고 더 이상 참
을 수가 없었다.

"어이, 돼지 새끼. 너 방금 뭐라고 씨불였냐."
"돼지? 이 양반이 미쳤나? 장사 안 되니까 돌았어?"

"돼지 새끼 말이 짧네. 너는 위아래도 없어?"
"하~~ 나 진짜…. 당신 맞고 싶어?"

"맞는다고? 너가 나를? 털끝 하나 건드릴 수 있겠어? 그럴 자신 있으면
들어와 봐! 개새끼야!"
"이런, 씨바새끼가…"
뚱보는 오렌지에게 달려들어 주먹을 날렸다.

1988년 여름. 소년은 잠실에 있던 중국집을 나와 한국일보 명동 지국에
있었다. 새벽에 신문 배달을 마치고 나면 할 일이 없었던 소년은 충무로
대한극장 옆에 있는 동아체육관에서 운동을 했다. 당시 동아체육관은 세

계 복싱 챔피언이 둘이나 있었다. 유명우와 박종팔. 동양 챔피언 황준석도 있었다. 소년은 그들과 같이 운동하는 게 즐거웠다. 매일 가서 복싱을 배웠다. 3개월이 지났고 관장은 연습 중에 불렀다. "야! 너 이리 와 봐. 이번 신인왕전에 한번 출전해 봐. 못해도 괜찮으니 나가 봐." 소년은 승낙했고 그해 12월 정동체육관에서 열린 MBC 권투 신인왕전에 웰터급으로 출전했다. 한국은 세계 복싱계에서 경량급 강국이었다. 장정구, 유명우, 문성길, 김광석 같은 선수들이 세계 챔피언이 되었고 인기가 많았다. 그들의 체중은 50kg이 안 되는 플라이급 선수다. 소년의 절반 정도에 지나지 않았고 실제 이들과 재미 삼아 스파링하면 소년이 이겼다. 반면 중량급은 인기가 없었다. 선수들도 별로 없었다. 중량급 선수로 세계 챔피언이 되어 부와 명성을 얻는 건 하늘의 별 따기나 다름없었다. 미국의 흑인들, 마빈 헤글러, 토마스 헌즈, 슈거 레이 레너드, 마이크 타이슨 같은 선수를 꺾어야 세계 챔피언이 되는 일이니, 정신이 멀쩡하다면 누가 그러고 싶겠는가. 소년이 출전한 웰터급은 단 여섯 명뿐이었고 추첨으로 1회전을 부전승으로 올라간 소년은 한 게임에 이기고 결승전으로 갔다.

"포수 장비 차."
"네?"
코치의 말에 소년은 포수 장비를 차고 다시 3루 자리로 나갔다.
"더 가까이 와. 좀 더 오라고!"
소년은 계속 다가갔고 코치와 소년의 거리는 20미터가 채 되지 않았다. 그 거리에서 코치는 있는 힘껏 배트로 공을 쳐서 소년에게 보냈다.
공은 총알 같은 속도로 날아왔고 소년은 피하기가 급급했다. 그렇게 코치는 백 개를 쳤다. 연습 중에 실수 한 소년에게 내려진 체벌이었다.

뚱보의 날아오는 주먹은 오렌지에게 슬로비디오 같았다. 고개를 살짝
저어 사뿐히 피하고 뚱보의 복부를 가격하니 허리 위 몸통이 바닥과 평행
선이 되었다. 머리채와 허리띠를 붙잡고 벽에 세 번 내리치니 뚱보는 그
대로 바닥에 고꾸라졌다. 배를 잡고 신음 소리를 내며 뒹굴고 있다.

화가 머리끝까지 난 오렌지는 분이 풀릴 때까지 뚱보를 패고 싶었지만
일이 너무 커져도 안 되었기에 중단했다. 뚱보가 괴로워하는 것도 살짝
불쌍해 보였다.

"더 하고 싶어?"
뚱보는 얌전해졌고 잠시 뒤 일어났다.

"이리 와서 앉아."
오렌지는 냉장고로 가 맥주 두 병을 가지고 왔다.

"개기는 것도 적당해야 참지. 지금 하우스 망해서 기분도 꿀꿀한데 왜
건드려. 그리고 내가 너보다 한두 살 형이야? 앞으로 그러지 마라."
뚱보는 수긍하고 맥주 한 병을 다 비운 후 오렌지에게 깍듯이 인사하고
카페를 빠져나갔다.

얼마 후 현호가 카페로 들어왔다.

"형님. 뚱보랑 싸웠다면서요?"

"싸우긴 뭘 싸워. 애가 버릇없게 굴어서 교육 좀 했지."

"잘하셨어요. 그 새끼는 좀 맞아도 싸요."

오렌지가 현호를 부른 건 카페를 정리하기로 마음먹은 것을 통보하기 위해서였다.

"내일 부동산에 가게 내놓을 거다. 너도 이제 살길 찾아야지 언제까지 여기서 시간 허비할 순 없잖아. 앞으로 뭐 할 계획 같은 거 있니?"

"저는 이쪽 일 계속하고 싶어요. 저랑 적성에 맞는 것 같습니다. 형님! 이 가게 제가 하면 안 될까요?"

"여기서는 안 돼. 나도 가게 처분하고 돈을 조금 마련해야지. 집에 생활 비도 제대로 못 주고 있어. 이 일을 계속하고 싶으면 차라리 작두나 강훈 이한테 가 봐."

"알겠습니다. 그나저나 형님은 어쩔 계획이세요? 카페 안 하면 뭐 해 먹 고사실 겁니까?"

"사지 멀쩡한 놈이 할 일 없겠니. 형이 알아서 할게. 다시는 이 바닥에서 일하고 싶지는 않아."

"완전히 이 바닥 떠나시려고요?"

"그렇지는 않아. 운영자를 안 한다는 거고, 가끔 홀덤 하러 보드카페 돌아다니겠지. 난 홀덤이 재미있어. 잘하기도 하고."

오렌지는 일 년간 홀덤 하우스를 운영하면서 겪게 된 일들에 환멸을 느꼈다. 거짓말을 하는 사람들, 협박을 하는 사람들, 사기를 치는 사람들, 철저하게 자신에게 득이 되는 이해관계에만 움직이는 사람들, 인간 같지도 않은 형편없는 사람들, 정의롭고 곧바른 성격인 오렌지는 이런 부류의 사람들과 어울리고 섞이는 게 쉽지 않았다. 하우스를 차려서 쉽게 돈을 벌고 싶은 허영심이 가득했지만, 이 세계는 뻔뻔스럽고 거친 사람만이 살아남을 것 같았다.

완전히 지쳐 버린 오렌지는 따뜻한 가족의 품으로 돌아가고 싶었다.

타인이 아닌 가족, 상식이 통하는 사람들, 다툴 일이 없는 사람들, 잘못을 저질러도 이해해 주고 안아 줄 수 있는 사람들.

다음 날 오렌지는 아껴둔 히든카드를 꺼냈다. 친척이 경영하는 중견기업 대표이사에게 카톡으로 입사 원서를 냈고 몇 달 뒤에 특채로 입사하게 되었다. 나이 사십 중반이 되어서야 4대 보험이 있고 정해진 월급이 나오는 회사에 입사하게 되었다. 태어나서 처음으로 하게 된 회사 생활이었다.

8장
샐러리맨

"김 대리 일어나! 상무님이 다 같이 점심 먹재."

"⋯⋯⋯아, 네."

거대한 사옥 건물에서 가장 후미진 곳, 지하 4층 기계실 한편에 마련된 소파에 시체처럼 누워 잠들어 있는 사나이가 있었다. 시설관리팀 차장은 오렌지가 보이지 않으면 이곳에서 잠을 자고 있다는 걸 알고 있었다.

"어젯밤에도 거기 갔어? 밤새웠어? 눈이 퀭하네."
"네, 죄송합니다."
오렌지는 천근만근 같은 지친 몸을 힘겹게 일으키고 소파에 앉았다.

"빨리 올라와. 사람들 모두 벌써 가 있어. 칼국수집 알지? 명동 칼국수. 거기로 와."

"네. 알겠습니다. 담배 한 대만 피고 얼른 갈게요. 저는 만두 칼국수로 시켜 주세요."

상무님은 매달 한 번씩 그달에 생일인 사원이 있으면 점심때 전체 사원들에게 칼국수를 대접했다. 여기서 일하는 그룹 소속 직원은 총 14명이다. 본사에서 파견돼 이 건물을 관리하고 있다. 건물 관리를 하는 직원은 150명 남짓인데 나머지 인원은 모두 비정규직 아웃소싱 인력들이다.

건물 유지관리 외에 그 인력도 관리하는 일이 14명 직원의 업무다.

오렌지가 회사에 입사한 지도 어느덧 2년이 넘었다. 낮에는 회사에 출근하고 퇴근하면 곧바로 보드카페로 달려가 홀덤을 했다. 어느 때는 밤새 한숨도 못 자고 바로 출근했다. 어젯밤에도 그랬다.

회사 동료들이 오늘 업무 준비로 분주한 시간에 오렌지는 출근하자마자 여기로 내려와 잠을 자기 시작했다. 이런 날이 최근에 부쩍 잦아졌다.

처음 회사에 입사했을 때는 이렇지 않았다. 새로운 출발에 들떠 있었고 열심히 일해서 누구에게나 인정받고 싶었다. 퇴근하면 노량진에 있는 학원으로 곧장 가 밤 열 시까지 강의를 듣고 공부했다.

"김 대리. 주택관리사 자격증을 따세요. 자격증을 따면 신설동에 건설 예정인 임대아파트에 부장급으로 승진해서 관리소장으로 부임하게 될 겁니다. 우선은 가산디지털단지에 있는 사옥에서 근무하세요. 우리 그룹에서 가장 큰 사옥이고 거기서 일하면 건물 관리하는 일을 많이 배우게 될 겁니다. 대표이사님도 김 대리에게 거는 기대가 큽니다."

상무님은 그런 플랜을 제시했고 오렌지는 의욕이 넘쳐났다. 하지만 석 달이 채 못 되어 포기하고 말았다. 10월에 입사하고 찬 바람이 매섭게 불던 12월의 어느 날, 학원 강의를 마치고 집에 돌아가던 중 한없는 궁핍함을 느꼈다. 회사에서 받는 박봉으로는 세 가족의 생계를 꾸리기에 턱없이 부족했다. 배는 고팠지만, 편의점에서 김밥 하나 사 먹기도 부담스러웠다. 세후 받는 월급은 230만 원. 그 월급으로 사는 집 월세 60만 원, 대출 이자 30만 원, 교육비, 통신비 등등 매달 나가는 고정 비용만 150만 원에 달했고 남는 돈으로 세 가족이 생활하는 건 너무나 가혹했다. 오렌지는 가장 안정적이라고 생각한 곳에서 가장 궁핍해졌다.

'도대체 이 월급으로 어떻게 살고 공부까지 하라고 지시한단 말인가. 그래서 주택관리사 자격증을 따면 장밋빛 미래라도 펼쳐지는가? 부장 월급 이래야 사백만 원 정도이고 세 가족이 입에 풀칠할 수준에 지나지 않는데.'

주경야독하고 있었지만, 회사에서 주는 월급 외에는 지원은 없었다. 기대했던 대표이사의 노블레스 오블리주는 없었고 공과 사는 냉정하리만큼 확실히 구분되었다. 입사하고 석 달 동안 은행 잔액은 오백만 원이 줄어들었고 처음의 의욕은 사라지고 현실을 직시하게 되었다. 마음 편히 공부가 될 리 없었다.

그날 밤, 마음속 깊은 곳이 울컥해진 오렌지는 집으로 가지 않고 무언가에 이끌린 듯 홀덤 하우스로 향했고 다시 갬블을 시작했다. 이후로 학원은 나가지 않았고 교재들은 책장에 들어가고 다시는 나오지 않았다.

이십 대 때 직함은 이사였고 월 천만 원을 넘게 벌었는데, 사십 대에 직함이 대리고 월 이백만 원이 조금 넘는 급여를 받고 있다. 그 당시 돈의 가치를 따지면 열 배 이상의 소득 차이가 났다. 오렌지는 공부보다 궁핍함에서 벗어나는 게 급선무였다.

상무님이 주최한 점심 식사를 마치고 직원들은 사무실에 모두 모여 앉아 커피를 마시고 있었다.

"차장님. 오늘 퇴근하고 다 같이 술 한잔하시죠. 저녁은 제가 사겠습니다."

"하하하. 김 대리 돈 써도 괜찮아? 맨날 김 대리가 사잖아. 집 형편도 어렵다면서."

"주말에 하우스에서 돈 좀 벌었습니다. 삼겹살 정도는 살 수 있습니다."

오렌지는 평소 업무 태만을 만회하기 위해 팀원들에게 밥과 술을 자주 샀다. 오늘같이 출근하자마자 잠을 자는 행위에 대한 면죄부를 얻고 싶었다. 그래도 수동적이지만 자신에게 주어진 할 일은 다 하고 있었다. 팀원들도 그런 오렌지를 묵인해 주었고 업무에 관해 일절 언급하거나 관여하지 않았다. 오렌지가 회사에서 로얄패밀리라는 배경도 무시하기 어려웠겠지만 그런 티는 잘 내지 않으려고 조심했다.

회사 동료들은 얻어먹기만 했다. 오렌지는 2년 동안 숱하게 본인 주최로 회식을 열어 동료들을 대접했지만, 단 한 번도 제대로 얻어먹지 못했다.

주는 거만 있었지 돌아오는 것이 없었다.

'월급쟁이들은 받기만 하는 것일까?'

어느 날은 고깃집에서 음식과 술을 사주고 난 후 디저트로 아이스크림을 사달라고 과장에게 요청했다. 밥과 술을 샀으니 아이스크림 정도는 얻어먹고 싶었다. 직접 사 먹을 수도 있지만 한번 얻어먹고 싶었다. 그런데 거절당했다. 방금 이십만 원을 썼는데 삼천 원짜리 아이스크림도 못 얻어먹었다. 도리어 아이스크림도 사야 했고 과장은 팥빙수를 먹겠다고 한다. 염치가 있는 것일까? 과장은 참으로 지독했다. 오렌지가 회사에 입사하고 출근 첫날, 신입사원 환영 회식을 가졌다. 물론 이런 비용은 회사 법인 카드를 사용한다. 회식이 끝나고 과장과 집이 같은 방향이라 함께 가게 되었다. 가는 길에 괜찮으면 한 잔 더 하자고 했고 흔쾌히 수락했다. 그런데 술값을 오렌지가 내게 되었다. 상식적으로 이런 경우에는 선임자가 사주는 게 맞을 테고 그렇지 않더라도 먼저 마시자고 권한 사람이 계산하는 게 옳다. 적어도 더치페이라도 하는 게 맞다. 그런데 출근 첫날 신입사원한테 얻어먹었다. 얻어먹고 난 후 다음에는 자기가 사겠다고 했지만 2년째 감감무소식이다. 아이스크림을 사 들고 사무실로 돌아왔다. 과장은 맛깔스럽게 팥빙수를 떠먹고 있다.

"술 언제 사실 겁니까?"

"…………나는 돈을 모아야 해. 아파트 하나 장만하려면 악착같이 저

축해야지."

'내 돈은 써도 되는 돈이고 당신 돈은 쓰면 안 되는 돈이냐?'
하마터면 말이 입 밖으로 나올 뻔했다.

'이렇게 자린고비로 돈을 모으면 행복해질까?'

"돈 안 모으고 여태 뭐 했어?"

"썼지! 짧은 인생, 짧은 청춘, 언제 죽을지 모르는데 맛있는 거 사 먹고,
좋은 옷 사 입고, 술 마시고, 여자들이랑 어울리고 후회 없이 잘 썼지."

돈을 모은 적도 있었다. 아껴서 모은 것이 아니라 충분히 쓰고도 남을
때였다. 미래를 담보로 현재의 즐거움을 버리지 않는 것이 오렌지 철학이
었다. 개미와 베짱이, 이솝우화가 주는 교훈이다. 열심히 일만 해서 돈을
모은 개미는 허리 디스크가 생겨 병신이 되었다. 모은 돈은 병원비로 다
나갔다. 노래하는 게 좋았던 베짱이는 유명 가수가 되어 돈도 많이 벌고
명성도 얻고 있다. 오렌지는 개미가 되기 싫었다. 베짱이가 될 재능도 부
족했다. 개미와 베짱이를 섞어 놓은 존재다. 나름 밸런스를 맞추고 있었
다. 돈을 쓰지도 못하고 하우스 푸어로 살면서 평생의 목적이 닭장 같은
아파트 장만이라면 인생이 너무 초라할 거 같은 기분이 들었다.

회사를 방문할 때마다 직원들에게 점심을 사주시는 거래처 사장님이

계셨다. 몇 번 얻어먹은 오렌지는 이번에는 자신이 사겠다고 사장님을 참치 집으로 모셨다. 직원들도 모두 따라온 것도 당연했고 너무 자연스럽게 당연했다. 사장님 얘기로는 이런 경우가 처음이라 하셨다. 사장님은 회사랑 거래한 지가 십 년이 넘었다. 십 년 넘게 매번 밥을 사주기만 했지 단한 번도 답례가 없었던 모양이다. 사장님은 여기 직원들에게 밥을 사야할 만한 이유가 없었다. 그냥 좋은 마음 씀씀이다. 그 마음에 오렌지는 응답했을 뿐이다. 어려워도 폼생폼사로 산 오렌지는 거래처 사장님의 따뜻한 친절함을 외면하고 넘어갈 수 없었다.

그런데 이 사람들은 십 년간 얻어먹기만 했다. 정말 너무한 사람들이다.

이쯤 되면 돈의 문제가 아니라 가치관의 문제다. 자신의 이득만 챙기고 싶은 마음이지 타인에게 덕을 베푸는 마음은 존재하지 않는 것이다.

늘 그렇듯이 마음이 맞지 않는 사람들과 공간을 함께하는 것은 불편하다. 오렌지는 점점 회사에 다니기 싫어졌다.

* * * * *

"통영 리조트에 2주간 한 명 출장 나가야 하는데 지원자 있습니까?"

"제가 다녀오겠습니다."

아침 회의 시간, 팀장의 말이 떨어지기 무섭게 오렌지는 출장을 자청했다. 오렌지는 두 달 전에도 통영 리조트에 2주간 출장을 갔었다. 다른 사람이 가는 것보다 자신이 가는 게 회사에 도움이 되었다. 사옥을 관리하는 데 있어 필수 인력들은 남아 있어야 했다. 있으나 없으나 티도 나지 않는 오렌지는 차라리 출장을 가는 게 마음 편했다. 통영 리조트는 세 명의 직원이 관리하고 있는데 모두 현지에서 고용한 인력들이었다. 그중에 한 명이 갑작스럽게 퇴사해서 새로 사원을 채용하기 전까지 인력을 본사에서 지원해야 했다. 오렌지가 자청해서 출장을 가겠다는 것은 모두에게 반가운 응답이었다. 통영에 가면 하는 일은 단순했다. 객실을 청소하고, 정원수를 다듬고, 잔디를 깎고, 손님이 오면 응대하는 일과였지만 코로나 바이러스 창궐로 찾아오는 손님은 거의 없었다. 리조트는 두 개의 섬을 이어서 만들어진 곳에 있는데 진돗개 세 마리가 있었고 바닷바람을 쐬며 개들과 섬을 산책하는 즐거움을 오렌지는 잊지 못하고 있었다. 해가 질 때면 아름다운 남해의 일몰을 감상할 수 있었고 만선으로 돌아오는 고깃배들의 뱃고동 소리도 정겹게 들렸다. 항구에서 태어나고 자란 오렌지는 서울에 살면서 항상 그런 바다 향을 그리워했다.

오렌지가 출장을 가면 리조트 관리인들은 극진히 대접했다. 오너 일가라는 배경도 있었겠지만 서로 인심이 좋았다. 현지 맛집들을 순례했고 신선한 해산물을 마음껏 먹었다. 그런 돈은 섬에서 마련했다. 오렌지는 태블릿 PC를 가져갔고 인터넷으로 홀덤을 했다. 왠지 집중이 잘되는 느낌이었고 두 달 전 출장 때 2주간 수익이 칠백만 원을 넘었다. 음식 정도는 마음껏 사 먹을 수 있었고 현지인들은 호기심 있게 구경하면서 쉽게 돈을 만드는 오렌지의 능력에 감탄했다. 평균적으로 이렇지는 않지만 유독 잘되었고 소소한 플렉스를 베풀고 돌아왔다.

두 번째 통영 출장을 마치고 회사로 복귀하니 팀장이 면담을 요청했다. 오렌지의 회사 거취에 관한 내용이었다.

"김 대리님, 통영 리조트를 좋아하시는 것 같은데 혹시 리조트에 근무하실 의향이 있으십니까?"

"아닙니다. 전혀요. 애도 있고 마누라도 있는데 그 먼 곳에서 어떻게 근무합니까. 출장 정도는 가능하지만, 현지 근무는 말도 안 됩니다."

"네, 그렇군요. 이번에 인사이동을 단행하는데 가산디지털 사옥에서 더이상 근무하는 건 힘들 것 같습니다. 을지로 사옥이나 성북동 게스트하우스로 옮겨서 근무하셔야 되는데 어디가 좋겠습니까?"

".....................'"

오렌지는 난처했다. 을지로나 성북동에 가게 되면 지금 같은 회사 생활은 꿈도 꾸지 못한다. 가산디지털 사옥은 사원이 많아 나 하나 정도는 결원되어도 문제가 없었지만, 거기로 가게 되면 인원이 적어 필수 인력이 되어야 했다. 전기, 설비 이런 것에 능통해야 하는데 2년간 배운 것이 거의 없었다. 회사 업무는 늘 뒷전이고 홀덤으로 수익을 내는 일에 몰두한 탓이다. 팀장도 모를 리가 없다.

'왜 이 사람은 나를 회사에서 쫓아내려 하는 것일까? 상부의 지시가 있

었을까?'

그렇다고 해도 할 말은 없었다. 솔직히 월급도둑이나 다름없기 때문이다. 회사에서 방향을 잃었고 단순한 업무는 홍미가 없었다. 이런 일을 계속해 봐야 주는 것이나 받고 사는 종에 지나지 않았다. 그마저도 넉넉지 않았다.

'재벌이니까. 친척이 힘들다는데 뭐라도 만들어서 해 주겠지. 어쩌면 제법 근사한 일을 설계해 줄지도 몰라.'

이런 막연한 기대를 하고 입사했지만, 현실은 230만 원짜리 월급쟁이고 부족한 생활비를 마련하기 위해 퇴근 후 하우스에서 도박하며 밤을 새워야 했고 휴일에도 집을 나서야 했다. 잠은 늘 부족했고 몸은 항상 고단했다. 갬블을 하게 되면 월급 정도는 한 판에 왔다 갔다 하는 일이 비일비재하다. 언제까지 외줄타기하듯 이렇게 살 수 없는 노릇이다. 그래서 오렌지는 회사에 요청한 게 있었다. 가산디지털 사옥에서 자영업을 하는 것이다. 가산디지털은 상권이 좋다. 사옥 안에 자리 잡은 편의점은 월 매출이 2억을 넘었다. 오렌지는 퇴사하는 조건으로 할인마트 입점을 요청했고 재가를 기다리고 있었다.

"근무지를 옮기는 건 생각하고 있지 않습니다. 그보다 할인마트 입점 건은 어떻게 진행되고 있습니까?"

"할인마트 입점은 반려되었습니다. 회장 일가와 관련 특수 관계에 있어 좋지 않은 선례도 있었고 사옥 안에 이미 편의점이 입점해 있는 점도 고려되었습니다. 아시다시피 세입자의 상권도 보호하는 게 원칙입니다."

오렌지는 의아했다. 지금 사옥 안에 있는 편의점은 점주가 전임 실장이다. 사옥 안에 있는 상가를 관리하던 실장은 부당한 방법으로 편의점을 내쫓고 지인 명의로 편의점을 입점시켜 운영했다. 전에 편의점을 운영했던 사장은 법적인 이의를 제기했고 조사 과정에서 전임 실장의 부정한 행각이 드러나서 퇴사하게 되었다. 그런 연유로 지금 편의점의 계약 기간이 끝나면 재계약을 하지 않는 것으로 알고 있었다. 할인마트 입점은 편의점 견제 차원에서 좋은 대항마가 될 수 있었다. 그런 측면까지 고려해서 할인마트 입점을 제안한 것이고 편의점을 쫓아낼 수 있는 괜찮은 묘수라고 판단했다. 재가를 받을 수 있으리라 기대한 것도 당연했다. 그런데 세입자의 상권 보호라니, 도무지 이해하기 어려웠다. 터무니없는 간청도 아닌데 들어주지 않는 대표이사에게 섭섭한 마음도 들었고 이 사람에게 이런 얘기를 통보받고 있으니 한없이 초라해지는 기분이 밀물처럼 밀려왔다.

"회사에 입사하게 되면 급여는 얼마를 원하십니까?"

입사하기 며칠 전 본사에서 오리엔테이션을 가졌고 인사과장은 급여에 관해 질문했다. 오렌지는 달라는 대로 다 줄 것 같은 기대감이 들었지만 잠시 생각한 후 아주 겸손하고 조심스럽게 말했다.

"세후 월 사백만 원 정도면 괜찮을 것 같습니다."

"하하하. 그 정도 급여를 받으려면 우리 회사에 20년 정도 근무해야 합니다."

　며칠 후 인사과장은 오렌지에게 전화를 걸어 연봉이 삼천만 원으로 책정되었다고 알렸고 출근하실 건지 물었다. 회사 방침대로 할 것이면 애초에 연봉을 얼마 원하는지 묻지를 말 것이지 하는 생각이 들었다. 월 사백만 원은 오렌지가 생각한 마지노선이었다. 세 식구가 살아가는 데 최소한의 비용이다. 인생에서 가정이란 건 큰 의미가 없지만 사백만 원의 급여를 받았다면 지금의 모습은 아니었을 것이다. 회사 생활의 경력도 없고 아무런 주특기도 없는 상태로 입사했지만, 자리가 사람을 만든다. 사람은 근본이 있다면 받는 만큼 일하기 마련이다. 기본적인 생활고에 벗어날 수 있고 돈 걱정에 자유롭다면 회사에서 요구한 주택관리사 자격증도 공부해서 취득했을 것이고 회사 업무에 적극적으로 충실했을 것이다. 없는 일도 찾아서 했을 것이다. 찾아봐도 없다면 만들어서라도 했을 것이다. 지금처럼 부족한 생활비를 만회하기 위해 퇴근 후 홀덤 하우스를 전전하는 일도 없었을 것이다.

"전근은 원하지 않습니다. 마트 건이 반려되었다면 퇴사하겠습니다. 근본적인 것이 해결되지 않고서는 회사에 다니기가 어렵습니다."

"그럼 퇴사하는 걸로 알고 그렇게 처리하겠습니다."

팀장은 이 말을 마치 기다렸다는 듯이 반응했다. 부하 직원이라고 있는 게 낙하산으로 들어와서 일도 제대로 하지 않고 있으니 앓는 이를 뽑는 기분이 들었을 것이다. 을지로 사옥이나 성북동 게스트 하우스로 보내려고 한 것도 팀장의 기획이었을 것이다. 이해할 수 있다. 입장을 달리하면 답은 간단해진다.

"권고사직으로 처리될 겁니다. 퇴직금과 위로금이 일시금으로 지급됩니다. 맡은 업무를 인수하고 난 후는 출근하지 않으셔도 됩니다."

그 외에 실업급여가 어떻고 등등 팀장은 계속 말하고 있었지만, 오렌지는 말이 귀에 들어오지 않았다. 들어봐도 모두 시시콜콜한 내용들뿐이다.

앞으로 어떻게 할 것인지가 먼저 떠올랐다. 오렌지도 믿는 구석이 있었다. 지난 2년간 회사에 다니면서도 홀덤으로 얻는 수익이 월평균 오백만 원이 넘었다. 회사 월급의 두 배가 넘는다. 주 수입은 회사 바깥에 있었고 홀덤 실력에 대한 검증은 이미 마쳤다. 회사에 출근하지 않는다면 충분히 휴식을 취할 수도 있고 더 많은 수익을 창출할 수 있다는 자신감이 있었다. 전업 생계형 도박꾼으로 나서기로 마음먹었다. 어쩌면 여기서 마트를 경영하는 것보다 더 많이 벌게 될지도 모른다는 기대도 들었다.

'나는 야행성이야. 낮에는 언제나 무기력하지. 좀비처럼 황혼에서 새벽까지가 나의 활동 시간이야. 그때 힘을 쓰려면 낮에 충분히 잠을 자 두는 게 좋을 거야.'

다음 날 오렌지는 맡은 업무를 인수인계하러 회사에 출근했다. 가장 까다롭고 시간이 제법 걸릴 거라 판단한 청소용품 구매 및 재고 관리에 관한 업무 인계부터 시작했다. 나머지 일들은 별로 어렵지 않게 구두로 설명할 수 있지만 이 일은 엑셀 작업이 있어 인계받는 사원과 시간을 정하고 컴퓨터 앞에 같이 앉았다.

"기안을 작성할 때는 이렇게 하면 됩니다."
"네."

인계받는 회사 동료는 하나를 설명하면 열 가지를 알아서 한다. 어렵게 생각했는데 받는 사람이 너무 쉽게 받으니 별로 할 일이 없었다. 칸마다 일일이 키보드를 쳐서 입력하던 숫자를 한 번의 키보드 터치로 끝낸다. 오렌지가 두 시간이 걸려 완성하는 기안을 이 친구는 십 분 만에 완성했다. 누가 누구를 가르치는지 모를 정도였다.

'……이게 능력의 차이구나. 그동안 이 사람들은 내가 일하는 모습을 보고 얼마나 답답했을까. 나는 회사에서 계륵만도 못한 존재였을 것이다. 더 이상 민폐가 되는 일은 없다. 퇴사를 결정한 것은 잘한 일이다.'

오렌지는 마지막으로 회사 동료들과 점심을 먹고 난 후 책상에 있는 짐을 싸서 집으로 돌아갔다.

2001년…

일 년 가까이 집에 누워만 있던 소년은 다시 몸을 일으켰다. 살아가야 했다. 무엇을 할지 생각했다. 나이는 이제 서른이 넘었다. 남들처럼 결혼도 하고 가정을 꾸리고 싶었다. 클럽에서 일할 때 알게 된 지인의 회사로 찾아갔다. 교대역 근처에 있었고 엔터테인먼트, 연예기획사다. 극장에서 영화 상영이 종료되면 비디오로 제작해 전국의 비디오 대여점으로 공급했다. 비디오테이프를 꽂고 복사하는 기계는 24시간 쉴 틈 없이 돌아갔다. B급 에로물 비디오도 제작했다. 배우들은 옷을 벗었고 영화 촬영이 있으면 구경하는 재미가 제법 쏠쏠했다. 당시에는 이런 비디오물이 인기가 많았다. 저예산으로 만든 비디오가 대여점에서 히트 치면 제작사는 수억 원을 벌었다. 천 원짜리 공테이프에 복사해 스티커를 붙이고 케이스에 담아 이만 원에 팔았다. 파는 대로 다 남는 장사다. 만 개쯤은 우습게 팔렸다. 제작비는 배우들의 출연료 포함해서 이천만 원 정도면 넉넉했다. 사장의 사업은 잘되고 항상 돈이 넘쳐 났다. 돈을 잘 버니 씀씀이도 컸다. 영동호텔 룸싸롱을 자주 다녔다. 따라가는 일이 잦았다. 사장은 특출한 아가씨를 보면 연예계로 진출하라고 부추겼다. 1세대 유명 걸그룹 멤버 중에는 실제 접대부 출신으로 이런 곳에서 캐스팅된 경우도 있었다. 이 바닥에서 알 만한 사람은 다 알고 있었다.

하지만 사장의 일은 곧 종말을 맞이하게 된다. 시대는 아날로그에서 디지털로 급속도로 이전하고 있었다. 지금 테이프를 복사하는 수많은 기계는 얼마 지나지 않아 고철 덩어리가 될 것이다. 비디오 대여점도 모두 문을 닫게 될 것이다. 시중에는 영화를 테이프가 아닌 CD로 만든 DVD를 판매하고 있다. VTR(비디오 플레이어)도 필요 없다. 누구나 컴퓨터를 가지고 있으며 CD로 영화를 감상할 수 있다. 음악도 마찬가지다. 더 이상 테이프로 음악을 듣는 사람은 드물었다. 컴퓨터를 켜고 소리바다에 접속하면 원하는 노래들을 대부분 찾을 수 있었고 공CD에 마음대로 편집해서 간직할 수 있었다. 소년은 운전석 머리 위에 있는 햇빛 가리개에 CD꽂이를 장착했고 그렇게 복사한 CD를 잔뜩 꽂아두고 있었다.

1980년, 소년이 초등학교에 갓 입학한 시절, 소년의 집은 유흥가에 있었다. 소년의 증조할아버지는 일제 강점기 때 독립군이었고 일본군과의 전쟁에서 전사했다. 증조할아버지의 공로를 인정받아 해방 후 유족들은 소공동에 집을 받았고 김영삼 정권 시절 증조할아버지는 국립묘지에 안장되었다. 소년의 아버지는 결혼 후 서울 소공동에 있던 할아버지 집을 나와 돈을 벌러 마산으로 내려왔고 수출공단이 있던 마산은 공장이 많아서 일자리를 찾아 외지에서 온 사람들로 넘쳐 났다. 마산의 유흥가는 밤이 되면 젊은이들로 북적였다. 마산 오동동, 고향을 등지고 타지로 와 향수병에 시달리는 외로운 젊은 청춘들의 해방구였다. 소년의 아버지는 오동동에서 가장 좋은 목에 양복점을 운영했다. 그 근처에 집이 있었고 제법 큰 집이라 방이 하나 남았는데, 아버지는 그 방을 요정에서 일하는 접대부를 세 들어 살게 했다. 바로 옆집이 접대부가 일하는 요정이었다. 부모가 일하러 나가면 소년은 집에 혼자 남았다. 새벽쯤에 들어와 아직 잠을 자는 요정 누나가 일어나기만 기다렸다.

여신처럼 이뻤던 요정은 잠에서 깨어나면 전축으로 음악을 크게 틀었다. 음악 소리가 나면 소년은 요정의 방으로 들어갔다.

"어서 와. 귀여운 놈."

요정의 방으로 들어간 소년은 침대로 올라가 요정과 나란히 누워 같이 음악을 들었다. 요정은 소년에게 팔베개를 내주었고 소년은 풍만한 요정의 가슴에 얼굴을 묻고 만졌다. 요정의 야릇한 분 냄새는 소년을 언제나 몽환적으로 만들었고 천국을 느끼게 했다.

"이 전축 국산이 아니네요. 학교에서 국산품 이용하라고 했는데."
"국산은 못 써. 고장도 잘 나고 소리도 안 좋아."
요정의 방에 있는 전축은 일제 파이오니어였다. 이백만 원이 넘는 일제 전축, 당시 소년의 아버지가 운영하는 양복점 미싱사의 월급은 십만 원 정도였다. 오백만 원이면 세 식구가 살 수 있는 집을 살 수 있었다.
요정은 음악을 듣기 위해 옷장 크기만 한 전축을 방에 들여놓았다.

소년의 동심을 흔든 것은 〈은하철도 999〉, 〈들장미 소녀 캔디〉, 〈천년 여왕〉, 〈독수리 오형제〉, 〈정의의 소년 캐산〉, 〈아톰〉, 〈도라에몽〉, 〈미래 소년 코난〉, 〈기동전사 건담〉, 〈마징가 Z〉, 〈원더우먼〉, 〈슈퍼맨, 스타워즈〉, 〈톰과 제리〉, 〈스누피〉, 〈팝아이(뽀빠이)〉, 〈미키마우스〉, 〈도널드 덕〉, 〈아기곰 푸〉 같은 것들이다.
모두 made in japan 아니면 made in USA였다.
좋은 것과 좋지 않은 것의 구분이 확실했다.

좋은 것은 언제나 미제와 일제였다.

'양복을 맞추면 손목시계를 드립니다.'

극장에 가면 영화가 시작되기 전에 소년의 가게가 광고로 나왔다.

"…세상에. 손목시계를 준대."

극장 안에 있던 관객들이 웅성거리면 소년은 우쭐해졌다.

'우리 가게야.'

당시에는 손목시계가 귀했다. 돈에 여유가 없는 일반인들이 사기에는 부담스러웠다. 명품이 아니라 그냥 일반 손목시계 가격이 그랬다. 그런 손목시계를 소년은 초등학교 저학년 때부터 차고 다녔다. 집에는 손목시계가 넘쳐났다. 서울에서 가끔 내려오는 누군지 모를 아저씨는 올 때마다 007가방에 손목시계를 잔뜩 넣고 내려왔다. 가방이 열릴 때면 소년은 기대에 찬 눈빛으로 시계들을 살펴보았다. 그중에서 가장 마음에 드는 것을 먼저 고를 수 있는 특권이 있었다. 소년은 일제 카시오 전자시계를 집어 들었다. 바늘시계보다 전자시계가 유행했고 인기가 많았다.

"저 아이가 그 양복점 아들내미래."

"어머! 그래요. 전자시계를 차고 있네. 너는 좋겠다. 부잣집 아들이라."

1989년, 17살 소년은 현금으로 받은 월급 삼십만 원을 가지고 청계천 세운상가로 향했다. 음악 감상을 좋아하는 소년은 국산 제품인 삼성 마이마이와 대우 요요 카세트 음질에 도저히 만족하기 어려웠다. 일제 카세트는 환상적인 음질과 편리한 기능을 가지고 있었다.

"AIWA로 할게요."
"잘 선택하셨습니다. SONY 워커맨보다 AIWA가 더 낫죠."

세운상가 상인은 소년에게 이십오만 원을 받고 야매로 들어온 일제 카세트 플레이어를 넘겨주었다. 지금 돈으로 환산하면 이백만 원쯤 될 금액이다. 20살까지는 소비의 대부분이 음악을 듣는 데 사용되었다. 그렇게 산 아이와 카세트를 소년은 20년간 사용했다.

"이것도 소리가 잘 나는데 왜 그렇게 비싼 것을 샀어?"
"병신아! 소리가 같니? 너 귀에는 똑같이 들려?"

'made in japan-well made' 제대로 만든다는 것은 소년에게 특히 중요했다. 아류로는 만족할 수 없었다. 소년의 성격은 완벽주의로 가고 있었다.

"너는 왜 그렇게 금방 싫증 내고 포기하니? 사람이 끈기가 있어야지."

소년을 몰라서 하는 얘기다. 제대로 할 수 있다면 천 년, 만 년도 할 수 있다. 허접하게 하는 것은 스스로 용납되지 않았다. 제대로 할 수 없다고 느끼면 시간을 끌지 않고 포기하고 다른 일을 찾았다.

밤이 되면 옆집 요정은 취객들과 접대부들의 웃음소리로 시끌벅적했다. 소년은 잠을 잘 수가 없었다. 밴드는 직접 악기를 연주했고 술에 취한 손님들은 마이크로 목청 높여 노래 불렀다. 매일 밤 라이브 공연이 벌어졌고 소년은 가장 가까운 객석에 앉아 있는 관객이다. 가끔 아버지가 부르는 노래도 들을 수 있었다. 소년은 이때부터 야행성으로 변해 갔을지 모른다.

'아버지는 왜 이런 곳에 집을 얻고 접대부를 집에 들였을까?' 지금 생각해보면 그 접대부는 어쩌면 아버지의 첩일지도 모른다. 술, 여자, 도박을 좋아했던 아버지, 돈이 넘쳐 났던 아버지, 호탕했던 아버지, 훗날 가사가 기운 원인이었을 것이다.

사장이 배려해 준 덕분에 소년은 구석에 사무실을 만들어 대부업을 했다. 벼룩시장 등에 광고를 올리면 급전이 필요한 사람들이 전화를 걸고 찾아왔다. 카드깡을 하고, 신용불량자에게 카드를 발급해 주고, 달러 지폐를 원화로 환전하고, 유흥업소 종사들에게 대출해 주고 높은 이자를 적용하여 매일 수금하러 다녔다. 모두 불법이다.

이런 일이 가능했던 것은, 뒤를 봐주는 건달 라인이 있었기 때문이다.

소년은 클럽에서 일할 때 알게 된 건달 형, 동생들이 많았다. 여기로 오게 된 경로도 그런 라인을 따라왔고 엔터테이먼트 사장도 건달 출신이다.

클럽에서 오래 일한 소년은 이미 반달쯤 되어 있었다. 강남 유흥가를 가면 인사하고 인사받는 건달들이 많았다. 전에 소년과 동거했던 텐프로 마담은 건달과 사귀고 있었다. 그 건달도 소년과 마담의 과거사를 알고 있었고 구멍 동서가 되었다. 하지만 천성이 착했던 소년은 이 일이 자신과 맞지 않았다. 모질고, 악하고, 남을 괴롭혀야 할 수 있는 일이었다. 수금하러 가서 어려운 처지에 연민을 느껴서 돈은 받지 못하고 오히려 돈을 주고 온 적도 있었다.

소년은 연예기획사 경리와 연애했다. 같은 공간에 오래 있으니 친해졌고 퇴근 후, 매일 데이트 했다. 극장에도 자주 가고 밥도 같이 먹고 차로 집까지 데려다주었다. 순진한 아가씨였고 소년은 결혼을 전제로 진지하게 다가갔다. 일 년간의 열애 끝에 둘은 결혼하게 되었고 3억 남짓한 밑천으로 신혼집을 얻고 옷 장사를 시작하게 되었다. 소년은 결혼 후 더 이상 불법적인 일은 하고 싶지 않았다. 안정적인 기반으로 살아갈 수 있는 일을 택했고 신도림 테크노마트에서 옷 장사를 하게 되었다.

낮에는 옷을 팔고 밤에는 동대문시장으로 가서 내일 팔 물건들을 사입했다. 여자들이 입는 옷을 남자인 소년이 골랐다. 액세서리나 가방, 구두, 모자 같은 잡화도 함께 팔았다. 장사는 저녁 9시에 끝났다. 장사가 끝나면 곧장 차를 몰고 동대문시장으로 향했다. 간단하게 저녁을 해결한 후 밤 도매시장을 돌면 새벽 1시 정도가 되었고 청평화 새벽시장은 4시에 문을 열었다. 그때까지 차에서 잠을 잤다. 새벽 도매시장까지 돌고 집으로 돌아오면 아침 7시가 되었고 10시부터 장사를 시작했다. 집에서 자는 시간은 2시간 정도다. 소년은 힘들었지만 이 일이 마음 편하고 재미있었다. 장사는 잘되었고 삶의 기반은 안정을 찾아가는 듯 보였다. 2세도 태어났다. 삶의 중심이 자신에서 아이로 옮겨 가는 변곡점이다. 소년은 7년 뒤 2세가 입학하게 될 학교를 벌써 알아보고 있었다. 남산에 있는 초등학교로 정했다. 학급은 학년별로 20명, 2개 반뿐이고 인성교육을 목적으로 학교폭력도 없고 급우들끼리 형제처럼 잘 지낸다고 들었다. 소년은 학교에 대한 트라우마가 많아서 2세는 그런 환경에서 절대 키우고 싶지 않았다. 성적에 대한 스트레스에서 자유롭고 아이들의 천진난만함을 잃지 않는 곳에서 키우고 싶었다. 남산에 있는 초등학교는 수도 서울의 한복판에 위치해 명동이 캠퍼스다. 주변으로 고궁도 많고 역사적인 장소와 건축물도 많다. 강남이 아무리 발전해도 서울의 족보는 사대문 안에 있다. 그 자체로 박물관이다. 강남은 화려하지만, 족보가 없다. 압구정과 잠실은 소양강 댐이 건설되기 전까지 사람이 살지 못하는 터였다. 매년 여름이면 한강이 범람해 물에 잠기는 땅이었다.

사대문 안같이 역사적인 환경에서 살면 의식이 자연스럽게 제대로 정립된다. 가치관은 책으로 배우는 게 아니다. 환경 속에서 스스로 깨닫고 알아가게 된다.

주변에 옷 가게들이 많이 생겨났다. 장사가 잘된다는 소문을 듣고 너도나도 몰려들었고 서로 비슷한 옷들을 팔며 경쟁적으로 가격을 낮추고 있었다. 매출은 줄어들고 마진도 예전처럼 남기지 못하고 있다. 단골들은 옆 가게에서 옷을 고르고 있고 소년은 근심했다. 이대로라면 폐업은 시간 문제다. 돌파구가 필요했다. 남들이 팔지 않는 것을 시장에서 가져왔다. 여성복에서 임부복으로 전환했다. 승부수는 통했다. 어떻게 알고 왔는지 임산부들이 몰려왔다. 주변에 임부복을 파는 곳은 드물었고, 예상보다 장사는 훨씬 잘되었다. 경쟁이 없으니 가격도 마음대로 책정할 수 있었고 마진율은 일반 옷을 팔 때보다 몇 배의 이윤을 남겼다. 가게를 들어오는 손님은 일반 옷 가게보다 적었지만, 그냥 가는 손님이 없었다. 목적 구매로 왔기 때문에 뭐라도 사고 갔다. 객 단가도 높았다. 남편이나 시어머니와 함께 온 손님은 VIP다. 임신한 기념으로 이것저것 다 사주었다. 시장에서 삼천 원을 주고 가져온 임부용 레깅스는 이만 원에 팔아도 날개 돋친 듯 팔렸다. 매출에서 레깅스가 차지하는 비중이 50%에 달했다. 의외로 조선족 손님 중에 큰손들이 많았다. 대림동이 근처에 있어 조선족 손님들이 많았고 돈 씀씀이가 무시하지 못할 정도였다. 오히려 한국 사람들보다 더 시원시원하게 소비했다.

임부복 장사가 잘되니 출산용품과 유아의류도 취급하게 되었다. 임부복을 샀던 손님들은 그다음 단계로 넘어왔다. 이런 경우를 두고 마당 쓸고 동전 줍고, 도랑 치고 가재 잡는다고 하는 모양이다. 알록달록한 아기 의류와 앙증맞은 배냇저고리는 소년의 마음도 동심으로 빠져들게 했다.

장사가 끝나고 동대문시장에 갈 필요가 없어졌다. 수만 가지의 일반 여성복과 달리 임부복은 도매상이 얼마 되지 않았고 제품도 한정되어 있어 판매하는 물건은 늘 똑같았다. 물건이 떨어지면 전화로 주문했고 주문한 물건은 다음 날 장사가 시작되기 전에 매장으로 도착했다. 소년은 한결 몸이 편해졌고 여유도 생겼다. 가끔 상인들이나 주변 사람들과 포커 게임을 했다. 언제나 그랬듯이 여기 포커판에서도 수익이 발생했다. 사람들은 소년의 상대도 되지 못했다. 딱 한 명, 현호라는 친구만 조심하면 되었다. 이 무리에서 그래도 제법 실력이 있는 친구였다. 하지만 그런 현호도 소년 앞에서는 번번이 무릎을 꿇었다. 포커판에서 제법 친해진 둘은 통성명을 나누고 호형호제로 지내게 되었다. 소년은 현호를 위해서 더 이상 동네 포커 게임에 참석하지 않았다. 그전까지 포커판에서 왕 노릇을 하던 현호는 소년이 나타난 이후로 기를 펴지 못했다. 세상이 좋아져서 도박장에 가지 않고도 집에서 인터넷으로도 포커 도박을 할 수 있게 되었다. 소년은 인터넷 포커 사이트에 접속해서 게임을 했다. 사이버머니를 실제 돈으로 환전해 주는 머니 상인이 있었다. 소년은 포커 게임 중에서도 하이로우를 가장 잘했다. 온갖 잡기와 트릭이 난무하는 하이로우 포커, 소년은 게임이 복잡하고 난해할수록 타고난 센스와 실력을 발휘했다.

옷 장사와 포커 게임으로 자금적 여유가 생긴 소년은 채팅 사이트에서 어린 여자들이나 여대생과 채팅해 조건만남을 자주 했다. 처음 만나는 여자와 곧장 갖는 섹스는 묘한 판타지를 주었다. 장사를 하다가도 판매직원에게 가게를 맡긴 채 강남이나 홍대, 신림동, 부천역으로 빠져나가는 날이 많았다.

옷 장사를 시작한 지 십 년 가까이 되었을 때, 계속 잘될 줄 알았던 임부복 장사도 비디오 사업처럼 내리막을 걷고 있었다. 의류업도 오프라인에서 온라인 시장으로 급격히 이동하고 있었다. 옷을 만든 곳에서 직접 팔고 있다. 도매상, 소매상으로 이어지는 중간 유통마진이 사라지니 옷값은 내려갔다. 가격을 내려도 온라인 스토어와 경쟁할 수가 없었다. 엎친 데 덮친 격으로 출산율은 해마다 내려가고 있었다. 젊은 사람들은 아기를 낳지 않고 있다. 매출과 마진은 급격히 떨어졌고 더 이상 옷 장사만으로 생계를 이어가기 힘들어졌다. 일반 옷을 파는 옆 가게들도 하나둘 폐업하고 빠져나가고 있었다. 모두 살길을 찾아 떠나고 있었다.

조급한 마음에 구두 가게, 타월 대리점, 숯불돼지갈비 집을 연이어 오픈했지만 가진 돈만 날리고 모두 실패했다.

남산에 있는 초등학교에 입학하려고 했던 소년의 아이는 1급 지적장애 판정을 받고 서울 중심가가 아닌 서울 끄트머리 온수동에 있는 특수학교에 입학했다.

올인 한 사업은 번번이 실패했고 사랑하는 2세는 장애인 판정을 받았다.

소년은 낙담했다. 삶의 의욕이 떨어졌고 우울증을 심하게 겪고 있었다.

의사는 근심을 잊고 즐거운 일을 하라고 권유했다.

소년은 여자를 빼고 살면서 가장 좋아하는 두 가지, 음악과 포커 게임을 마음껏 즐기고 싶어 보드카페를 차렸다. 보드카페 창업은 소년의 삶을 완전히 바꾸고 자신도 잘 알지 못했던 깊은 곳에 숨겨져 있는 내면을 깨닫게 만드는 시발점이 되었다. 홀덤이 가이드가 되어 그곳으로 거칠게 안내했다.

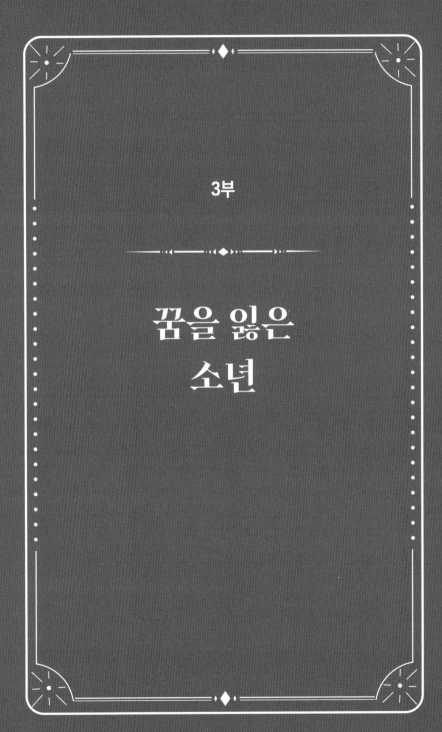

3부

꿈을 잃은
소년

9장

방랑자

오렌지는 퇴사하고 생도로 전업하여 첫 달에 이천만 원이 넘는 수익을 냈다. 인생의 패러다임을 완전히 바꾸고 싶어 기대하고 입사했던 회사에서 맥없이 도태되어 울분이 쌓였던 탓일까, 전사가 되어 여기저기 강남 일대 보드카페를 돌아다니면서 닥치는 대로 사람들의 칩을 빼앗았다. 자비는 일절 없었다.

이 페이스를 유지하면 생활비를 쓰고도 연말까지 일억이 넘는 뱅크롤을 만들 수 있겠다는 그럴싸한 청사진도 그려졌다. 하지만 이후로는 그런 수익이 나지 않았다. 두 번째 달은 마이너스가 났다. 심기일전한 세 번째 달도 일진일퇴의 공방전만 있을 뿐 좀처럼 수익을 내지 못하고 있다. '무엇이 문제일까?' 오렌지는 특별한 원인을 찾지 못하며 답답하고 조급해졌다. 분위기 전환을 시도해 보기로 했다.

'평소 가지 않던 곳에서 낯선 사람들과 갬블을 해 보는 것은 어떨까?'

일장일단은 있었다. 오렌지가 그들의 갬블 스타일이나 패턴을 잘 모르듯이 그들도 오렌지에 대한 정보가 부족할 것이다. 물론 한 시간만 같이 갬블을 해봐도 대략적인 플레이 스타일이나 성향은 파악할 수 있다. 그 정도 촉도 없다면 이 바닥에서 살아남지 못했을 것이다. 상대도 마찬가지 겠지만 오렌지는 남들보다 더 빨리 캐치할 자신은 있었다.

어디로 갈지, 텔레그램 보드카페 정보방을 훑어보면서 세 군데로 압축 했다. 수유리와 상계동, 그리고 가락시장. 아는 사람을 만나지 않으려면 최대한 먼 곳으로 갈 필요가 있었다. 고민 끝에 수유리로 정하고 전화를 걸었다.

"오늘 신규로 가 보려고 하는데 몇 시에 시작합니까?"
"네. 8시에 스타트합니다."

지금 시각은 저녁 6시 30분, 서둘러도 8시까지는 도착하지 못할 것이다.

"스타트 시간보다 조금 늦게 도착할 것 같습니다. 집에서 거기까지 너무 멀어서요."

"네. 천천히 오세요. 주소 문자로 보내드리겠습니다. 이따 뵙겠습니다."

오렌지는 현금을 주머니에 챙겨 넣고 서둘러 집을 나서 마을버스 정거 장으로 향했다. 집에서 외부로 빠져나가는 첫 번째 통로다. 퇴근 시간이 라 도로는 막혀 있고 오늘따라 버스가 늦장이다. 10여 분을 기다리니 버스가 온다. 버스를 타고 세 정거장을 가서 온수역에 내렸다.

1호선 열차를 타기 위해 승강장으로 들어갔다. 열차 운행을 알리는 전광판을 보니 열차는 5전역 앞에 있다. 플랫폼에서 열차를 기다린다. 열차를 타고 동대문까지 열일곱 정거장을 지나쳐 왔다. 4호선 열차로 갈아타기 위해 긴 환승 통로를 걸었다. 4호선 승강장에서 열차를 또 기다린다. 다시 일곱 정거장을 더 달려 수유역에 도착할 수 있었다.

보드카페 관계자가 알려 준 주소를 스마트폰으로 검색한다. 지도가 화면에 뜨니 장소는 수유역에서 제법 떨어져 있다. 걷기에는 다소 부담스러운 거리다. 하지만 걷기로 했다. 낯선 곳에서 버스를 잘못 타서 낭패를 본 경험이 많았다. 택시를 타기에도 거리가 어중간하고 빈 택시는 보이지도 않는다. 10분 정도를 걸으니 주소지에 도착할 수 있었다. 그렇게 집을 나선 지 두 시간 만에 도착했다. 다시 전화를 건다.

"알려 준 주소대로 왔는데 어디에 있습니까?"
"지금 근처에 보이는 게 뭐가 있나요?"

오렌지는 주변을 둘러보았다. 밤이 되어 어두컴컴하고 상가가 밀집해 있는 곳이라 불이 들어온 간판들이 어지럽게 시선에 들어왔다.

"음… GS25 편의점 있고… 새마을금고 있고……."
"네! 새마을금고 옆에 7080 노래클럽 보이시나요?"

"네. 보이네요. 있습니다."

"그 건물 지하 1층으로 내려오세요."

오렌지가 문을 열고 들어서니 문 앞에 사람이 서 있다.

"전화하신 분이죠? 멀리서 오신다더니 차는 막히지 않던가요?"
"지하철 타고 왔습니다."

"아! 네네. 퇴근 시간이라 지하철이 더 빠르죠. 하하. 잠시 이쪽으로 오
세요. 게임은 조금 전에 시작했습니다. 닉네임은 뭐 사용하세요?"

"오렌지입니다."

오렌지는 하우스 룰이나 이벤트 등을 설명 듣고 삼십만 원을 바이인 했
다. 신규 얼리까지 합쳐서 만 원 칩 35개를 받았다.

"파이팅 하세요!"

하우스 사장으로 보이는 사람의 격려를 받고 오렌지는 테이블로 갔다.

"야, 오렌지! 네가 여기 어쩐 일이냐?"

오렌지는 테이블에 앉기도 전에 누군가 말을 건네는 소리에 그곳으로
쳐다보았다. 상하이 형이다.

"…네. 그냥. 두 다리 멀쩡한 놈이 어딘들 못 가겠습니까. 근데 형이야말로 여기까지 어쩐 일이세요? 맨날 압구정에서 놀더니."

"형은 집이 장안동이야. 장안동에서 압구정 가나 여기 오나 거리가 비슷해."
"네. 그렇군요. 형님 집이 장안동인지 몰랐습니다."

"야~~ 어쨌거나 여기서 다 만나고 반갑다야~~"
"저도 이런 곳에서 형님 만나니까 반갑고 좋네요."

오렌지는 말은 그렇게 했지만, 속마음은 전혀 반갑지 않았다. 테이블에 칩을 올려놓고 주위를 살피니 여자애 하나가 오렌지를 보며 웃고 있다.

지혜다. 예전에 오렌지가 운영했던 홀덤 하우스에서 일했던 딜러 지혜다. 심지어 그 옆에는 남자 친구도 앉아 있다. 오렌지도 잘 아는 녀석이다.

"오빠, 안녕!" 지혜는 해맑게 웃으며 오렌지한테 인사한다.
"안녕하세요." 지혜의 남자 친구도 덩달아 인사한다.
"진짜 멀리서 오셨네요. 잘 지내고 계시죠?" 지혜는 오렌지의 집이 어디인지 잘 알고 있다.

"응. 잘 지내고 있어. 지혜 얼굴 많이 좋아졌네."

"헤헤~ 요즘은 일 안 하고 집에서 쉬고 있어요. 가끔 홀덤 하러 기어 나와요. 노니까 얼굴 좋아지죠. 헤헤~"

"잘 아는 분이서?" 하우스 사장은 지혜가 오렌지를 보고 반가워하자 오렌지에 대한 경계를 완전히 풀었다. 누구든지 낯선 사람이 나타나면 긴장하기 마련이다.

"네. 잘 아는 오빠죠. 제가 전에 일하던 곳의 사장님인 걸요. 좋은 분이세요."

'··········젠장할.'

오렌지는 낯선 사람들이랑 갬블하려고 멀리 왔는데 잘 아는 사람이 셋이나 앉아 있었다. 기대한 상황과는 맞지 않았다. 갬블을 시작하고 첫판에 플러시 메이드가 되었는데 풀하우스를 만나 올인 당했다. 오렌지는 뭔가 엉켜 버린 기분에 더 이상 갬블을 하고 싶지 않았다. 흡연실로 들어가 담배를 입에 물었다. 사장이 따라 들어왔다. 사장도 오렌지가 첫판에 칩을 다 잃는 것을 보고 있었다.

"죄송합니다. 가야겠어요. 얼리도 받았는데 도움이 못 되어 정말 죄송합니다."

"아니에요. 먼 길 오셨는데 첫판부터 잘못되어 제가 미안합니다. 다음에 또 와 주세요."

"네. 그러겠습니다." 하지만 다음에 다시 올 일은 없을 것 같았다.

"이거 차비라도 하세요." 사장은 주머니에서 삼만 원을 꺼내어 오렌지에게 주려 했고, 오렌지는 받지 않았다. 사장은 인정 많고 좋은 사람으로 보인다.

"괜찮습니다. 마음만 감사하게 받겠습니다."

오렌지는 상하이와 지혜 커플에게 가벼운 작별 인사를 건네고 서둘러 하우스를 빠져나와 상계동으로 이동했다. 집에서 더 멀어졌다. 아까 봐둔 연락처로 전화를 걸었고 하우스를 찾아갔다. 다행히 여기는 아는 사람이 없었다. 몇몇 낯익은 얼굴도 있지만 그냥 여기저기서 갬블을 했던 사람들일 뿐, 친하거나 말을 섞는 사람들은 아니었다.

상계동에서 밤새도록 갬블에 몰두했다. 아침 7시에 갬블은 빠다리가 났다. 오렌지는 상계동에서 백만 원을 이기고 있다가 최종적으로 오십만 원을 잃고 갬블은 종료되었다. 먼 곳까지 와 밤을 꼬박 새우고 두 곳에서 팔십만 원을 잃었다. 힘들고 피곤했다. 집으로 돌아가 깊게 잠들고 싶었다. 돈을 잃고 집으로 돌아가는 길은 두 배로 고단했다.

오렌지는 너무 피곤해서 근처 사우나에서 잘까 고민했지만, 집으로 가고 싶었다. 가능하면 잠은 집에서 자려고 했다. 속옷이나 양말을 갈아입

기도 해야 하지만 무엇보다 잠자리가 바뀌면 잠이 잘 오지 않았다. 집 밖에서는 힘들게 잠들어도 얼마 자지 못하고 깨어나곤 했다.

숙면을 취하지 못했다. 늘 자던 침대, 늘 덮던 침구가 편안하다.

오렌지는 상계역으로 향했다. 역사로 들어가니 출근길 사람들로 넘쳐난다. 직장으로 가는 사람, 학교로 가는 학생들, 저마다 분주하다.

혼자만 집으로 가는 것 같다.

'나는 세상과 역행하고 있는 것일까? 인생의 항로가 어긋난 것일까? 학교를 뛰쳐나온 것도, 힘들게 공부해서 입학한 대학을 졸업하지 않은 것도, 간청해서 입사한 회사에 다니면서 업무에 충실하지 않은 것도, 모두 잘못한 선택이었을까? 모르겠다. 일단 집에 가서 푹 자고 오늘 밤에는 가락시장으로 나가 보자.'

집으로 가는 열차가 승강장으로 들어오고 문이 열렸다. 열차 안은 사람들로 빼곡하다. 열차 바깥에 있는 사람들은 그 안으로 들어가려고 사람들을 밀어제친다. 비명도 들린다. 열차 안은 아비규환이다.

얼마 전까지 오렌지도 저 열차에 탑승했다. 비집고 들어가야 했다. 제시간에 출근하려면 어쩔 수 없었다. 하지만 이제는 저 틈바구니에 끼어들고 싶지 않았다.

오렌지는 열차를 타지 않고 상계역을 빠져나와 근처에 있는 해장국 집으로 들어갔다. 콩나물 해장국과 소주 한 병을 주문했다.

'맛있게 먹자! 이 식사와 술은 팔십만 원짜리다.'

식사를 마친 오렌지는 다시 상계역으로 향했다. 아침 9시가 넘었다. 역사 안은 한결 여유로워졌다. 열차에 타고 의자에 앉을 수 있었다.

먼 길을 거쳐 집에 돌아가야 했다. 앉자마자 이어폰을 귀에 꽂았다.

외로울 때 음악은 언제나 친구가 되어준다.

He doesn't play for the money he wins

그는 돈을 얻기 위해 하는 게임이 아니야

He deals the cards to find the answer

그는 답을 얻기 위해 카드를 하지

I know that the spades are the swords of a soldier

스페이드가 군인들의 칼이라는 걸 알고

I know that the clubs are weapons of war

클로버는 전쟁의 무기라는 것도 알고 있지

I know that diamonds mean money for this art

다이아몬드는 이 행위에 걸린 전유물을 뜻하는 걸 알고 있지만

But that's not the shape of my heart

그건 나의 본심이 아니야

Those who speak know nothing

떠드는 것들은 아는 것이 없고

And find out out to their cost

결국 대가를 치르게 된다네

Like those who curse their luck in too many places

너무나 많은 곳에서 자신의 운을 저주하는 사람들

And those who fear are lost

그리고 두려워하며 길을 잃듯이

영화 레옹 OST - 〈shape of my heart〉 중

* * * * *

수유리, 상계동, 가락시장, 성남 모란시장, 동탄, 영종도, 남양주 별내, 수원, 안양, 평택, 천안까지도 내려갔다. 두 달 동안 먼 곳을 훑고 다녔지만, 먼 원정길은 별 소득이 없었고 몸만 더 피곤했다. 오늘은 여기 있으나 내일은 어디로 내쳐질지 알 수 없었다. 오렌지는 불안하고 고독한 망명자였다.

'지면 안 된다.' 생도는 갬블을 하는 직업이다. 일에서 수입을 내지 못하면 입에 풀칠할 수 없는 건 당연한 순리다. 오렌지는 최근에 너무 자주 지고 있었다. 이래서는 갬블러라고 말하기도 부끄러웠다.

전업 갬블러가 된 뒤에도 '프로 갬블러로서 실력이 너무 부족하다'는 생각에서 아직 헤어 나오지 못하고 있었다.

갬블에서 진다는 건 받아들이기 힘들었다. 일을 열심히 했는데 보상은 커녕 마이너스라니, 하지만 이런 결과에 익숙해지고 심리적으로 받아들이지 못하면 더욱 힘들어진다.

오렌지는 오늘도 낯선 곳으로 와, 갬블을 하고 있었다.

스택에 오백만 원의 칩이 있는데 에어라인이 들어왔다.

플랍이 열리기 전에 오십만 원을 베팅했는데 상대가 리레이즈 백만 원을 한다. 고마운 일이다. 나머지 칩을 모두 '올인' 했다.

"…………흠, 에어라인 들고 있나 보네? 콜이야! 넘기기 딱 좋은 카드거든."

상대는 폴드 하지 않고 콜했다. 오렌지가 먼저 에어라인을 보여 주자. 상대도 자신의 카드를 오픈한다. 스페이드 잭, 텐 수딧이다.

'미쳐도 단단히 미쳤군. 저딴 카드로 오백만 원을 넣다니…'

플랍이 열렸다.

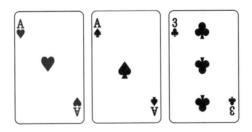

한 방에 포카드가 되었다. 건방진 녀석을 초전박살로 제압해버렸다.

'넘기는 거 좋아하지? 이것도 한번 넘겨 볼래?'

턴 카드가 깔렸다.

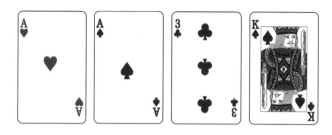

아웃츠가 생겼다. 팟은 천만 원이 넘는다. 불안하다.

마지막 리버카드….

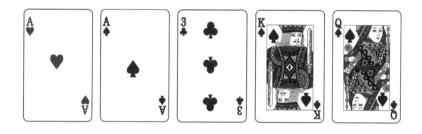

"와하하 로얄 스트레이트 플러시야. 러너러너로 에이스 포카드를 넘겼어."

오렌지는 넋을 잃고 보드를 쳐다보고 있었다. 너무 비현실적이라 받아
들이기 힘들었다.

'이건 조작이야! 처음부터 이렇게 되게끔 설계된 판이었어.'

"어이! 여기 관계자 누구야? 장난도 정도껏 쳐야지. 내가 누구인지 알고

이따위로 조잡한 장난을 쳐!"

"너가 누군데? 지금 돈 꼴았다고 땡깡 부리는 거야?"

"좋게 말할 때 돈 다시 돌려줘! 안 그러면 이 하우스 다 부셔 버린다."

"싫은데. 능력 있으면 돈 찾아봐."

좋게 해결하기는 틀렸다. 하우스 기도와 한 판 붙었다. 주먹이 오고 갔다. 하지만 오렌지는 샌드백처럼 흠씬 두들겨 맞고 있다. 스텝은 움직이지 않고 몸은 둔하다. 주먹이 보이는데 피하지를 못한다.

'내가 왜 이러지? 왜 이런 놈한테 맞고 있는 거지? 나도 이제 늙었나? 그만해! 아프잖아! 너무 아파!'

오렌지는 신음하며 몸부림치고 있었다.

"여보, 왜 그래? 일어나 봐!"

"⋯⋯⋯⋯으으으음."

"악몽 꿨어? 왜 그래?"

꿈이었다. 돈을 잃지도 맞지도 않았다. 다행이었다. 오렌지는 잠을 자면서도 홀덤을 했다. 꿈은 항상 홀덤에 관한 내용이었다. 낯선 곳을 헤매

고 다녀서인지 무척 예민해져 있었다. 갬블도 잘 풀리지 않아 좋지 않은
기운들로 가득했다. 어떤 상황에서든 질 것 같은 불안감이 엄습해 오고
자신감은 떨어질 대로 떨어져 있었다. 테이블에 앉는 것이 두렵고 위축되
었다.

오렌지는 침대에서 일어나 냉수 한 잔을 들이켰다. 악몽의 여운은 사그
라졌다. 시계를 보니 새벽 다섯 시, 좀 더 자야 했다.

전화벨 소리에 오렌지는 눈을 떴다. 발신자는 강훈이다.

"응. 강훈아."
"형님 잘 지내세요?"

"응. 뭐 그럭저럭 잘 지내. 어쩐 일로 전화했니?"
"형님 제가 신도림에 보드카페를 오픈하게 되었어요."

"그래? 잘됐네."
"형님 마지막으로 본 지도 오래되었네요."

"그러게. 일 년 정도 되었나?"
"지금 집이세요? 저녁에 시간 괜찮으시면 저랑 식사하실래요?"

"그래. 그러자."
"저녁 6시에 신도림에서 봬요. 형님 좋아하는 소갈빗집으로 오세요."

전화를 끊고 시계를 보니 오후 3시였다. 악몽을 꾸고 난 후 다시 잠들어 열 시간을 자고 있었다. 그 전날 24시간을 연속으로 갬블을 한 여파일까, 너무 깊게 잠들어 버렸다. 침대에서 일어나 샤워를 한 후 커피를 마셨다.

'이놈이 왜 보자고 하는 것일까? 보드카페를 오픈한다고 했으니 틀림없이 도와달라고 요청하겠지?'

강훈이는 하던 일을 접고 이제는 완전히 이 바닥에 자리 잡았다.

오렌지가 신도림에서 보드카페를 차렸을 때, 강훈이는 자주 놀러 왔고 홀덤의 세계에 깊이 빠져들었다. 돈도 많이 잃었지만, 이 길이 자신의 길이라고 느꼈는지 전업해 버렸다. 그동안 관계자로 일을 했지만, 이번에는 자신이 직접 하우스를 차린 것 같다.

약속 장소에 도착한 오렌지와 강훈이는 식사하며 얘기를 이어갔다.

"형님이 좀 도와주세요. 저도 섭섭지 않게 챙겨드릴게요."
"너가 데리고 다니는 핸디들은 나 싫어하잖아? 내가 빡빡해서 싫대. 나도 눈치받으며 게임하니까 불편해."

"에이~~ 형님 그런 게 어딨어요. 그냥 편하게 하세요."
"너 핸디들 죽여도 괜찮아? 내가 껴서 돈 따도 불편하지 않겠냐고?"

"많이, 많이 따가세요. 얼마든지요. 괜찮아요."

갬블을 하면 돈을 따려는 게 당연한 목적인데 이런 대화를 나누는 건 사리에 맞지 않을뿐더러 굳이 허락받을 필요가 없다. 강훈이 주변에는 말랑말랑한 핸디들이 많았다. 그들의 홀덤 실력은 실력이라고 하기에도 민망한 수준이고 바보들이다. 그래서 강훈이는 웬만하면 레귤러들을 초청하지 않았다. 정 인원이 부족할 때만 SOS를 날렸고 오렌지도 몇 번 참석한 적이 있었을 뿐, 그들끼리 모여서 놀았다.

하지만 보드카페를 운영하면 매일 판이 벌어져야 하는데 신규 유입 없이는 불가능하다. 그래서 오렌지도 초청받은 것이다.

"블라인드를 일-이천으로 낮춰서 하려고요. 판을 키우니까, 그동안 핸디들이 너무 죽어 나갔어요. 뒤처리하기도 복잡하고 머리 아팠어요. 미수로 칩 나가지 않고 차비 처리도 일절 없어요. 맥스 바인도 오십만으로 내렸어요. 살살 오래 놀게 하려고요."

오렌지는 강훈이가 오픈하면 스타트에 가서 끝날 때까지 있는 조건으로 매일 이십만 원을 받고, 본방 역할을 하기로 했다.

하우스가 오픈하고 오렌지는 매일 출석했다. 약속대로 스타트부터 끝날 때까지 집에 가지를 않았다. 웨이팅이 걸리면 자리를 양보해 주며 쉬고 있다가 자리가 나면 다시 앉았다. 그렇게 두 달 정도를 했을 무렵, 오렌지는 우려하고 예상한 대로 사람들에게 미운털이 박혔다.

'저 사람은 너무 잘해! 완전 레귤러야. 우리는 재미로 하는데 저 사람은

눈에 쌍심지를 켜고 덤벼들어.'

오렌지는 억울했다.

'재미로 하는 것이라면, 의도대로 웃으며 재미있게 놀다 갈 것이지, 게임에서 지고 왜 불만을 늘어놓는가. 똑같이 카드 두 장씩을 들고 정당하게 게임을 했잖아. 나도 너희들이 무섭고 두려워. 무슨 카드를 감추고 있을지 매번 어렵게 고민해. 최선을 다해도 이길까 말까야.
너희들도 솔직히 돈 따려고 하는 거잖아. 무슨 재미로 한다고 포장하고 있어. 돈 따는 재미로 하는데 돈을 못 따니까 속상한 거잖아.'

더군다나 오렌지는 관계자 플레이를 섞었다. 코를 파지 않고 참여도 많이 하며, 수준들에 맞게끔 자비도 베풀며 매너 있게 게임 했다. 아무런 하자가 없었다. 다만 결과에 이겼을 뿐이다.
공정한 룰로 싸우고 결과에 승복하지 않는 것은 스포츠맨십이 아니다. 더군다나, 그것을 드러내는 일은 스스로 속 좁음을 나타내는 것이다.
클럽에서 일할 때, 오렌지는 누구에게나 인정받았다.

'당신은 거짓이 없고 진실을 숨기지 않아. 당신이 하는 일은 언제나 맑고 깨끗해. 신의가 있고 인정이 있어. 쿨하며 뒤끝이 없어. 그런 당신을 신뢰할 수 있고 무슨 일이든 믿고 맡길 수 있어.'

어떤 분야에서 실력이 뛰어난 사람은 마음이 평온하다. 같은 분야의 주변 사람이 성공해도 부러워할지언정 시기하거나 질투하지 않는다. 자신 또한 잘되리라는 것을 믿기 때문에 오히려 분발의 계기로 삼는다.

소인배들의 시기와 질투는 역겹고 신물이 났다.

어느 날 새벽 3시, 오렌지는 백만 원 정도를 이기고 있었다. 사람들은 대부분 돌아가고 남은 사람은 이제 오렌지를 포함해 여섯 명이었다.

그날따라 오렌지는 컨디션이 좋지 못했다. 몸이 피곤했다. 분위기를 보니 갬블도 이쯤에서 마감하는 게 서로에게 좋을 것 같았다. 오렌지는 평소와는 달리 타임콜을 했고 전체 갬블을 마감 지으려 했다. 타임콜을 부르기 전에 강훈이에게 먼저 통보했고 강훈이도 이쯤에서 끝내는 게 좋을 것 같다고 했다.

"3시 30분 타임콜!" 그렇게 말하고 오렌지는 자리에서 일어나 화장실로 가는데 누군가 따라왔다. 여기서 핸디를 부르고 관계자로 일하는 사람이다. 나이는 오렌지보다 다섯 살이 많았다.

"어이, 오렌지."
"네?"

"지금 내가 좋은 핸디 두 명 불렀는데 이리로 오고 있어. 한 시간 이내로 올 거야. 갬블을 이어가고 싶은데, 너가 지금 일어나면 빠다리 날 수도 있어. 그래서 조금 더 해 줬으면 하는데, 안 될까?"

"네. 그러면 타임콜 취소하고 더 할게요."
"오케이!"

오렌지는 하우스 입장도 생각해야 했다. 지금 분위기는 가라앉아 있지만 좋은 핸디 두 명이 앉는다면 분위기는 완전히 달라질 수 있다. 이럴 때는 희생정신을 발휘해 공헌해야 했다. 자리로 돌아온 오렌지는 타임콜을 거두고, 박카스를 한 병 들이키고 이어질 갬블에 대비했다.

하지만, 세 시간이 지났는데 오기로 한 핸디 두 명은 감감무소식이다. 그 사이, 이기고 있던 칩을 다 뺏겨 버렸다. 결과가 잘못되면 과정을 돌아보게 된다. 화가 머리끝까지 난 오렌지는 관계자실 문을 열고 들어섰다.

"형님! 오기로 한 핸디 언제 옵니까? 오고 있기는 한가요?"
"..........................."

물었는데 대답이 없었다. 오렌지는 두 달간 겪어 보면서 이 사람을 잘 안다. '보드카페의 기생충', 먹고는 살아야겠고, 힘든 일은 하기 싫고, 능력은 안 되면서 이 짓을 하고 있었다. 부르는 핸디는 없고, 와 주는 핸디도 없다. 핸디가 오고 있다는 건, 애초에 거짓말이었다. 할 수 있는 것이라곤 타인을 속이며 이런 식으로 갬블을 이어가게끔 만드는 게 자신이 할 수 있는 한계다. 그러고선 사장한테 잘했다고 생각하는 인간이다.

돈이 되는 곳에, 비열해도 먹을 것이 있다면 달려드는 똥파리, 더럽고 냄새나도 기꺼이 핥아먹는 똥파리, 그런 존재다.

'여기도 이제 떠날 때가 된 모양이다.'

오렌지는 내일부터 여기로 오지 않겠다고 강훈이한테 통보했다.

말리지 않았고 돌아온 반응이 걸작이다.

"이제 레귤러는 필요하지 않아요."

아무리 화장실 들어갈 때와 나올 때의 마음이 다르다지만 이건 잘못되었다. '나는 왜 여기서 헌신했던가. 두 번 다시는 이런 부탁을 들어주지 않을 것이다.'

새벽 여섯 시에 갬블은 종료되었고 오렌지는 울적해진 마음으로 유나에게 갔다. 쌓인 스트레스를 풀어야 했다. 유나의 집은 신도림역 근처 오피스텔이다. 유나의 거처는 오렌지가 마련해 주었다. 보증금 오백만 원에 월세 60만 원의 7평 오피스텔, 오렌지는 유나를 신림동 키스방에서 만났다.

오렌지는 갬블로 스트레스가 쌓이면 가끔 키스방이나 마사지방을 찾곤 했다. 4년 전, 키스방에서 만난 스물다섯 살의 아가씨, 유나는 대학을 졸업 후, 공무원 시험을 준비하고 있었고, 주말에는 키스방에서 아르바이트를 하며 학업을 이어가고 있었다. 공부해서 일을 많이 할 수 없었던 유나는 비교적 고수입을 얻을 수 있는 키스방에서 일했고, 다른 키스방 아가씨와 남달랐던 유나에게 오렌지는 빠져들어 자주 들렀고 팁도 듬뿍 주었다.

"오빠! 잘 지내요? 저는 엄마 집에 있어요. 다시 서울 가서 공부하고 싶은데 돈도 없고 다시 그런 일은 하고 싶지는 않고, 아… 어떡하면 좋지?"

"서울로 올라와. 오빠가 다 해결해 줄게."

그렇게 오렌지는 유나의 거처를 마련해 주었고 오피스텔 월세도 대납하고 있었다. 유나가 공부하면서 필요한 돈은 직접 벌게 했다. 학원을 나가지 않는 토요일에 보드카페 서빙을 시켰다. 일주일에 한 번 일하지만 필요한 돈은 충분히 마련할 수 있었다.

"보드카페에서 알바해. 일주일에 한 번만 일해도 월 이백만 원은 벌어."
"그게 가능해요?"

싹싹하고 이쁜 유나는 인기가 많았고 팁을 잘 받았다. 소개해준 보드카페 사장도 만족하고 있었다.

"너가 지금 이럴 때야? 그럴 돈 있으면 처자식한테 더 잘해줘!"

"내가 뭐? 나는 충분히 잘하고 있어! 집에 생활비도 꼬박꼬박 잘 챙기고 자식한테도 잘하고 있어. 필요한 거 다 사준다고 등골이 휠 정도야. 애가 쓰는 돈이 내가 쓰는 돈보다 더 많아. 나는 잠시라도 행복하면 안 돼? 힘들다고, 항상 우울하고 불행한 모습이어야 돼? 너나 잘해!"

유나의 거처를 마련한다고 했을 때, 친구는 비난했지만, 오렌지는 무시했다. 아랑곳하지 않고 일을 진행했다. 월 60만 원의 추가 지출은 갬블에서 조금 더 집중하고 잘하면 충당할 수 있다. 이런 비용은 삶의 활력소가 되어 더 많은 수익을 안겨 준다. 또한, 유나가 곁에 있으면 젊은 육체가 그리워 더 이상 어린 매춘부를 찾을 필요가 없어 오히려 절약일 수 있다. 친구의 충고는 부러워서 하는 질투일지도 모른다.

"띠띠띠띠~" 유나가 있는 오피스텔 현관문 비밀번호를 누르고 오렌지
는 들어갔다.

"응? 오빠가 이 시간에 웬일이야?" 유나는 아직 침대에 누워 있었고 잠
이 덜 깬 목소리로 오렌지의 방문을 맞이했다. 오렌지는 방에 들어서자마
자 침대로 올라가 유나를 안았다.

"유나 보고 싶어 견딜 수가 없어서 불쑥 왔어."
오렌지는 유나를 끌어안고 키스했다.

"오빠! 미안한데 나 지금 안 돼. 어제부터 생리 터졌어."
"…그래 안고만 있을게."
아쉽지만 어쩔 수 없었다. 이런저런 얘기를 나누며 한동안 껴안고 누워
있었고 오렌지는 유나의 엉덩이를 계속 주무르고 있었다.
"오빠! 빨아 줄까?" 오렌지는 거절할 이유가 없었다. 유나가 밑으로 내
려가 빠는 모습을 지켜보고 있으니 사랑스럽고 귀여웠다.
미숙하지만 정성이 있는 혀 놀림이라 더 황홀했다.
"입에 싸도 돼?" 유나는 자지를 입에 문 채 고개를 끄덕였다.
유나는 오렌지의 정액을 한 방울도 남기지 않고 입안으로 다 담았다.
"비리지 않아?"
"오빠 거라 괜찮아."

유나는 순진해 보이는 얼굴과는 달리 은근히 색기가 있었다. 오렌지와 섹스 도중에 애널도 말없이 허락했다. 애액이 넘쳐흘러 들어간 항문에 혹시나 하는 마음으로 페니스를 옮겨 갔는데 거부하지 않았다. 강속구를 척척 받는 포수처럼, 좁은 구멍으로 오렌지의 거대한 페니스를 잘도 받고 있었다. 눈을 감은 채, 분명 느끼고 있었다.

10장

즐기는 사람과 절실한 사람

오렌지는 신도림을 떠나 다시 압구정 로데오로 복귀했다.

"도박하러 왔어?"

보드카페 주차장에 들어서자 반가운 목소리가 들렸다.
로데오에서 발렛파킹을 수십 년째 하고 있는 석호 형이다.

"흐흐 뭐 하러 왔겠어요. 도박꾼이 도박해야지."
"잘해. 돈 잃지 말고." 하면서 어깨를 두드려 주었다.

석호 형은 5년 전에 로데오 메인거리에 있는 ABC 보드카페에서 처음 만
났다. 좋은 사람이었다. 이 바닥에서 좋은 사람이란 돈을 잃어 주는 사람
을 말한다. 한마디로 호구다. 처음에는 닉네임에 꽂혔다. 산적처럼 생겨놓
고선 닉네임이 '캔디'란다. 오렌지는 〈들장미 소녀 캔디〉를 사랑했다. 어릴

적, 〈은하철도 999〉와 〈들장미 소녀 캔디〉를 빼먹지 않고 시청했다. 메텔과 캔디는 첫사랑 같은 존재다. 그런데 캔디가 이런 모습이면 곤란하다.

석호 형은 로데오의 터줏대감이다. 발렛파킹을 운영하면서 돈을 많이 번다고 한다. 버는 만큼 인심도 좋다. 오렌지는 그런 석호 형이 좋았다.

만나면 기분이 좋아졌다. 오렌지는 입구에서 캔디의 격려를 받으니 오늘은 갬블이 잘 풀릴 것 같은 예감이 들었다.

하우스 문을 열고 들어서자 매니저인 스타가 반갑게 맞이했다.

"형! 왜 이렇게 오랜만에 오셨어요."

"응 그동안 조금 바빠서 못 오게 되었어. 이제 자주 올 거야."

"블라인드는 천, 이천이랑 이천, 오천 있는데 어디 앉으실래요?"

"이천, 오천에서 할게."

오랜만에 온 이곳에는 반가운 얼굴들이 많았다.

듬직한 고래도 있고 아이비 사장, 그를 그림자처럼 따라다니는 현수, 중년의 꽃미남 클루니, 라라 엄마, 그리고 열무 공주도 있었다.

"공주님 안녕하세요."

"호호호 공주는 무슨, 집에서도 그런 소리를 못 듣는데."

이 바닥에 살아남아 있으면 재회하는 사람들도 있지만, 수년째 보이지 않는 사람들도 있다.

'그 사람들은 어디로 간 것일까? 약육강식의 세계에서 돈과 영혼을 잃고 쓸쓸하고 외롭게 퇴장한 것일까?' 하루하루 승리가 절실했던 사람들, 한 발만 뒤로 물러나면 나락으로 떨어질 벼랑 끝에 서 있는 사람들도 많다. 오렌지는 그들의 아픔과 분노를 이해하고 공감할 수 있었다.

'나는 홀덤으로 돈을 벌 거야. 이제 돈이 떨어졌어요. 오늘도 지면 더 이상 버티기 힘들어요. 형님, 저 이제 홀덤 못 하겠어요.'

직업 갬블러를 선언했던 갤럭시는 수년간의 생도 생활을 마감하고 지금은 오토바이를 타며 배달일을 하고 있다. 그는 술을 마시며 감정에 복받쳐 눈물을 보였다.

사람마다 버티는 힘도, 물러설 곳도 다르다. 누구는 오늘 게임 결과로 현재의 일상 자체가 무너지기 일보 직전이고, 어떤 이는 오늘 게임 결과가 오락거리에 지나지 않을 만큼 여유가 있을 수 있다.

오렌지가 앉은 테이블은 분위기가 뜨겁고 모두 파티를 즐기고 있었다.

방수 한 명 때문이다. 모든 카드로 승부를 걸어온다. 1 대 9로 상대하고 있다. 앉은 지 얼마 되지 않아 오렌지는 에어라인을 손에 쥐었다.

오렌지는 프리플랍에 백만 원을 '올인' 했고 예상하고 기대한 대로 방수는 콜했다. 오렌지가 먼저 카드를 오픈하자, 방수는 내추럴 나인하면서 하트 4, 5를 오픈했다.

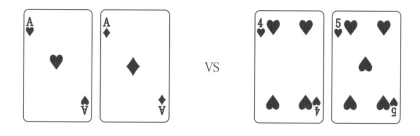

어떤 카드와 붙어도 80% 이상의 승률을 보장받는 에어라인이지만 오렌지는 긴장되었다. 많은 칩을 다 걸어놓으니 지는 20%가 크게 와닿는다. 1점 차, 9회 말 투아웃 만루에서 9번 타자를 상대하는 느낌이다. 최강의 마무리 투수와 9번 타자의 승부지만 여기서 삐끗하면 전체 게임을 내준다.

불안하게 하는 것은 상황 자체가 아니라 그것을 바라보는 방식이다.

하트 한 장을 뺏다. 의미가 있다. 상대의 플러시 확률을 조금이나마 블록 했다. 그로 인해 상대의 전체 승리 확률을 1.15% 낮추었다.

홀덤은 확률의 싸움이다. 조금이라도 자신의 승률은 올리고 상대의 승률을 낮추는 게임이다. 에어라인으로 '올인' 하는 당위성이다.

"플랍 열겠습니다."

딜러가 플랍 카드 석 장을 펼쳤다. 오렌지는 긴장하며 바라보았고, 무척 실망스럽게도 플랍에 4와 5가 깔렸다. 나머지 한 장은 7이다.

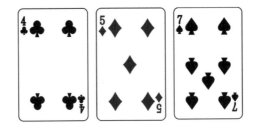

테이블에서 함성이 터져 나왔다. 아직 턴, 리버 카드 두 장이 남아 있지

만, 승부가 끝난 것처럼 사람들은 환호했고 상황은 완전히 역전되었다.

플랍이 열리기 전, 80%의 승률은 이제 27%가 되었다.

'에이스는 바라지 않을게. 7을 띄워서 4를 지워 버려.'

오렌지는 속으로 그렇게 되뇌면서 턴에 다시 역전되기를 희망했다.

턴 카드가 깔렸고 8이다.

리버 카드에 에이스, 7, 8 중에 하나가 등장해야 했다. 총 8장이 살아 있다. 출현하지 않은 카드 44장 중 8장, 44타수 8안타, 1할 8푼 1리, 멘도사라인의 타율인 타자에게 안타를 기대해야 하는 절체절명의 상황이다. 리버에 6이 깔려서 찹이라도 되면 다행이라는 생각도 들었다.

마지막 한 장을 남겨두고 이길 확률 18%, 질 확률 73%, 비길 확률 9%.

실망스럽게, 아니 절망스럽게 리버 카드는 나인이다.

얼간이에게 사람들의 격려가 쏟아진다. 오렌지는 사람들의 환호가 귀에 거슬렸지만 받아들일 수 있었다.

누구나 약자를 응원하기 마련이고, '멋있게 대담함'과 '바보같이 무모함'은 그 결과가 나온 후에야 판가름 된다. 조금 전 상황같이 에어라인 '올인'에 맞서 멋지게 승리한 모습은 사람들에게 좋은 구경거리였을 것이다. 또

한, 오렌지 같은 레귤러가 칩을 보유하고 있는 것보다, 얼간이가 칩을 많이 가지고 있는 게 비교할 수 없을 만큼 모두가 바라는 바다.

오렌지는 그런 마음에 거부감이 없었다. 자신도 역시 똑같은 마음이 있다.

오렌지는 애써 "나이스 핸드."라고 말하며 얼간이의 승리를 축하해 주었다. 이런 분위기에서 화를 내거나 언짢은 표정으로 있어 봐야 돌아오는 것은 없고 품위마저 손상될 뿐이다. 돈을 잃은 것은 조금 잃는 거지만 품위를 잃은 것은 많이 잃는 것이다. 잃은 돈은 복구가 가능하지만, 잃어버린 품위는 영원히 복구하지 못한다. 하지만 오렌지는 씁쓸했다. 남들은 얼간이 칩을 잘도 뺏어 먹는데 최강 패를 손에 쥐고도 진 게 억울하고 속이 쓰렸다. 파티에서 홀로 소외된 기분이다.

테이블에서 일어나 뱅크실로 발걸음을 향했다. 뱅크실은 진실의 방이다.

"형님, 앉은 지 얼마 안 되셨는데 벌써 다 잃으셨어요?"
"응. 에어라인인데 넘어 갔다. 백만 더 줘 봐. 이것도 잃으면 그만할래."

"파이팅 하세요. 분위기 나쁘지 않으니까 찾을 수 있을 겁니다."
"그나저나 저 얼간이는 지금 얼마 잃고 있어?"

"지금까지 천이백만 나갔어요."

오렌지는 테이블로 돌아와 20개씩 가지런히 놓인 만 원 칩 백 개를 비장하게 올려놓았다. '마지막 바이인. 정신 차리고 신중하게 해 보자.'

얼간이는 시종일관, 하던 대로 베팅과 콜을 난무하며 테이블에 활기를 불어넣었고, 좋은 카드를 쥐고 있던 사람들은 얼간이의 칩을 자신 앞으로 차곡차곡 가져오고 있었다. 얼마 지나지 않아, 오렌지에게 뺏은 칩과 자신이 가지고 있던 칩을 사람들에게 전부 나누어 주고 자리에서 일어났다.

"오늘은 여기까지만 할게요. 잘 놀았습니다."

'얼간이는 떠났다.' 오렌지는 맥이 풀렸다. 칩을 뺏어오기 쉬운 얼간이는 이제 없다. 오히려 칩을 빼앗겼고 만회할 기회는 사라졌다.

얼간이가 없는 테이블의 분위기는 이제 달라질 것이다. 사람들은 자신이 얻은 칩을 끝날 때까지 잘 지키려고 타이트한 운영으로 돌아설 것이다.

"참가하실 분들 이만씩 내세요." 밤(bomb)팟이다. 오렌지는 기다리고 있었다. 밤팟은 하우스에서 잃고 있는 사람에게 찾을 기회를 제공하는 취지의 이벤트다.

'잃은 칩을 찾을 방법이 있을까.' 오렌지는 밤팟이 기회가 될 수 있었다.

딜러는 잭팟으로 모은 십만 칩과 핸디들에게 걷은 이십만 칩을 합쳐, 삼십만 칩을 팟에 올려놓았다. 세 명이 블라인드 올인 삼십만을 했다.

카드를 보지 않고 삼십만을 먼저 베팅하면 나머지 칩은 사용하지 않아도 되는 룰이다. 카드를 돌리기도 전에 팟은 백이십만이 쌓였다.

오렌지는 웬만하면 이 판에 승부 보기로 마음먹고 딜러가 준 두 장의 카드를 조심스럽게 쬐어보았다.

다이아몬드 퀸, 텐 나쁘지 않은 카드다.

오렌지는 자신의 차례가 오자, 삼십만 콜을 받았다.

자칼도 콜을 받는다. 나머지 사람들은 모두 폴드.

앞서 블라인드 올인 한 세 명과 오렌지, 자칼, 이렇게 5-way 승부다.

팟은 백팔십만이 되었고 오렌지 앞에 남은 칩은 칠십만 정도, 자칼은 오렌지보다 더 많은 칩을 남기고 있었다. 플랍이 열렸다.

오렌지는 스트레이트 드로우, 양차가 되었다. 킹이나 8이 턴, 리버에 나오면 스트레이트 메이드가 된다. 혹은 퀸이 나와도 탑 페어가 되기 때문에 썩 괜찮은 상황이다. '이번 판을 승리로 가져와야 한다.'

"올인!" 오렌지는 남은 칩 모두를 밀어 넣었다. 우선 사이드로 남아 있는 자칼부터 탈락시켜야 했다. 자칼이 콜을 받아도 승부를 걸어 볼 만하다.

자칼은 깊은 한숨을 내뱉는다. 딜러는 결정할 시간을 충분히 주고 있었다. 팟이 클 때는 고민을 오래 할 수밖에 없기에 이럴 때는 융통성을 적용한다. 오렌지도 이해할 수 있었다.

더 이상 기다릴 수 없던 딜러는 자칼의 결정을 종용한다.
"마지막 5초 드릴게요. 5⋯ 4⋯⋯ 3⋯⋯."
"콜!" 자칼은 긴 고민 끝에 어렵게 콜 했다.

'무슨 카드를 쥐었길래 저렇게 고민한 것일까? 힘들게 고민한 것을 보니 좋아 보이지는 않는데?'

이제 오렌지와 자칼의 사이드 팟도 백사십만이 되었다. 다섯 명의 메인 팟까지 합치면 총 팟은 삼백이십만 팟! 오렌지가 스윙하면 본전을 찾고도 백이십만을 이기게 된다. 오렌지는 턴, 리버에 스트레이트 메이드가 되기를 더욱 간절히 희망하게 되었다. 최소한 자칼이라도 이겨서 사이드 팟이라도 건져와야 했다. 모두가 올인 한 상황이라 카드를 오픈했다. 오렌지가 먼저 카드를 오픈했고 자칼도 이내 카드를 오픈한다. 자칼의 카드는 스페이드 에이스, 하트 3이다.

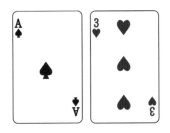

'헉! 이게 뭐야? 자칼의 카드는 플랍과 아무런 사연이 없는 카드잖아.'

오렌지는 자칼의 패를 보고 깜짝 놀랐다. 그런데 둘의 사이드 팟 승부는 오렌지가 약간 밀리고 있었다. 둘만 놓고 봤을 때, 오렌지가 자칼을 이길 확률은 48%, 자칼이 오렌지를 이길 확률은 52%다. 아직 카드가 미출현한 세 명을 더한 메인 팟의 승리 확률은 오렌지가 이길 확률이 37%, 자칼은 11%에 불과했다. 나머지 세 명은 각각 16%의 확률을 가지고 있다.

'자칼은 무엇을 기대하고 콜을 했을까? 에이스가 턴, 리버에 등장하기를 바란 것일까? 하지만 내가 이미 투페어이거나 셋이라면 아무 소용이 없고 내가 에이스를 가지고 있다면 키커에서 밀린다. 왜 저런 형편없는 패로 칠십만 콜을 한 것일까? 자칼도 갬블이 잘 풀리지 않아 열려 있는 것일까?'

조금 전 떠난 얼간이가 앉아 있을 때 자칼도 피해자였다. 오렌지처럼 자칼도 얼간이 파티에서 소외되고 있었다. 테이블에 앉은 모든 사람이 이기고 있었지만 둘만 잃고 있었다. 자칼은 평소 오렌지에게 다정하고 친절했다. 같이 테이블에 앉아 갬블할 때면 오렌지를 격려하고 응원해 주었다. 그런 자칼을 오렌지도 친근감을 가지고 있었다.

그런데 지금 자칼은 아무 사연이 없는 카드로 오렌지를 이기려고 들어왔다. 설령 오렌지가 낫싱이 되어 에이스 하이로 승리한다고 해도 에이스를 띄우지 않은 이상 세 명이 더 남아 있는 메인 팟은 기대하기 어렵다. 오렌지는 자칼의 결정을 도무지 납득하기 어려웠고 지켜보고 있는 다른 사람들도 마찬가지였다. 모두 턴, 리버에 오렌지가 스트레이트 드로우를 띄우는 데만 관심이 있지 자칼의 카드에 주목하는 이는 한 명도 없었다.

갬블은 진행되었고 턴 카드는 하트 잭이 나왔다.

턴 카드는 오렌지가 기대한 카드가 전혀 아니었고 오히려 상황만 나빠
졌다. 오렌지가 리버에 스트레이트가 되더라도 보드에 페어가 있으면 너
트를 방해한다.

'제발 리버에 8이나 킹이 출현해! 아니면 퀸이나 텐이라도 맞춰줘!'

오렌지는 애타게 바랐고 기도가 통한 것인지 리버에 퀸이 맞았다.

'그래. 이 정도면 나쁘지 않아.'

사이드는 이겼고 세 명 중에 잭이 없다면 메인 팟도 가져올 수 있겠다는 기
대가 들었다. 그런데 자칼이 자신의 카드 중 하나인 하트 3을 쑥 내미는 것
이다. '응?' 오렌지는 보드에 깔린 커뮤니티 카드 다섯 장을 다시 바라보았다.

하트가 네 장이다. 오렌지는 스트레이트 드로우만 생각하고 있었고 숫자만 의식했지, 무늬는 안중에도 없었다. 더군다나 자칼의 하트 3은 무늬에 관심을 가질 이유가 전혀 없었다. 다시 커뮤니티 카드 다섯 장을 또렷이 봐도 하트가 분명 네 장이고 자칼은 플러시 메이드가 되었다.

백사십만 사이드 팟은 자칼이 챙겨갔고 오렌지는 망연자실했다.

남은 세 명은 한껏 기대감을 가지고 자신들의 카드를 쥐고 있었다.

두 장의 카드 중에 한 장이라도 하트가 있다면 자칼을 꺾고 백팔십만 메인 팟의 주인이 될 수 있었다. 세 명 모두 카드를 쥐면서 주술하듯 "하트, 하트."를 중얼거리고 있다. 하지만 하트는 나타나지 않았다.

"아무도 하트가 없어?" 세 명 모두 입맛만 다시며 카드를 오픈하지 못하고 있자 분위기를 눈치채고 자칼이 말했다.

"이야! 하트 3 한 장으로 삼백이십만 팟을 먹네!"

테이블은 앉은 사람들은 부러운 섞인 어조로 자칼을 축하해 주고 있었다.

"이제 본전 했어요." 자칼은 살짝 웃으며 축하에 대한 답례를 했다. 자칼의 승리는 천운이 따른 것이다. 플롭에 에이스도 아닌 아무 쓸모가 없게 느껴진 하트 3 한 장이 빅 팟 승리의 황금열쇠가 된 것이다.

도박은 운칠기삼일까? 오렌지는 자칼의 마지막 비수를 심장 깊숙이 맞고 맥없이 테이블에서 일어서야 했다.

흡연실로 들어간 오렌지는 오늘 하루 남은 시간을 어떻게 보낼지 담배를 피우며 생각하고 있었다. 지금껏 잃은 돈을 찾고 싶었다. 하지만 여기서는 찾기가 이제 힘들다는 판단이 들었다. 얼간이는 없고 남은 사람들은 타이트한 사람뿐이다. 자칼도 본전을 찾아서 무리한 플레이는 이제 하지 않을 것이다. 심지어 홀덤 초고수 쿨소리도 앉아 있다. 냉철한 승부사 쿨소리, 오렌지가 넘어서야 할 벽 같은 존재며 이 세계에서 살아남기 위한 롤 모델 같은 인물이다. 압구정에서 처음 봤을 때부터 범상치 않았다. 차분함, 깔끔하고 군더더기 없는 플레이, 승리했을 때 환호하지 않았고 패배했을 때 고개 숙이지 않았다. 초지일관 자신의 길을 걷고 있었다. 누군가의 플레이나 습관을 닮고 싶다면 그가 무엇을 잘하는지보다 무엇을 안 하는지를 살펴야 한다. 이 세계에서 생존한다는 것, 생존은 전략에서 기본 중의 기본이 되어야 한다. 누구나 승리자가 될 수 있다. 하지만 누구나 승리자로 남지는 않는다. 싸워서 이기기는 쉽지만 지키면서 싸우는 일은 힘들다. 이기는 것보다 중요한 것은 바로 살아남는 것이다. 이것이야말로 생존이다. '강한 자가 살아남는 게 아니라 살아남는 자가 강하다.'는 말이 이 세계만큼 적절한 곳도 드물 것이다. 결과 중심적인 평가는 최선을 다한 과정을 무시해 버린다. 밤새도록 이런저런 상황에서 어떻게 판단했고 현명했다 치더라도 결국 게임을 끝내고 나설 때 얼마만큼의 칩을 가지고 나가느냐에 따라 평가받는다. 그런 면에서 쿨소리는 좋은 교과서가 되었다.

숙성된 포도주처럼 통찰의 향기가 전신에서 풍겨 나왔다.

수익을 하루 단위로 의식하는 건 어리석은 짓이다. 잃은 것을 억지스럽게 찾으려고 덤비면 더 잘못되는 상황으로 내몰린다.

지금이 아니더라도 갬블은 언제든지 할 수 있고, 좋지 않은 상태로 하는 것보다, 다음을 기약하는 게 훨씬 이득이 되는 경우가 많다.

오렌지는 지고는 잘 물러서지 못하는 승부욕 때문일까, 조금씩 나아지고는 있지만 좀처럼 개선되지 않고 있다. 조금 전에 온 카톡을 살펴보고 있었다.

'긴급 돌발 얼리, 선착순 세 분에게 이십만 드려요. 24시간째 진행 중. 테이블 분위기 용광로보다 더 뜨겁습니다. 오서서 확인하세요.'

잠실에 있는 '홀덤 베이비' 경환이가 보낸 카톡 메시지였다. 경환이는 삼 년 넘게 혼자 핸디들을 불러 모아 갬블을 맞추고 있다. 그 일이 얼마나 대단한지 하우스 운영 경험이 있는 오렌지는 잘 알고 있었다.

'잃은 돈을 찾을 길은 이 시간에 여기밖에 없다.' 오렌지는 경환이에게 전화를 걸었다.

"오렌지 형! 왜 이리 오랜만이에요. 섭섭하게~"
"지금 자리 있어? 십 분 안에 갈 수 있어."

"어서 오세요. 자리에 칩 올려놓고 기다릴게요."
"지금 블라인드 어떻게 진행돼?"

"깊은 사람들이 많아서 블라인드는 만, 만이고 바이인은 삼백까지요."
"자리에 이백 개만 올려놔. 바로 갈게."

오렌지는 택시를 타고 압구정 로데오에서 잠실 신천동으로 이동했다.
신천동에 도착한 오렌지는 어지러운 골목길을 지나 지하에 있는 홀덤 베이비로 들어섰다. 서빙이 인사를 하는데 예은이다. 심장을 요동치게 만드는 예은이, 요정이 사람으로 환생한 예은이가 있었다. 5년 전에 압구정 보드카페에서 처음 본 예은이는 단숨에 오렌지의 마음을 사로잡았다.

그런 예은이를 오렌지는 3년 만에 여기서 다시 재회했다.

'오늘은 너를 위해서 꼭 이기고 나갈게.' 동기부여가 확실하게 되었다.

"형, 어서 오세요. 정말 너무 뜸하신 거 아니에요?"

"형이 최근에 조금 바빴다."

오렌지는 경환이와 커피를 마신 후 갬블에 참여하기로 했고 그동안 올 수 없었던 이유, 신도림에서 본방으로 활동한 얘기를 해 주었다. 그리고 나오게 된 연유도 말했다. 얘기를 들은 경환이는 격하게 반응했다.

"형! 병신들이 왜 병신인지 아세요?"

"…………………."

"병신처럼 구니까 그런 소리 듣는 겁니다. 병신들은 뭐가 중요한지를 몰라요. 핸디가 말라 봐야 핸디 귀한 줄 알아요."

"알았어. 왜 이렇게 흥분하고 그래. 하하."

"형처럼 좋은 핸디를 그렇게 대했다는 게 화가 나서 그래요. 조용히 오래 쳐주고, 젠틀하게 매너 좋고, 남들 배려해 주고, 인심 좋고, 더 바랄 게 뭐가 있어요. 저는 모든 핸디가 형 같으면 좋겠어요. 그러면 아무 걱정 없이 이 짓거리 할 수 있어요. 남의 능력을 시기하는 그런 병신들이랑 상종

하지 말고 우리 가게 매일 오세요. 제가 편안하게 해 드릴게요."

경환이가 그렇게 말하니 오렌지는 정말 자주 오고 싶다는 마음이 들었다. 본심을 이해해 주고 공감해 주는 건 언제나 반가운 일이다.

"저기 쌓여 있는 박스들은 뭐니?"

"아 저거요. 식기세척기예요. 가전제품 판매하는 손님한테 미수금 대신 받았어요. 필요하면 하나 가져가세요. 싸게 드릴게요."

"⋯⋯⋯⋯⋯⋯필요 없어. 테이블로 갈게. 압구정에서 빨래질 당하고 왔어. 여기서 잃은 거 찾지 못하면 힘들어. 얼리는 예은이 줘라."

오렌지는 테이블로 가 앉았는데 분위기가 이상했다. 사람들은 과격하고 참을성이 없었다. 베팅과 콜이 난무했다. 이긴 사람들은 모두 집에 가고 패자들끼리 남아서 갬블하고 있는 것이었다. 서로가 서로를 물어뜯는 난장판에서 차분하게 하기는 틀렸다는 판단이 들었고 압구정에서 많은 돈을 잃고 온 오렌지도 오히려 이런 분위기를 바라고 있던 터였다.

핸디들은 환경적으로 비슷한 궤도에 놓인다. 통과하는 시간과 공간만 다를 뿐이다. 그래서 아무도 자신과 무관하지 않다. 이름 모를 누군가가 남기고 간 흔적들이 모두에게 영향을 끼친다.

단순하게 덤벼드는 상대에게 복잡하게 생각할 필요는 없었다. 이럴 때 생각이 많아지면 오히려 게임을 풀어나가는 데 방해 요소가 될 뿐이다.

오렌지는 난잡한 홀덤 베이비에서 일곱 시간을 보낸 후 오백만 원을 이기고 자리에서 일어섰다. 더 하고 싶었지만, 갬블이 종료되어 일어서야 했다.

"많이 이기셨네요. 역시 형은 사이즈가 있어요."
"네가 편안히 해 준 덕이지. 삼십만은 빼서 예은이 줘라."

"아까도 이십 줬는데 또 삼십을 줘요?"
"많이 이겼잖아. 그 정도는 좋아하는 사람한테 줄 수 있지. 그리고 오늘 내가 이긴 것에 예은이 지분이 있어. 전의를 불타오르게 만들었거든."

"알았어요. 하하. 저는 형의 이런 멋있는 모습이 정말 맘에 들어요."

살면서 받은 게 많은 오렌지는 베풀 줄도 알았다.

* * * * *

"올인 할게요." 상대는 칩을 다 밀어 넣었다. "콜!" 또 다른 상대는 올인 베팅을 받았다. 이 승부에 아직 남아 있는 오렌지는 고민하며 보드를 계속 응시하고 있었다. 오렌지의 패는 투페어다. 그것도 가장 높은 탑 투페어였다. 긴 고민 끝에 오렌지는 카드를 던졌다.

'저 보드에서 '올인'이 나오고 '콜'이 나왔다면 둘 중 하나는 최소 셋이나 스트레이트일 것이다. 어쩌면 너트일지도 모른다.'

"카드 오픈해 주세요." 딜러가 외치자, 상대는 차례로 자신의 카드를 오픈했다. 먼저 '올인' 한 친구는 탑 원페어고, '콜' 한 친구는 낮은 투페어다.

'…이런 젠장.' 오렌지가 '콜'을 했더라면 단번에 쓰리업이 될 찬스였는데 놓치고 말았다. 정상적으로 판단한다면 오렌지가 '폴드' 하는 게 맞다. 하지만 저 둘은 계속 이런 식으로 상식에 맞지 않게 플레이하고 있었다.

테이블에 앉아 있는 모든 사람이 알고 있었지만, 오렌지만 그 흐름을 알아채지 못하고 있었다. 오렌지는 혼자 엉뚱한 데 정신을 팔고 있었다.

1998년 어느 날 깊은 밤, 교보생명 사거리에서 논현역 방향으로 걷고 있는데 차 한 대가 다가왔다. 창문이 내려졌고, 안경을 낀 스타일리시한 여자의 모습이 눈에 들어왔다.

"어디까지 가세요?"

"네? 집이 이 앞이라 다 왔어요."

여자는 실망스러운 표정을 짓고 차를 출발시켰고 다시 돌아오지 않았다.

당시에는 이런 길거리 헌팅이 유행했다. 그냥 차에 올라탔으면 되는데, 발정 난 여자가 다리를 벌려 주겠다는데, 정신 줄을 놓고 있다가 헛소리를 하고 만 것이다. 지나간 절호의 기회는 좀처럼 다시 생기지 않는다.

오렌지가 갬블에 집중하지 못하고 있는 이유는 서빙을 하는 미란이의 육감적인 몸매 때문이다. 긴 생머리, 알맞게 나온 가슴, 잘록한 허리, 툭 튀어나온 엉덩이, 건강해 보이는 허벅지, 맨살이 드러난 팔과 다리를 혼미해진 눈으로 바라보면서 드러나지 않은 부분은 한층 더 황홀할 것이라는 상상을 하고 있었다.

'엎드려 눕혀 놓고 저 탐스러운 엉덩이에 얼굴을 파묻고 싶다.'

온 신경이 미란이에게 쏠려 있었다. 두 시간 전부터 발기된 그곳은 사그라들 기미가 없다. 추리닝을 입은 그 부분은 도드라지게 튀어나와 있어, 화장실을 갈 때는 주머니에 손을 넣고 평행선을 맞추고 일어서야 했다.

오렌지의 머릿속은 섹스로 가득해 갬블을 할 수 있는 상태가 아니었다.

유나에게 가고 싶었지만, 유나는 아직 학원에 있다. 집에 있더라도 시험이 얼마 남지 않아 방해하고 싶지 않았다.

유나 대신 오래된 섹스 파트너에게 카톡을 했다. 20년이 넘은 여자, 이 여자는 클럽에서 일할 때 만난 여자다. 이제 둘 다 각자 결혼하고 애도 있지만 배우자 몰래 만남은 지속되었다. 나이가 들었지만, 선남선녀였던 그때의 모습을 그대로 기억하고 있다. 첫인상의 각인을 잊지 않는 것은 누구나 그러하듯이, 처음 본 모습은 지워지지 않는다. 세월이 지나도 잔상은 그대로 남아 있다. 부모에게 자식은 영원히 아기의 모습이다.

"지금 시간 돼?"

"어머 자기, 오랜만이다. 잠깐은 괜찮아."

"한 시간 뒤에 늘 가던 역삼동 호텔에서 보자."

"오늘은 방이동에서 보면 안 돼? 아직 일하는 중이라 자리 오래 못 비워. 잠시만 시간 낼 수 있어. 회사 근처에서 보자."

"방이동 어디?"

"주소 남겨 줄게. 그리로 와. 방 잡고 연락해."

"김 이사, 내 여자 친구 알지? 김 이사라면 오케이이라던데 약 빨고 셋이 같이 침대에서 뒹굴어 볼 의향 있어? 그럴 취향 있냐고?"

클럽에서 일하던 시절, 육체를 갉아먹었던 수많은 난교, 시간이 많이 지났어도 몸은 기억하고 원하고 있었다. 오히려 더 큰 자극을 요구하고 있었다. 오렌지는 중년이 되었어도 아래에 달린 녀석은 좀처럼 통제가 되지 않고 있었다.

'굶주린 배를 움켜쥐고도 성기는 발기되었다.'

헨리 밀러처럼 오렌지도 그랬다.

"랙 수라." 오렌지는 남은 칩을 모두 랙에 담고 자리에서 일어났다.

* * * * *

"강남구청역에 보드카페가 오픈하는데 조각이 화려해. 강남 바닥에 '기라성' 같은 관계자들이 다 모인대."

오픈한 날, 오렌지는 방문했다. 소문대로 화려한 관계자들이 다 모여 있었다. 천하의 상남자 정곤이도 있고, 여장부 체리도 있었다.

오렌지도 서식지를 압구정 로데오에서 강남구청으로 옮겼다. 갬블은 수개월간, 끊어짐 없이 24시간 돌았다. 저녁 시간에는 네 테이블이 돌았고 테이블이 부족해서 더 이상 사람들이 앉을 수 없는 지경이었다. 언제든지 방문하면 갬블을 할 수 있었다. 새벽에 가도, 아침에 가도, 한낮에 가도 갬블은 진행되고 있었다. 테이블의 질도 아주 좋았다. 좋은 사람들이 너무 많았다. 수면 시간도 활동 시간과 궤를 같이했다. 들쑥날쑥했다. 자고 일어나면 갬블하고, 갬블이 끝나면 자고, 무한궤도로 돌고 있었다.

"뭐 해? 자리 생겼어. 너 앉아야 재미있지."

빈자리가 생기면 사람들은 관계자들을 소환했다. 관계자들은 테이블에 앉으면 무리한 플레이를 하면서 손님들을 즐겁게 해 주었다. 지고 있다는 걸 알면서도 물러서지 않고 끝까지 덤벼든다. 넘기려고 작정하고 있다. 확률을 우습게 다루는 사람들이 의외로 많다. 홀덤은 확률의 게임이다. 확률은 절대로 거짓말을 하지 않는다. 수학적인 이해가 있다면 이것이 무얼 의미하는지 제대로 알아챌 수 있다. 의심스러우면 동전을 아무렇게나 백 번 던져보라. 앞, 뒷면은 50 대 50에 수렴하게 될 것이다. 몇 번 정도는 지고 있는 카드로 행운의 여신이 미소 지어 역전해서 승리할 수 있지만 계속 그런 식으로 플레이를 하게 되면 결국에는 다 잃고 만다. '호랑이는 가죽 때문에 죽고, 사람은 명성 때문에 죽는다.' 스스로 자신의 이미지를 호기 넘치는 좋은 사람으로 고착하게 되면 자신만 점점 힘들어질 뿐이다. 자기 파괴적인 그런 이미지 메이킹에서 빨리 탈출하지 않으면 다시는 테이블에 앉지 못할지도 모른다. 그렇게 될 확률을 자발적으로 올리고 있기 때문이다.

알면서도 그런 플레이를 유지하는 것은 주변의 평가 대상이 되는 데서 오는 두려움 때문이다. 사람은 자신이 타인에게 기쁨을 줄 수 있는 존재이기를 바란다. 그런데 포커 게임에서는 결과적으로 타인에게 아픔을 주어야 자신이 살아남는다.

"여기 일하러 와서 돈은 못 벌고 까먹은 돈만 벌써 일억이 넘어요."
관계자인 윤재가 갬블 중에 푸념했다.

"너무 엄살 부리지 마. 난 10년 동안 홀덤으로 잃은 돈이 백억이 넘어."
모나미 사장은 자신이 돈을 많이 잃은 것을 무용담처럼 말하고 있었다.

"백억이 넘는다고요?"
"그래! 백억!"

"돈이 그렇게 많아요? 백억이나 잃고 어떻게 아직 버티고 있어요?"
"요즘은 그래서 잔잔하게 하고 있어. 뭣도 모를 때는 하룻밤에도 몇 억씩 잃곤 했었지. 큰 게임을 많이 했었어."

"그래서 형님이 예전보다 많이 딴딴해지셨군요."
"너도 힘들어져 봐. 손에서 너트만 나오지."

강남에 임대용 빌딩을 여러 채 보유하고 있어 재력이 탄탄한 모나미 사장은 홀덤으로 많은 돈을 잃어도 여유가 넘쳐 났다. 그가 힘들다고 말한 부분은 돈이 부족해서가 아니라 승부에서 지는 것이 싫은 이유였을 테다.

아직 그의 갬블 스타일은 힘든 사람이 하는 플레이가 아니다. 예전만 하지는 않겠지만 여전히 좋은 사람이다. 하루에 천만 원 정도 잃는 건 그에겐 아무 일도 아닌 것처럼 느껴졌다.

저런 사람이 갬블에서 실패하는 이유는 돈이 없어서가 아니라 돈이 많아서다. 가진 것이 많을수록, 다른 선택지가 많을수록 간절함은 사라지기 마련이다. 간절함이 없다는 것은, 그만큼 갬블에서 집중도가 떨어질 수밖에 없다.

한참 갬블을 진행하고 있는데 다산이 테이블에 앉았다. 오렌지는 갑자기 산에서 호랑이를 만난 기분이 들었다. 자주 패배를 안겨 주는 다산에 두려움을 가지고 있었다. 하지만 가만히 잘 생각해 보니 오렌지도 다산에 패배를 준 적이 제법 있었던 것 같았다. 일반적으로 이겼을 때 기쁨보다 졌을 때 아픔이 오래 기억되고 남는다. 비슷하게 주고받더라도 상대가 더 강하고 무섭게 느껴지는 이유다. 같이 승부를 펼치면 그의 눈동자 안에도 두려움이 서려 있었다.

'내가 받은 두려움보다 내가 상대에게 준 두려움이 훨씬 많을 것이다. 저 사람이라고 내가 무섭지 않으랴. 두려움을 떨치고 담담하게 해 보자.'

윤재는 앉은 지 한 시간 만에 삼백만을 잃고 자리에서 일어나 휴게실로 들어가 PC 앞에 앉았다. 오렌지는 윤재가 무엇을 할지 알고 있었다.

윤재 곁으로 다가간 오렌지는 모니터를 바라보았다. 아니나 다를까, 윤재는 바카라 사이트에 접속해 있었다.

"바카라 하지 말라고 했잖아. 어쩌려고 그래."

"잃은 거 찾아야죠. 저기서는 못 찾아요."

도박의 끝판왕 바카라. 실력은 그다지 필요 없고 순전히 운에 의존한다.

나름 베팅하는 노하우가 있다고들 하지만, 동전 던지기에서 앞뒤 맞추는 방법이 존재하지 않듯이 바카라의 패턴 분석, 그림 분석은 신빙성이 떨어지고 신뢰하기가 어렵다. 돈을 걸어놓고 가위, 바위, 보를 하는 것에 불과하다.

윤재는 몇 판을 지켜본 후 단번에 오백만 원을 베팅하고 화면 속 딜러와의 가위, 바위, 보에서 이겼고 콧노래를 부르며 테이블로 다시 돌아갔다.

* * * * *

"아………. 나 이 짓 더 이상 못 하겠어요."

오렌지는 흡연실에서 담배를 피우고 있는데 선우가 들어오면서 짜증 섞인 목소리로 말했다.

"왜, 무슨 일 있었어?"

"3번에 앉아 있는 놈이 넘겼다고 욕하는데 더는 못 참겠어요."

"그래도 참아야지. 딜러가 욕 좀 얻어먹었다고 멘탈이 흔들리면 되니. 꾹꾹 참아내고 해야지. 돈 벌기가 쉬워?"

"여기는 팁도 잘 안 나와서 일할 맛이 안 나요."

"너 지금 여기서 얼마 받고 일하고 있지?"
"시간당 사만 원요."

"그럼, 하루 출근하면 최소 오십만 원 이상은 벌겠네. 팁 안 나와도 그 정도 벌 수 있다면 형은 귀싸대기 맞고라도 일하겠다."
"예전 가게에서 일할 때는 분위기도 좋았고 팁으로 시간당 평균 오만 원은 나왔어요. 너무 차이 나잖아요. 이제는 나이 먹고 욕 듣기도 싫어요."

"너가 지금 몇 살이지?"
"스물아홉 살이요."

"너 딜러 안 하면 뭐 할 건데?"
"그냥 관계자로 일해 보려고요. 게임이나 맞춰야죠."

"관계자가 쉬운지 아니? 딜러보다 스트레스 더 받아. 너도 잘 알잖아? 안 그래? 하우스에서 딜러보다 더 좋은 포지션이 어디 있어? 먹이 사슬 최상단에 있는 게 딜러야. 끝나고 나면 돈 챙겨가는 건 딜러랑 서빙뿐이야."
"형 말이 맞아요. 그런데 요즘은 정말 하기 싫어요."

"선우야. 막노동하는 사람들은 새벽 다섯 시에 일어나서 해질 때까지 죽도록 일하고 하루 이십만 원 벌기도 힘들다. 택시 운전하는 사람들은

열두 시간 운전하고 하루 십만 원 벌이도 안 되고, 딜러만큼 고소득 직종
은 사회에서도 드물어. 엉뚱한 짓 안 하고 착실히 돈 모으면 몇 년 안에,
서울에서 집 한 채 살 돈 마련할 수 있잖아. 형은 젊다면 무조건 일 배워서
딜러 한다. 의사보다 더 버는데 욕 좀 먹었다고 불평하지 말고 착실히 일
해서 돈 모아. 세금도 안 내잖아."

"………형. 사실 저 대가리 잡혔어요. 그래서 일할 기분이 더 안 나요."

대가리가 잡혔다는 건 빚을 지고 있다는 의미고 일을 해서 빚을 갚아 나
가고 있다는 얘기다. 일이 끝나고 돈을 받지 못하는 것은 당연했다.

"이 하우스에서?"

"네."

"얼마나 잡혔는데?"

"삼천만 원요."

"뭐 땜에 잡혔어? 바카라 했니?"

"바카라 빚은 따로 있고요. 여기서 갬블 하다가 잘못됐어요. 여기는 고
정으로 일하는 조건으로 쉬는 날이나 일 끝나고 갬블 해야 돼요. 안 그러
면 눈치 보여서 일 못 해요. 여기 대가리 안 잡힌 딜러들이 없어요."

"……흠. 그래, 사연을 들어보니 일할 맛이 안 난다는 게 이해는 되네.
빚이 있다는 건 그동안 모아둔 돈도 없다는 얘기네? 너도 딜러 생활한 지
5년은 넘었잖아?"

"네. 돈도 못 벌고…. 아니 벌었는데 다 나가더라고요. 바카라로 날린 돈만 십억이 넘어요. 지금 빚이 일억이 넘어요."

"……아이고! 이 녀석아 착실히 돈이나 모으지, 뭣 하러 도박했어."
오렌지의 말을 듣고 있으면서 선우는 꽁초가 된 담배를 버리고 한 대를 더 입에 물었다.

"그래서 요즘 많이 힘드니?"
"네, 형. 내일이 방세 내는 날인데 돈이 하나도 없어요. 오늘 얘기해서 방세는 받아서 가려고요."

"지나간 일은 어쩔 수 없는 거고, 지금부터라도 정신 차리고 도박 끊고 착실히 돈 모아. 넌 기술이 있잖아. 차근차근 순리대로 해결하면 돼. 파이팅 해. 너 딜러 할 때 형이 먹으면 아낌없이 팁 날려줄게."
"말이라도 고마워요. 형."
"고맙긴, 잘해! 이 녀석아."
선우는 오렌지가 좋아하는 딜러다. 사대도 잘 맞고 넉살이 좋아서 친해졌다. 막냇동생처럼 아끼고 있었다. 선우는 친구의 권유로 딜러를 하게 되었다는데 그 친구도 딜러였다. 선우는 원래 일류 셰프가 되는 게 꿈이었다. 고소득을 올릴 수 있다는 친구의 설득으로 홀덤 세계로 들어왔고, 6개월간 열심히 연습해서 일을 시작할 수 있게 되었다. 기대대로 돈을 많이 벌었고 금방 부자가 될 것 같은 희망이 생겼지만, 도박의 늪에 빠져 모은 돈을 전부 탕진하고 이제는 빚까지 지고 있었다.

"야, 이 시발 년아. 너 이거 어떻게 보상할 거야? 관계자 오라 그래."

테이블에서 소란이 났고 상황은 이랬다. 두 명이 프리플랍에서 이십만 베팅을 주고받고 플랍이 열렸는데 다이아몬드 에이스, 텐, 식스가 깔렸다.

한 명은 다이아몬드 K, 다이아몬드 Q를 쥐고 있어 한 방에 너트 플러시가 되었고 다른 한 명은 하트 A, 하트 10을 쥐고 있어 탑 투페어가 된 것이다. 서로 제대로 엮인 상황….

한 방 너트 플러시는 '첵' 했고 에이스 투페어가 베팅하려고 했는데 딜러가 그만 '첵 굿'으로 착각하고 턴 카드를 오픈해 버린 것이었다.

"내가 언제 '첵 굿' 했어?" 이 말과 턴 카드의 오픈이 거의 동시에 일어났다. 그런데 턴 카드는 스페이드 A였다. 딜러는 "죄송합니다." 그러고선 턴이 될 카드를 다시 섞고 있었다. 딜러의 실수로 변경되어 깔린 턴 카드는 스페이드 A에서 다이아몬드 8로 바뀌어 버렸다.

너트 플러시를 가진 사람이 묵직한 베팅을 했고 에이스 투페어는 폴드 했다. 정상적으로 진행되었더라면 에이스 투페어는 턴에 풀하우스가 되었고 상대는 너트 플러시라 많은 칩을 뺏어올 수 있었는데 엉망이 된 것이었다.

"시발 폴드! 사장님 패 오픈해 보세요!" 상대 카드가 너트 플러시인 걸 확인하자 이 사람은 더욱 분노가 치밀어 올랐을 것이다. 테이블에서도 사람들의 '아~~' 하는 탄식이 흘러나왔다.

"게임도 엿같이 안 풀리는데 이년이 염장을 뒤집네!"

소란이 일자 관계자가 테이블로 달려왔고 상황에 대한 설명을 들었다.

"죄송하지만 이렇게 진행하는 게 맞는 거라……."

"뭐 이 새끼야? 너 지금 상황 판단이 제대로 안 되고 있지? 룰이 이래서 맞게 한 거라고? 이놈도 정신 나간 새끼네!"

이대로라면 갬블이 진행되지 못하고 테이블이 깨질 거 같은 분위기였다.

"담배 한 대 피우시죠." 다른 관계자가 달려와서 화가 머리끝까지 난 사람을 데리고 휴게실로 들어갔다. 잠시 후, 화가 난 사람은 테이블로 돌아와 앉았다. 조금 진정된 거 같아 보였다.

'관계자가 보상을 해줬겠지……….'

실수를 한 딜러는 교대 후, 관계자와 얘기를 나눈 후 어두운 표정으로 흡연실로 들어갔고 오렌지도 따라 들어갔다.

"채린아. 너답지 않게 오늘 왜 이리 실수를 많이 해. 피칭 중에 카드도 자주 뒤집히고…."

"모르겠어요. 일하기 싫어요. 컨디션도 안 좋고 오늘은 이만 퇴근하려고요. 다른 딜러 구해 달라고 말했어요."

"……그래. 아까 욕했던 놈, 끝나고 내가 한마디 해 줄 거야. 아무리 화가 나도 그렇지 '시발년'이 뭐야."

"오빠, 그러지 마세요. 내가 잘못해서 그런 건데…. 저 사장님도 성격 까칠해서 괜히 또 싸움 나요."

"해결된 거 같은데. 너는 피해 없니?"

"오늘 일한 거 전부 지웠어요. 가게에서 오십만 원 물어줬대요."

채린이는 오늘 출근하고 일한 지 여섯 시간이 되었다. 하우스에서 반, 채린이 임금에서 반씩 분담해 보상한 것이었다. 오렌지는 주머니에서 이십만 원을 꺼내어 채린이에게 주었다.

"이거라도 받아. 오늘 재린이가 카드 살 줘서 많이 이기고 있어. 나도 곧 갈 거야."

"오빠. 괜찮아요. 진짜 괜찮아요."

채린이가 받지 않으려는 돈을 오렌지는 억지로 주머니에 넣어 주었다.

"오빠. 고마워요. 진짜 고마워요."

채린이의 눈가에는 금방이라도 눈물이 흘러내릴 것 같았다.

"무슨 걱정 있니? 처음부터 얼굴이 안 좋아 보이더라."

"사실 남자 친구 땜에 근심이 많아요. 바카라에서 돈을 많이 잃어요. 빌려 가는 돈이 너무 많아요. 감당하기가 힘들어요."

채린이는 대학에서 카지노 학과를 이수했고 제주도 카지노에서 근무한 정통 딜러 출신이다. '언더'에서 일하게 되면 더 많은 수입을 얻는다는 선배의 말을 듣고 '언더'로 넘어오게 되었다.

"카지노랑 '언더'는 완전히 달라. 여기서는 시간이 돈이야. 한 판이라도 더 돌려서 레이크 수입을 늘려야 한다고. 그렇게 천천히 하면 쫓겨나."

처음 '언더'에서 근무할 때, 채린이는 적응하는 데 고초를 겪고 있었다.

어려움을 겪던 시기, 그때 친근하게 다가온 남자가 있었다.

'언더'에서 만난 남자 친구도 딜러였고 채린이는 의지하고 있었다. 동료에서 연인으로 바뀌었고 서로가 잠시도 떨어져 있기를 원하지 않았다.

"깊숙이 넣어 줘." 일이 끝나면 둘은 언제나 하나가 되었다.

빨리 진행하면서도 실수가 없어야 하는 '언더', 카지노 딜러랑 '언더' 딜러는 아마추어와 프로처럼 실력 차이가 났다. 채린이는 명색이 딜러 사관학교를 나왔는데 보드카페 서빙 출신인 일 년 차 딜러에게도 손놀림에서 밀렸고 자존심도 상했다. '언더'에서 많은 돈을 벌고 살아남기 위해 손이 까지도록 연습했다. 카지노에서 일할 때 받는 월급은 삼백만 원 정도였지만, '언더'에서 일하고부터는 월 이천만 원이 넘는 수입을 올렸다. 그런데도 지금 힘들어하고 있다. '언더'에서 먹이 사슬 최상단 위치 딜러, 그 위에는 온라인 카지노와 불법 사설 토토 사이트가 있었고 돈은 그리로 흘러가고 있었다.

정신과적 치료가 필요한 사람들, 돈을 잃으면서도 언젠가는 운이 따른다고 믿는 바보들, 자신은 물론이고 가족과 주변 사람도 힘들게 만든다.

11장

오렌지와 드래곤의 인연

"오빠, 여기서 게임해요?"

"응?"

오렌지는 뒤에서 어깨에 손을 올리며 말하는 여자가 누구인지 뒤돌아 보았다. 민영이었다.

"민영아. 너가 여기 어쩐 일로 왔어?"

"친구가 여기서 일해요. 친구 보러 놀러 왔어요. 헤헤."

"잠깐 담배 한 대 피울까?"

"그래요. 오빠."

오렌지는 하던 갬블을 멈추고 자리에서 일어나 반가운 손님을 맞이하러 휴게실로 향했다.

"오랜만이다. 그렇지? 요즘은 어디서 일해?"

"저 요즘 딜러 안 해요. 손목이 아파서 쉬고 있어요."

카드를 섞다 보면 손목이 많이 꺾인다. 손목 관절염은 딜러들이 흔히 겪는 직업병이다.

"……그렇구나. 그럼 다른 일은 안 하고?"
"아는 오빠들이랑 같이 게임 맞추고 있어요."

"그래? 어디서? 내가 민영이 면 살리러 한번 놀러 가야지."
"헤헤. 그래 주시면 감사하죠. 위치는 청담동이에요. 게임 좋아요."

"블라인드랑 바이인은 어떻게 되고?"
"스타트에 블라인드는 만, 이만이고 바이인은 이백에서 오백까지요. 워싱 하고 나면 천만까지 풀어줘요."

오렌지는 민영이 얘기를 듣고 난처했다. 저 정도 갬블은 오렌지가 하는 범위를 벗어나 있었다. 수천만 원이 오고 가는 갬블인데 오렌지의 뱅크롤로는 감당할 수 없는 게임이었다.

"크게 하는구나……."
"네. 오는 손님들이 돈도 많고 다들 좋아요. 오빠, 부담스러우면 무리하실 필요 없어요."

"그래. 아무래도 나는 거기 낄 수 없겠다. 천, 이천 블라인드에서 하는데 열 배가 넘는 블라인드는 아무래도 부담스럽지. 오빠 돈도 없어."
"괜찮아요. 자기한테 맞는 데서 하는 게 좋죠."

"이해해줘서 고맙다. 대신 다음에 스몰 블라인드 맞추면 언제든지 연락해. 오빠가 민영이가 하는 곳이라면 매일 놀러 가줄게."

"빈말이라도 고마워요. 저 나가 볼게요. 오늘 저녁에 게임 있어, 가게 들어가서 준비해야죠. 그나저나 오빠는 요즘 잘하고 계세요?"

"나는 항상 똑같아. 몇 년째 밥만 먹고 살아."

"그게 얼마나 대단한 건지 알고는 계세요?"

"⋯⋯⋯⋯⋯가서 준비 잘하고 다음에 보자."

민영이가 게임 맞춘다고 해서 오렌지는 도와주고 싶었지만, 아무리 생각해도 자기한테 맞지 않는 블라인드와 바이인이었다. 지금 가진 돈을 전부 인출해도 잘못하면 하룻밤에 모두 잃을 수 있는 규모의 게임이었다.

갬블하다 보면 질 때도 있다. 하지만 그 범위는 다음에 복구할 수 있는 수준이어야 했다. 매일 도박으로 먹고사는 오렌지는 많이 따는 것보다, 치명적인 패배를 당하지 않는 게 더 요구되었다.

민영이가 가고 난 후 테이블로 돌아온 오렌지는 불편한 기색이 역력했다. 삼십 분 전부터 떠들기 시작한 옆에 앉은 두 명 때문이다.

"이번 대선에는 ○○○이 대통령에 당선되어야지."

"그렇지. ○○○이 대통령이 되어서 나라를 싹 바꿔야지. 이게 나라야."

누가 당선되어도 자신들의 삶은 나아질 거 같진 않다. 별로 상관이 없어 보였다. 대화 내용은 본 것이나, 경험한 것 없이 어디서 주워들은 것만 말하며 실체를 아는 것은 있을 리 없다.

상대 진영에 대한 증오와 비난을 늘어놓는다. 입을 다물고 있으면 정체가 탄로 나지 않을 텐데, 바보들이 신념을 가지면 답이 없다.

둘의 정치 대화로 오렌지는 갬블에 집중하기 어려웠다. 대화 내용이 시끄럽고 귀에 거슬렸다. 이럴 때는 귀에 이어폰이라 꽂고 싶지만, 트라우마가 있었다. 음악을 들으며 갬블하고 있었는데 누가 만 원 칩 하나를 던지자 오렌지도 만 원 칩 하나를 던지고 '콜'을 받았다. 그런데, 딜러는 오렌지의 칩을 모두 카운팅 했다. 놀란 오렌지는 이어폰을 귀에서 빼고 말했다.

"지금 뭐 하는 거야?"

"'올인'에 '콜' 하셨잖아요?"

상대는 만 원 칩 하나를 던지며 '올인'이라고 외쳤고, 음악을 듣던 오렌지는 듣지 못하고 만 원 베팅인 줄 알고 '콜'을 받은 것이다. 어이없게 큰 스택을 모두 넘겨주고 말았다. 그 이후로 오렌지는 갬블 중에 절대로 이어폰을 귀에 꽂지 않았다.

둘의 대화에 끼어든 사람들도 있어 테이블 분위기는 산만해졌고 갬블은 밋밋하게 진행되고 있었다. 오렌지는 자리를 떠나고 싶었다.

좋지 않은 곳과 좋지 않은 사람은 상종하지 않는 게 답이다.

"민영아. 주소 좀 알려 줘. 그쪽으로 넘어갈게."

* * * * *

오렌지는 청담동으로 왔다. 민영이가 게임을 맞추는 곳은 5층에 있었다.

문을 열고 들어선 오렌지는 소파에 앉아 있는 사람을 발견하고 깜짝 놀랐다. 그곳에는 드래곤이 와 있었다. 일 년 전, 여의도에서 대참사를 안겨준 그 드래곤이 있었다. 오렌지는 그날 이후 갬블 할 자금이 떨어져 은행에서 대출받아야 했었다.

"직장이 없으시네요. 저희 은행은 대출이 안 될 것 같습니다. 제2금융권에서 알아보시는 게 좋을 것 같습니다."

제2금융권에서도 대출을 거절당한 오렌지는 비싼 이자를 적용하는 카드론으로 대출받아야 했다.

오렌지와 드래곤은 잠시 눈이 마주쳤지만, 서로 아는 체하지 않았다.

"오빠. 집이 어디야?"

"청담동."

오렌지는 여의도에서 카리나와 드래곤이 나누었던 대화가 떠올랐다.

청담동에서 드래곤을 만난 건 이상할 게 전혀 없었다.

스타트 전, 오렌지는 커피를 마시며 창가를 내다보고 있었다.

5층이라 제법 조망이 좋았다. 예전에 일했던 곳이 눈에 들어왔다.

"웅? 민영아, 저 건물은 뭐지? 엘루이 호텔이 없어졌네?"

"아, 저거요? 최고급 아파트예요. 연예인들이 많이 살아요. 근데 예전에 호텔이었어요?"

"저 자리에 호텔이 있었고 지하에는 한국에서 가장 근사한 나이트클럽이 있었어. 내가 젊을 때, 거기서 오래 일했어. 그때는… 행복했어."

"아… 저 건물이 옛날에는 나이트클럽이 있는 호텔이었구나. 몰랐어요."
"너는 그때 꼬맹이였으니 당연히 모르겠지……."

호텔이 없어진 자리에는 부유층이 사는 복층 구조의 아파트가 들어서
있었다. 한 채에 백 평이 넘고 시세는 삼백억에 달하는 펜트하우스다.
"오빠. 사람들 곧 도착해요. 잠시 후 스타트 될 것 같아요. 여기는 홀덤
잘하는 사람이 별로 없어서 오빠 실력이면 쉽게 이길 수 있어요."

홀덤에서 쉬운 상대는 없다.
'이 바닥 겸손하지 않으면 살아남지 못해.'
겸손하지 않으면 재앙이 찾아온다.
상대를 리스펙하지 않아 불어닥치는 재앙들….

2001년 뉴욕 양키스와 애리조나 다이아몬드백스의 월드시리즈 4차전,
BK는 8회까지 양키스에 2점을 앞서고 있던 애리조나의 경기를 마무리 짓
기 위해 마운드에 올랐다. 힘차게 공을 던졌고 8회 아웃카운트 세 개를 죄
다 삼진으로 돌려세웠다. 9회에도 마운드에 오른 BK는 연습 투구를 할 때
양키스의 투수 올랜도 에르난데스의 특이한 투구 동작을 흉내 내며 몸을
풀고 있었다. 여유가 생긴 것이다. 조롱에 가까운 이 행동을 많은 사람이
TV로 보고 있었을 테고 현장에 있던 양키스의 선수들도 지켜보고 있었을
것이다. 9회 2사까지 순항하던 BK는 마지막 아웃카운트 하나를 남겨두고

양키스의 4번 타자 티노에게 동점 투런홈런을 두들겨 맞았다. 연이어, 지터에게 끝내기 홈런까지 얻어맞고 마운드에서 주저앉았다. 3번 타자 버니를 3구 삼진으로 돌려세운 BK는 기세가 등등했고 양키스의 타자들은 자신의 공을 건들지도 못한다는 자신감으로 충만했다. 4번 타자 티노에게 한복판 높은 곳으로 공을 던졌고 칠 테면 쳐 보라는 식이었다. 노리고 있던 티노는 그 공을 가장 깊숙한 센터 담장 밖으로 날려버렸다. 상대를 리스펙하지 않아 생긴 재앙이다.

"이 아이는 운동을 시켜야 합니다. 저 체격과 운동신경을 보세요."

"무슨 소리입니까. 이 아이는 공부시켜서 서울대에 보내야 해요. IQ 검사에서 전교일등 했어요. 성적표를 보세요. 모든 과목에서 수를 받고 있잖아요. 특히 수학 과목은 항상 만점이 나와요."

담임 선생과 체육 선생은 아이의 진로를 놓고 신경전을 벌이기도 했다.
오렌지는 무슨 일을 하든 항상 자신감이 넘쳐 있었다. 학창 시절에 친구들보다 공부도 잘하고 운동도 잘했다. 키도 커서 항상 아래를 내려다보며 살았다. 연애도, 사업도 자신이 원해서 건드리면 다 성공할 것 같았다. 돈을 펑펑 써도, 모아둔 것이 없어도, 가진 것을 다 잃어도 나중에 얼마든지 다시 벌 자신이 있었다. 스스로 우월하다고 자신을 평가했다.
자만감이 겸손함으로 바뀌는 데는 수십 년의 세월이 필요했다. 겸손함이 찾아왔을 시기는 그의 재능과 처지가 '언더'라고 느꼈을 때였다. 홀덤은 그를 더욱 겸손해지게 만들었다. 자신보다 뛰어난 고수를 만났을 때,

몇 수 아래인 얼간이에게 당할 때, 패배의 순간은 언제든지 존재했다.

겸손은 자신을 낮추는 것이다. 오렌지는 스스로 자신을 아래에 놓았다. 아이러니하게도 그러고 난 후 더 강해졌다.

'이해하다'를 뜻하는 영어 'understand'의 진정한 의미는 그 사람의 밑 (under)에 서야(stand) 진정으로 그 사람을 이해할 수 있다는 것이다.

사람들이 모였고 갬블은 시작되었다. 테이블에 앉은 오렌지는 사람들을 살펴보았다. 처음 보는 낯선 사람이 많았다. 애초에 노는 물이 다른 사람들이라 마주칠 일이 별로 생기지 않음이 당연했다. 같이 갬블을 한 경험이 있는 사람은 단 두 명, 드래곤과 주윤발뿐이다. 오렌지는 삼백만을 바이인하고 칩을 올려놓았다. 만, 이만 블라인드에서 삼백은 넉넉한 칩이 아니다.

앞서 민영이를 만났을 때는 여기서 갬블하고 싶은 마음이 추호도 없었는데 오고 말았다. 오렌지는 최근 매너리즘에 젖어 있었다. 아무리 노력해도 변하지 않는 은행 잔액과 현재 모습, 도박으로 금전 감각은 마비되어 있고, 겨우겨우 연명할 뿐인 생활에는 미래를 고민할 여유가 없었다. 뒷골목을 일터로 삼는 이 생활도 언젠가는 끝나겠거니 희망하지만, 살얼음판을 걷는 것 같은 생활을 지속하다 보면 한계가 오는 게 당연하다.

예전에 주업이 있으면서 재미나 부업 삼아 하는 도박과는 확실히 다른, 전업 도박꾼으로 생활하다 보니 몸과 마음이 피폐해져 갔다. 때론, 갑자기 찾아드는 심경의 변화가 오렌지를 이곳으로 인도했다. 오렌지는 밋밋한 갬블이 아닌 피가 끓는 갬블을 하고 싶은 충동이 들었다. 그런 갬블을 한 지 꽤 오래된 것 같았다.

"원장님. 오늘 잘하세요."

"잘하고 못하고가 어딨어. 홀덤은 실력 필요 없어. 런 좋은 놈이 이기는 거지."

민영이의 격려에 병원장은 홀덤을 운으로 치부하며 말했다.

확실히 당일 승부에서는 운도 중요하다. 그러나, 계속하게 되면 결국에는 실력이 뛰어난 사람만이 살아남는다.

갬블이 시작되고 오렌지는 몇 판을 참여하지 않고 사람들의 성향 등을 관찰했다. 프리플랍에 십만 정도의 베팅은 우습게 나왔고 잘 죽지도 않는다. 플랍이 열리기 전에 팟이 백만이 넘는 경우가 허다했다.

오렌지는 계속 기회를 엿보고 있었고, 갬블이 시작된 지 30분이 지났을 무렵 잭파켓을 손에 쥐게 되었다. 한 명이 이십만을 베팅했고 두 명이 콜을 받은 상태에서 오렌지 차례가 되었다. 잭파켓이 어중간한 이유는 플랍에 잭보다 높은 에이스, 킹, 퀸 카드가 깔릴 확률이 52%나 되기 때문이다. 셋 중에 하나만 깔려도 불편해진다. 오렌지는 상대를 모두 폴드 시키려고 이십만을 받고 백삼십만 더 레이즈 했다. 그런데, 최초 이십만 베팅을 한 사람이 '올인'을 했다. 나머지 두 명은 폴드. 오렌지는 *팟커밋이라 어쩔 수 없이 '콜'을 받았다.

* 팟커밋: 이미 들어간 칩이 많아 폴드 하는 게 더 불리한 상황.

갬블이 시작되고, 30분 만에 삼백만 칩을 모두 밀어 넣게 되었다. 상대는 별로 좋지 않은 카드로도 계속 베팅하고 있었기에 이번에도 그럴 줄 알고 오렌지는 레이즈 했는데, 폴드는커녕 '올인'으로 맞섰다. 제발 하이 파켓이 아니기를 바라며 오픈하는 상대의 카드를 바라보았다. 다행스럽게 상대의 카드는 에이스, 킹 수딧이었다.

이제 승부는 54 대 46으로 오렌지가 약간 유리했다. 천만다행으로 보드에 에이스와 킹이 출현하지 않았고 오렌지는 승리했다.

오렌지는 승부에서 이겼지만 '이겼다'라는 생각은 전혀 들지 않았다.

오렌지의 의도는 플랍이 깔리기 전에 모두 폴드 시키는 것이 목적이었는데 되레 반격받고 곤경에 처하게 되는 꼴이었다. 지고 있다는 느낌을 받고도 어쩔 수 없이 승부를 이어갔을 뿐이고, 상대가 자신을 벼랑 끝으로 내몰았다는 것을 떠올리니 마음이 편하지만은 않았다. 어쨌거나 오렌지는 더블업에 성공했고, 평소 같으면 얻은 것을 지키고 싶은 마음이 들었을 텐데, 오늘은 물러서지 않고 맞서 보려 단단히 작정하고 있었다.

자신이 강하다고 인지하면 욕망이 솟구치고, 자신이 약하다고 생각하면 두려움에 사로잡힌다. 욕망과 두려움은 분리되지 않는다.

갬블에서 칩을 많이 얻고 싶은 욕망과 그 칩을 잃을 수 있다는 두려움은 언제나 공존한다. 갬블에서 욕망만 있는 사람, 두려움만 있는 사람은 없다. 어떤 상황에 따라 승자와 패자로 갈릴 뿐이다.

오렌지는 오늘 물 위를 걸어보기로 마음을 먹었다.

이어지는 갬블은 계속해서 거칠게 진행되었고 무더기 칩의 이동은 누가 주인이라고 할 것 없이 수시로 자리를 바꾸며 돌아다녔다.

불과 몇 분 만에 많은 칩이 들어오고, 다음 몇 분 만에 감쪽같이 사라지기를 반복했다. 칩을 다 잃은 사람은 잃은 칩보다 더 많은 칩을 다시 테이블에 올렸고 그러기를 여러 차례 반복하다 보니 테이블에는 일억이 넘는 칩들이 올려져 있었다.

격한 갬블 중에 오렌지는 런이 불붙기 시작했다. 자신이 손에 가진 핸드 카드 두 장과 보드에 깔리는 커뮤니티 카드 다섯 장은 천생연분인 양 착착 달라붙었다.

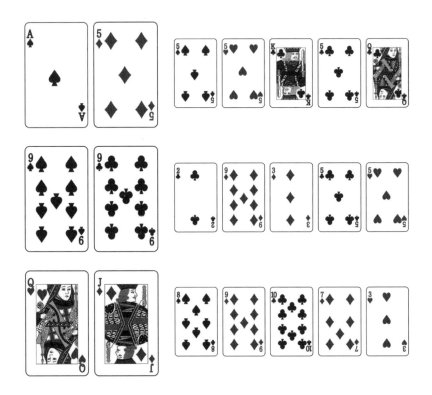

'런은 소중하다. 기회는 항상 찾아오지 않는다. 이길 수 있을 때 최대한 많이 이겨 두자.' 겨울을 대비해 식량을 비축하는 개미처럼, 오렌지는 칩을 차곡차곡 거두어들였다.

게임을 하다 보면 굴곡이 있기 마련이다. 홈런왕에 오르는 선수도 매 타석 홈런을 칠 수는 없다. 삼진도 당하고 병살타도 치며 숱한 견제 속에 이루는 최종적인 결과물이다. 홈런 개수가 증가할수록 견제가 심해지듯, 도박에서 칩이 쌓일수록 상대방의 경계심은 높아질 것이다. 오렌지는 방심을 늦추지 않고 갬블을 계속 이어갔고 아홉 시간 진행된 갬블은 새벽 여섯 시에 종료되었다. 뉴테폴리가 끝난 후, 최종적인 결과는 삼천오백만의 수익을 내었다.

도박 인생에서 하루에 거둔 가장 많은 수익이었다. 청담동에서 가난한 오렌지가 부자들과 경합한 홀덤, 다른 포커 게임도 마찬가지이지만 홀덤도 누구나 52장의 카드로 자웅을 겨룬다. 어떠한 술수나 속임수도 존재하지 않는다. 부자이든, 가난한 사람이든, 젊든, 노인이든, 모든 이에게 이토록 공평한 분야가 세상에 얼마나 남았단 말인가.

"오빠! 오늘 완전 대박이네요. 와우~~~ 나이스!"

"이거 받고 예쁜 옷 사 입어."

오렌지는 캐시 아웃할 때 민영이에게 이백만 원을 건네주었다. 오늘의 결과물을 만든 계기를 제공한 민영이에게 고마움을 가졌고 합당한 답례를 곁들였다.

"갈게. 나중에 또 연락해."

하우스를 빠져나온 오렌지는 엘리베이터를 타지 않고 기분 좋은 발걸음으로 계단을 내려갔다. '드래곤을 만나면 죽기 아니면 살기구나.'

한 층을 중간쯤 내려가고 있을 때, 누군가 오렌지를 불러 세웠다.

"저기요!"

"????"

오렌지를 부른 사람은 드래곤이었다. 마침 드래곤에 관해 생각하고 있었는데 드래곤이 말을 걸어왔다.

"잠시 시간 괜찮으시면 얘기 좀 나눌 수 있겠습니까?"

"…………네. 괜찮습니다."

오렌지는 드래곤이 자신을 왜 보자고 했는지 의문이었지만 매너가 좋은 친구라 거리낌이 전혀 없었다. 둘은 근처에 있는 커피숍으로 들어갔다.

이른 아침이라 테이크아웃으로 커피를 사 가는 손님 말고는 테이블에 앉아 있는 사람은 오렌지와 드래곤 둘뿐이었다.

"무슨 일로 보자고 하셨는지?"

"아… 네. 다른 건 아니고요. 어젯밤에 형님께서 민영이랑 나누는 대화를 우연히 듣게 되었어요."

드래곤은 갑자기 오렌지를 형님으로 호칭했다. 일반적으로 이런 곳에서 알게 되는 사람들을 총칭하는, 어느, 누구와 마찬가지로 이전까지 부르는 호칭은 사장님이었다.

"무슨 대화를 들었는데요?"

"형님께서 엘루이 호텔 클럽에서 일했다는 얘기요."

"????????? 그런데요?"

"혹시 저 기억나는 거 없으세요? 저는 형님이 누군지 이제 확실히 떠올랐어요. 여의도에서 처음 뵈었을 때도 '어디서 봤더라?' 긴가민가했는데 민영이랑 말하는 거 듣고 확실히 기억났어요."

"저는 잘 모르겠는데 그쪽도 엘루이 호텔 클럽 관계자였나요?"

"아닙니다. 전혀요. 형님은 당연히 저를 기억하지 못하실 텐데. 제가 바보 같은 질문을 했네요."

"……………………………."

"제가 미국에서 고등학교를 졸업하고 대학을 다닐 때, 방학이면 한국에 있는 부모님 댁에 머물거든요. 그때 저는 막 성인이 되었고 친한 형들이랑 엘루이 호텔 클럽에 놀러 갔었어요. 그때 형님을 처음 만났는데 수트를 말끔하게 차려입은 사람이 여자들을 한껏 데려와 우리 일행이 있는 룸으로 들어왔어요."

"……………………………."

"형님이 룸으로 들어와서는 '재미있게 놀아'라고 말씀하시고 나가셨는데 그때 정말 멋져 보였거든요. 포스가 대단했어요. 형님이 나가신 후 여자들이랑 정말 재미있게 놀았고요. 저는 당시 한국의 나이트클럽 문화가 정말 낯설고 신선하게 느껴졌어요. 어려서 더 재미있기도 했고요."

오렌지는 드래곤의 애기를 듣고 있으니 짐작 가는 게 있었다. 드래곤이 친한 형들이라고 말한 사람들은 필시 '오렌지족'이었을 것이다. 드래곤이 말한 당시 상황은 제대로 기억나지 않았지만 친하게 지냈던 몇몇의 '오렌지족'들이 주마등처럼 떠올랐다. 드래곤은 그중 한 무리의 오렌지족 일행이었을 것이고, 오렌지 입장에서는 드래곤이 크게 임팩트 있는 인물은 아니었을 것이니 구체적으로 기억나는 게 없음이 당연했을 것이다.

"어젯밤에 갑자기 그날의 추억이 떠오르니 형님이 어찌나 반갑던지, 그날을 영원히 잊지 못하고 있었거든요. 벌써 20년이 지났네요."

누군가에게는 그저 그런 평범한 일상이 누군가에게는 잊지 못할 날이 될 수도 있다. 오렌지는 그날, 여느 때와 마찬가지로 일했을 뿐인데 드래곤은 평생 처음 겪는 충격과 감동으로 가득한 날로 기억하고 있었다.

오렌지는 35년 전, 남대문에서 만난 중국집 인력 브로커의 얼굴이 떠올랐다. 태어나서 처음 겪게 한 사건들의 연속, 허기진 배로 먹은 감자탕, 사춘기에 맞이한 여자의 속살, 새벽 다방에서 마신 쌍화차, 죽을 때까지 잊지 못할 경험들로 가득한 반나절이었다. 하지만 그 브로커는 오렌지를 기억하고 있지 못할 것이다. 그저 스쳐 지나간 한 사람일 뿐이다.

"그나저나 그때랑 많이 변하셨네요. 그때는 정말 멋졌는데……."

그때는 멋졌고 지금은 변했다는 건, 그때만 못하다는 얘기다. 오렌지는 자신이 생각하기에도 지금의 모습은 초라해 보였다. 아무렇게나 다듬어진 머리에 눌러쓴 모자, 허름한 티셔츠에 추리닝 바지와 운동화, 당시에 헤어스타일, 잘 차려입은 명품 수트와 구두는 완전히 다른 이미지다.

"피곤하실 텐데, 그만 일어나셔야겠죠? 제 명함 한 장 드릴 테니 언제든지 전화 주세요. 제가 식사 한번 모시겠습니다. 술도 좋고요. 형님도 카리나 좋아하는 것 같았는데. 하하하."

드래곤이 건네준 고급스러운 명함에는 굴지의 증권회사 로고와 직함에는 본사 부장으로 각인되어 있었다. 커피숍을 나온 둘은 이내 헤어졌다. 드래곤은 자신이 몰고 온 벤틀리를 타고 휑하니 사라졌다.

12장

욕망의 그늘

"재덕아, 오늘 뭐 하니? 시간 되면 형이랑 밥 먹고 술 한잔할래?"

"네, 좋습니다. 철산동에서 뵙죠. 일행이 있어 같이 나가겠습니다."

오렌지는 저녁에 홀덤으로 알게 된 친한 동생 재덕이를 만나기로 했다.

어젯밤, 청담동에서 전례 없는 쾌승을 거둔 오렌지는 며칠간 갬블을 접고 휴식을 취하기로 했다. 잠시 재충전할 여유가 생긴 것이다.

재덕이는 '스타크래프트' 프로 선수 출신이고 은퇴 후, 다른 동료들과 마찬가지로 홀덤 포커 플레이어로 전향한 케이스다.

양갈빗집에서 만난 재덕이는 처음 보는 젊은 친구를 한 명 대동하고 나타났다.

"술은 뭘로 마실까요? 참이슬? 처음처럼?"

"양갈비에는 고량주가 제격이지. 여기요! '연태고량주' 하나 주세요."

언제부터인가 오렌지는 맛도 향도 없는 소주를 멀리하고 있었다.

식사할 때, 반주같이 간단하게 알코올이 필요할 때만 찾았고 제대로 마시고 싶을 때는 찾지 않았다.

오렌지: "자네는 이름이 뭔가?"

창수: "네. 창수라고 합니다."

재덕: "스타크래프트 선수였는데 앞으로 홀덤 유망주로 키울 겁니다. 제가 최고로 아끼는 제자입니다. 하하."

오렌지: "재덕이한테 배우면 낭패 볼 일은 없지. 아직 어려 보이는데 그냥 계속 스타크래프트하고 있지 왜 이 바닥으로 넘어왔어? 여긴 지옥이야. 만만하지 않다고."

재덕: "사실은…… 얘가 승부조작에 가담해서 영구퇴출 당했어요."

오렌지: "스타크래프트도 토토가 있었어? 모든 게 도박판에 올려지는구나. 승부조작? 그런 의뢰가 들어올 정도면 너도 한가락 했겠구나. 실력 있으면 그냥 제대로 하지 뭣 하러 그런 짓을 했어. 너도 앞날이 순탄치만은 않겠구나. 고생길이 훤해 보여."

재덕: "앞으로 잘할 겁니다. 원래 승부사 기질이 남다른 애입니다."

오렌지: "그래…. 얘 병신 되지 않게 재덕이 너가 잘 가르쳐라. 그리고 넌, 홀덤해서 밥이나 먹고살 생각이면 당장 집어치워. 그렇게 사는 거라면 인생의 낭비야."

창수: "네, 명심하겠습니다. 형님은 홀덤에서 가장 중요한 게 무엇이라고 보십니까? 프로 갬블러가 갖추어야 할 덕목 같은 거요…."

오렌지: "누가 물어도 나는 이렇게 대답해 주고 싶어. 갬블러는 '멘탈'이 가장 중요해. 자신도 못 다스리면서 남을 꺾으려 드는 건 어리석은 계획이야. 어떤 상황에서도 흔들리지 않는 굳건한 마음가짐이야말로 갬블러가 갖추어야 할 첫 번째 덕목이야. 그게 안 되면 모래성을 쌓고 있는 거나 마찬가지야. 언제든지 허물어지지."

창수: "그 또한 명심하겠습니다. 기술적인 건요? 배운 대로 실전에서 써먹으려 하지만 혼란스러울 때가 많습니다."

오렌지: "우선 배운 대로 잘 지키면서 하고 기본이 서면 너만의 것을 창조적으로 만들어야 해. 정석이라도 똑같은 패턴은 당하기 마련이야. 투수가 공 빠르다고 항상 직구만 던지면 타자가 무슨 생각 들겠어? 노리고 있다가 받아쳐 버린다고. 간간이 변화구와 유인구도 섞어 줘야 혼란스럽지. 홀덤은 학문이 아니라 '기예'야. 배우는 것이 아니라, 실패하고 좌절하면서, 수없는 경험에서, 스스로 자신만의 것을 창출해 나가는 일이야. 영감이나 촉 같은 건, 아무것도 없는 상태에서 툭 튀어나오지 않아. 최선의 선택을 하게끔 고민한 노력에서 나오는 결과물이야. '과거에 했던 내 모든 일들이 분발하여 제 능력껏 내게 새로운 영감을 주리라.' 아직 네가 실전에서 어려움을 겪는 건 당연한 과정이니 너무 걱정할 필요 없어. 수영 교실에서 아무리 자세히 듣는다 해도 강연만 듣고 수영을 할 수 없잖아. 물에서 허우적거려봐야 수영을 배울 수 있듯이, 그

고비를 해결하는 건 자신밖에 없어."

창수:　"좋은 말씀해 주셔서 감사합니다. 새겨듣겠습니다."

오렌지:　"얘가 그래도 말길은 알아듣네. 마음에 든다. 한잔하자!"

아기들은 각자의 방식으로 걷기를 배운다고 한다.

'정상적인 걸음마 학습 경로'라는 건 존재하지 않았고, 어떤 과정을 거치건 아기들은 다 잘 걸었다.

동역학을 연구하고 자전거에 오르는 아이는 없다. 떨리는 마음으로 안장에 올라 무작정 페달을 밟으며 무슨 일이 생기는지 관찰하고 반응해 본다. 몇 번 넘어지고 살갗이 까지는 고통을 겪고 나면 어느 순간 균형을 잡고 영원히 쓰러지지 않고 똑바로 달린다. 이후로는 넘어지는 일이 더 어렵다. 홀덤도 마찬가지로 넘어지는 과정이 필요하다.

홀덤은 정답이 없다. 상대의 성향, 상황에 따라 대처가 다르다.

처음에는 절대로 잘할 수 없고, 매뉴얼만으론 제대로 가르쳐줄 수 없고, 꾸준히 좌절하면서 개별적으로 깨칠 수밖에 없다.

지식은 전달할 수 있지만 지혜는 스스로 깨우치지 않는 한 자신의 것이 되지 못한다.

오렌지는 거창하게 조언했지만 사실 자신도 아직 어려움을 겪는 내용들이었다. 완성되지 않은 과정, 영원히 완성할 수 없는 과정이 홀덤에는 도사리고 있었다.

"형님. 저 다음 주에 라스베이거스로 갑니다. 한 달간 있다 오려고요."

"거긴 갑자기 왜?"

"다음 주에 라스베이거스에서 포커 월드시리즈가 개최되거든요."

"너가 *WSOP에 참가한다고?"

* WSOP: world series of poker. 매년 5월 라스베이거스에서 펼쳐지는 우승 상금 백억 이 넘는 세계 최대의 포커 대회. 종목은 홀덤이다.

"아니요. 대회에 참가하는 건 아니고요. 그냥 관광하러 가는 겁니다. 대 회가 열리는 동안은 축제 분위기거든요. 구경도 하면서 카지노 들러 홀덤 도 하고, 대회 기간에는 방수가 좋대요. 세계 각지에서 온 호구들 돈 좀 뺏 어 먹어야죠. 하하하."

"좋겠다. 나는 언제 또 미국 가 보나⋯."

"형님도 같이 가면 좋을 텐데⋯. 내년에는 같이 가시죠."

"가고 싶지만 나는 그렇게 오래 집을 비울 수 없어. 애가 아빠 찾는다고 난리나. 대신 출국하는 날 나도 갈게. 공항에 친한 분이 근무하고 계셔서 얼굴도 보고 올 겸 다녀오지."

재덕이와 창수랑 술을 마시고 난 후 집으로 돌아온 오렌지는 상념에 잠 겼다. '미국으로 간다고?'

"요즘 아담 사장이 안 보이네?"

"미국 라스베이거스로 갔어. 한국에서는 큰 게임을 못 하겠대. 잘못되 면 도박으로 잡혀 들어가고, 솔직히 마땅한 곳도 없잖아."

야구선수나 축구선수만 해외로 진출하는 게 아니다. 포커 선수도 꿈을 좇아 해외로 진출한다. 라스베이거스, 마카오, 필리핀, 싱가포르, 호주 등으로 떠난다. 그렇다고 모두가 성공하는 것은 아니다. 빈털터리가 되어 돌아오는 사람이 훨씬 많다. 자신 능력 밖의 욕망은 화를 부른다.

미국에서 통계한 자료에 의하면, 갬블러의 10%만이 직업적으로 유의미한 수입을 얻고, 단 2%만이 은퇴할 때까지 그 수입을 유지하며 살아남는다고 한다. 어른들의 이 카드놀이는 비용이 많이 든다. 카지노나 하우스의 운영 비용, 제공하는 서비스, 높은 임금의 스태프들, 이 모든 것이 참가자의 주머니에서 나오는 걸로 충당된다. 당연히 돈을 얻고 가는 사람보다 잃고 가는 사람이 훨씬 많을 수밖에 없는 구조다.

어쨌거나 미국으로 간다는 것은 설레는 로망이다.

이 나라는 너무 좁은 섬이다. 삼면은 바다가 둘러싸고 북쪽은 철책으로 막혀 있다. 더 멀리 가려면 하늘을 날거나 바다를 건너야 한다.

땅덩어리는 텍사스주 면적의 7분의 1에 불과하다. 텍사스는 미국의 50개 주 중 하나일 뿐이다. 도대체 대한민국의 '대'는 무엇이 크다는 것일까?

몽고는 말을 타고 갈 수 있는 세상 모든 곳을 점령했고 일본은 태평양 전쟁을 일으켜 미국이 포함된 전 세계 연합군과 맞붙었다.

이 나라는 위대하지도, 위대한 적도 없었다.

늘 남과 북, 동과 서로 나뉘어 조그만 것을 놓고 동족끼리 다투어 왔다. 오천 년 역사에 조상들이 남긴 것이라곤 초라한 것뿐이다.

국보 1호 남대문, 오백 년 전에 건축한 것이라 자랑하지만, 이천 년 전에 이집트는 피라미드, 로마는 콜로세움, 중국은 만리장성을 쌓았다.

런던에 지하철과 대서양을 횡단하는 유람선이 다닐 때, 이 나라를 이끌어 가야 할 인재들은 '공자왈 맹자왈' 하고 있었다.

어릴 적, 오렌지는 아메리카 드림이 있었다.

1985년 5월, 미국 동부 펜실베이니아주 윌리엄 스포트 하워드 J 라매드 스타디움에서는 한국과 멕시코의 세계 리틀 야구 월드 시리즈 결승전이 펼쳐지고 있었다. 보고도 믿어지지 않는 4만 관중의 운집과 함성.

내야 관중석 규모는 그리 크지 않았지만, 외야 담장 너머로 있는 산 같은 잔디밭에는 구름 떼 같은 관중들이 들어차 있었다.

'어린이 야구를 보러 이렇게 많은 사람이 모여들다니…. 미국 사람들은 야구를 정말로 사랑하는구나….'

13살 나이에 세계 정상에 섰던 소년, 프로야구 선수가 되는 게 꿈이었던 소년, 같이 야구를 했던 친구들은 화려한 선수 생활을 마감하고 이제는 프로 구단의 감독, 단장 등을 역임하고 있었다. 높은 곳을 날아다니는 친구들, 뒷골목이나 전전하며 하루하루 생계를 걱정하며 살아가는 소년, 어릴 때는 동일선상에 있었지만, 지금은 하늘과 땅 차이만큼 벌어져 있다.

'나는 이제 꿈을 잃은 것일까? 마음을 비운 것일까? 탐욕을 완전히 내려놓은 것일까? 욕망이 이제 없는 것일까?'

'웃기는 소리 하지 마! 네가 지금 힘들어하는 이유는 아직 욕망을 떨쳐내지 못했기 때문이야. 네가 지금 힘들다고 느끼는 건, 너 스스로 억지스럽게 만들어 낸 자화상에 불과해. 세상에는 너보다 힘들게 살아가는 사람이 훨씬 많아. 탐욕을 버리면 도박을 하지 않고도 적성에 맞는 일을 얼마든지 찾을 수 있고 택할 수 있는데 그것을 버리지 못하고 있을 뿐이야. 평범하게 사는 것을 너 스스로 거부하고 있어.

너는 단지 하고 싶은 것을 충족하지 못하고 즐기지 못해서 힘들어하는 거지 절대 힘들게 살고 있는 게 아니야.

어릴 때부터 잘난 체하며 어른들의 얘기를 귀담아듣지 않고 하고 싶은 대로 다 하면서 살은 네가 힘들다고 징징거릴 자격이 없어.

장래에 대해 진지한 설계도 없이 멋대로 살아왔잖아.

너는 눈물 젖은 빵을 먹은 본 적이 한 번도 없어. 약간의 비바람을 맞았을 뿐이고 절실하게 살아 본 적은 없어.

넌 고통을 참지 못해. 잠재의식 속에 항상 도피처가 마련되어 있고 조금만 힘들어져도 그리로 숨어들지.

늘 에어라인만 쥐고 비단길을 걸으려 했지, 좋지 않은 패로 난관을 헤쳐 나갈 생각 따위는 안중에도 없었어. 얼마든지 다른 일을 찾을 수 있지만 네기 아직 도박판이나 전전하고 다니는 원초적 본능이야.'

'나는 돈과 꿈을 바꾼 것일까? 아니다. 돈이 목적이었다면 돈을 모았을 것이다. 돈은 필요한 것을 얻기 위한 수단에 불과했다. 하고 싶은 것을, 하기 위해 돈이 필요했다. 그러기 위해 다소 무리한 일도 마다하지 않았다. 나는 나만의 꿈을 위해서 힘들게 살았고 지금도 그러고 있다. 실패한 인생이라고 너무 자책하지 말자.'

오렌지는 술기운에 이런저런 잡념들이 들었고 이내 깊은 잠에 빠져들었다.

오렌지의 잠을 깨우는 것은 언제나 전화벨 소리다. 더 이상 잘 수 없을 때쯤, 자연적으로 일어나는 경우는 얼마 되지 않았다. 자고 일어나면 문자가 스무 개 정도 와 있다. 대부분 홀덤 하우스에서 보낸 문자다. 반복되는 내용들, 일일이 확인하는 것은 귀찮지만, 차단하지는 않았다. 이 일을 업으로 하는 중이고, 그중에는 중요한 정보가 될 만한 내용도 있기 때문이다.

"…여보세요."

"네. 안녕하세요. 사장님. 좋은 물건이 하나 나와서 연락드렸습니다."

오렌지는 전업 도박꾼으로 살아가면서도 다른 일을 알아보고 있었다. 조금 더 나은 삶을 살아가고 싶은 마음은 누구나 그러할 것이다.

일전에 친구들 모임에서 마땅한 일이 없나 물색했는데, 마침 친구 지인 중에 상가를 전문으로 거래하는 부동산 업자가 있었다.

"네. 어떤 물건입니까?"

"노부부가 운영하는 편의점인데요. 위치도 좋고 매출도 잘 나오는 매장입니다. 건강이 안 좋으셔서 이번에 정리하신다고 합니다. 권리금도 싸게 나왔어요."

오렌지는 부동산 업자가 설명하는 내용을 꼼꼼히 듣고 있었다. 전화를 끊고 나서도 녹취된 통화를 다시 들어보았다.

월평균 매출은 오천만 원 정도다. 오렌지는 전에 마트 창업 계획을 한 적이 있어 편의점의 매출 대비 수익 구조를 어느 정도 파악하고 있었다.

업자가 말한 곳의 편의점 매출로는 월세, 인건비, 각종 비용을 제외하고 나면 매일 쉬지 않고 하루 12시간을 일해도 남을 것이 별로 없다는 계산이 섰다. 거기다 보증금이며 권리금 같은 목돈까지 투자해야 한다.

자기 돈 깔고 노예계약을 하는 셈이다. 계약서에 도장을 찍고 나면 돌이

킬 수 없다. 싫든 좋든 의무가 끝날 때까지는 버텨야 한다.

홀덤을 하고 난 이후로 오렌지는 일상에서 실수가 거의 없었다. 사리 분별을 잘하게 되었다. 어떤 상황이나 인간관계에서 보드를 살피듯이 판단이나 분석이 잘 이루어지고 즉흥적 감성보다는 합리적 이성 판단을 하는 게 자연스럽게 습관화되었다. 자신이 가진 것(핸드 카드)과 주변 상황(상대의 카드), 앞으로 펼쳐질 일들(보드 카드)에 성공 가능성과 실패 확률을 예전보다 더 정밀하게 따져 보게 되었다. 거짓말을 하는 사람의 흔들리는 눈동자, 친구의 지인이라 기대했건만 엉터리 같은 제안을 받았다.

그렇게 거래가 성사되면 얼마의 중개수수료를 받는지 모르겠지만, 자신의 이득을 위해서 타인에게 그 열 배의 피해를 주는 행태는 용인될 수 없다. 오렌지는 중개업자의 전화번호를 차단해 버렸다.

잠에서 깬 오렌지는 시계를 쳐다보았다. 오후 다섯 시, 오늘 밤에는 강남역에 있는 쌈이 운영하는 홀덤펍에서 홀덤 한일전이 열린다.

시간에 늦지 않으려면 지금부터 일어나 씻고, 커피 마시고, 밥 먹고 출격 준비를 해야 했다.

강남역은 강남의 노른자다. 테헤란로와 강남대로가 교차하는 지점에 있으며, 대규모의 지하 상권이 조성되어 있고, 지상으로 올라오면 역 주변은 온통 고층빌딩의 번화가로 이루어져 있다. 강남의 최중심부는 언제나 젊은이들의 발길로 활기가 넘쳐나고, 그 규모는 압구정 로데오를 압도해 버린다. 여기에 카지노식 시스템을 적용한 고급스러운 홀덤펍이 있다.

운영자인 쌈은 홀덤계의 고수이기도 했다. 그는 APL(Asia poker league)에 참가해서 입상한 경력도 있으며, 호텔 카지노 출신 관계자들과 협업해 홀덤펍의 시스템을 한층 선진화된 형태로 운영하고 있었다.

하우스의 인테리어는 세련미가 넘치고 스태프들은 제복과 명찰을 달고 있다. 이번에는 일본 측 관계자들과 교류해 삼 일간 '홀덤 한일전'을 이벤트로 개최한 것이다.

문을 열고 들어서자 펍 안은 수십 명의 사람들로 가득 차 있었다. 일본어가 많이 들리는 것을 보니 일본 사람들도 상당수 방문한 모양이다.

'한일전'이니 당연한 풍경이다.

"어이~~ 오렌지. 오랜만이다."

패트릭이 오렌지를 보고 반갑게 맞이했다. 패트릭은 한국 홀덤계의 산 증인이다. 강남의 유복한 가정에서 태어난 패트릭은 대학을 다니던 1984년에 미국으로 이민을 떠났다. 당시 도박에 빠져 살던 패트릭을, 부모는 도박을 끊게 하려고 미국으로 건너가 버렸다. 그런데 미국으로 건너간 패트릭은 한국에 있을 때보다 도박을 더 자주 하게 되었다. LA 바이서클 카지노를 제집 안방처럼 들락거렸고 많은 돈을 잃었다.

미국 유학생들과 이민자들에 의해 한국에 전파된 홀덤, 2001년 한국 최초의 홀덤펍이 이곳 강남역에서 태동했다. 공정하고 선진화된 하우스 시스템. 오렌지는 과거 하우스에서 갬블 할 때면 다툼이 잦았다. 일단 룰에 대한 명확한 기준이 없었다. 코에 걸면 코걸이, 귀에 걸면 귀걸이, 목소리 큰 놈이 이겼다. 싸우러 온 건지, 갬블 하러 온 건지 모를 지경이었다. 부정한 방법의 속임수도 많았다. 포커 실력은 남을 잘 속이는 사람이 고수로 취급받았다. 오죽했으면 속임수를 쓰다가 걸리면 손모가지를 날린다는 말이 일상화되었겠는가.

올바른 질서가 없는 곳은 금방 혼란스러워지고 무너진다. 규칙은 활동을 억압하고 속박하는 것이 아니라 혼란스러워지지 않도록 중심을 잡는 것이다. 한국에 도입된 홀덤 하우스 시스템은 그 질서를 바로잡아주었고 순전히 실력으로만 집중해서 갬블 할 수 있게끔 도와주었다.

그 질서를 잡는 데 일조한 사람 중 한 명이 여기 있는 패트릭이다.

패트릭은 오렌지에게 언제나 다정하고 편이 되어 주는 친근한 형이다.

오렌지는 전해지는 그의 마음을 느낄 수 있었다. 동물도 자신을 사랑하는 사람과 미워하는 사람을 아는데 같은 사람이 어찌 모르겠는가.

"오늘 정신 바짝 차려야 해. 일본 애들 실력이 만만치 않을 거야."

"걱정 안 하셔도 됩니다. 저는 독립군의 자손이거든요."

테이블 세 군데에 한국인과 일본인이 적절히 배분되어 홀덤 '한일전'이 펼쳐졌다. 몇 시간이 지난 후, 한국 측 핸디들이 일방적으로 일본 측 핸디들에 당하고 있었다. 패트릭의 염려대로 일본 측 핸디들의 실력은 상당한 고수들임이 틀림없었다. 갬블 중에 알아듣지 못할 일본어로 떠들면서 팀 플레이를 하는 게 확실해 보였다. 마치 국가대표를 선발해서 온 느낌이다. 그에 반해 한국 측 핸디들은 오합지졸이다.

서로 모르는 사이이며 가릴 것 없는 서로가 적일 뿐이다.

'각자도생' 알아서 살아남는 방법밖에 없었다. 원래 그런 것이지만….

'사무라이 재팬'. 지난봄에 열린 월드 베이스볼 클래식에서 오타니, 다르빗슈, 야마모토를 앞세운 일본에 한국은 상대가 되지 못했다.

밤을 새우고 아침이 되어 갬블이 종료되었을 때, 오렌지는 살아남은 몇 안 되는 한국인이었다. 홀덤펍 안은 이제 한국인보다 일본인이 더 많았다.

* * * * *

LA로 가는 항공편의 탑승 수속 절차가 시작되었다.

"잘 다녀와. 뒤지지 말고."

"하하하. 죽으로 가나요."

"돈이 죽으면 사람도 죽어."

"알겠어요. 다녀오면 김치찌개에 소주 한잔해요. 그리울 겁니다."

"내가 그립다는 거야? 김치찌개가 그립다는 거야?"

"하하하. 둘 다요. 그럼… 이만 다녀오겠습니다."

오렌지는 미국으로 가는 동생들의 배웅을 마치고 서울로 돌아가기 위해 공항버스를 타고 영종대교를 건너고 있었다. 창밖으로 바다가 보였다. 태양은 서해에 잠겨서 바다를 붉게 물들였고, 육지에는 땅거미가 짙게 내려앉았다.

오렌지는 창밖을 내다보며 조화롭고 경이로운 풍경에 도취되었다.

'세상에는 아름다운 것이 얼마나 많은가. 도박에 얽매여서 이런 걸 잊고 살았다. 더 많이 일상을 즐기자. 여행을 자주 다니자. 맛있는 음식도 많이 먹고, 영화도 보러 가고, 아이와 산책하고, 친구들을 만나고 사랑하는 연인을 더 사랑하자. 자주 하늘을 올려다보자. 태어날 때 세상에 아무것도 가지고 오지 않았고 죽을 때 아무것도 가져가지 못한다. 많이 거둘 때 남지 않았고, 적게 거둘 때 부족하지 않았다. 마음을 비우고 내려놓자. 욕심을 버리고 집착하지 말자. 강박관념을 떨치자. 홀덤도 즐거운 마음으로 하자. 두려운 마음도 설렘으로 전환되도록 승부를 즐기자. 천재도 즐기는 사람은 이기지 못한다고 했다. 인생에서 가장 소중한 것은 돈이 아니라 한정된 시간이다. 그 시간을 행복하게 보내자.'

오렌지는 텍사스 홀덤 포커를 하지 않은 날이 드물었고, 실망하지 않은 날도 드물었다. 이것을 삶의 동반자로서 같이 함에 삶이 행복해진다고 생각되지 않았다. 오히려 불행해질까 늘 걱정이었다. 그 불행하고 천박한 환경 속에서 실질적인 가치를 얻어내려 몸부림치고 있었다.

포커 게임으로 부자가 된다거나 하는 거창한 목표를 세우는 설정은 어리석은 계획이다. 목적을 달성하기도 힘들뿐더러, 웬만한 성과에는 도저히 만족할 수가 없다. 차라리 오늘 이긴 것으로 맛있는 식사를 한다든가, 평소 마음에 두고 있던 나이키 운동화를 사야겠다는 소소하고 현실적인 목표를 가지는 것이 효과적일 때가 많다. 그러면 기쁜 날이 잦아지고 자연스레 행복해진다.

버스가 서울로 들어서자. 민영이에게 카톡이 왔다.
"오빠. 오늘 스타트에 오실 수 있어요?"
"그래 갈게. 이쁜 민영이 보고 싶다. 늦지 않게 갈게."

.

.

.

.

손에 든 퀸 파켓으로 베팅했다. 상대는 '올인'으로 응수했다.

깊은 한숨이 밖으로 나가지 못하고 심장 속으로 파고든다.

결정을 내려야 한다.

선택은 두 가지뿐이다.

이쯤에서 물러서거나,

앞에 놓인 것을 다 밀어 넣거나,

인생은 선택의 연속이고 남이 대신 해 주지 않는다.

결정은 자신이 하는 것이고 책임도 자신의 몫이다.

2024년, 어느 여름날…

2024년, 이제 소년의 소년이 16살이 되었다. 1988년, 세상으로 모험을 시작했던 소년은 36년의 세월을 지나쳐 갔다. 기나긴 세월이었다.

우물을 뛰쳐나온 개구리가 겪었던 수많은 아라비안나이트….

소년의 아이는 기차를 좋아하고 버스를 좋아하며 아빠와 함께 걷는 것을 좋아한다.

틈만 나면 피곤해서 잠들어 있는 아빠를 깨워 밖으로 나가자고 종용한다.

아빠는 거부하지 못한다. 아이의 손을 잡고 같이 밖으로 나간다.

버스를 타면 어디로 갈지를 모른다. 아이는 내키는 대로 버스를 타고 어딘가에서 내리고 다시 다른 버스로 갈아탄다. 그러다가 어딘가에서 내려 길을 한없이 걷는다.

"준우야. 우리 지금 어디 가는 거야?"

아이는 배시시 웃기만 할 뿐 대답이 없다. 아이는 원래 말을 하지 못한다. 소년은 아이에게 아직 '아빠'라는 말을 들어보지 못했다.

아이가 성장할수록 외출의 거리는 점점 집에서 멀어져 갔다.

이제는 버스를 타면 서울을 빠져나가게 된다.

소년은 아이와의 외출을 '아이의 모험'이라고 이름 붙였다.

버스에서 내려 어딘지 모를 곳에서 아이와 몇 시간째 걷고 있다.

낯선 곳이다. 낯선 풍경이다. 아이와 함께 걸으면서 사색을 많이 한다. 길을 걷고 있으면 영감과 기억들이 떠오른다.

거울을 보듯 뚜렷하고 선명한 기억들.
가슴 깊이 새겨져 수시로 떠오르는 기억들.
떠오를 듯, 말 듯 한 기억들.
기억의 끝자락에 있어 희미해진 기억들.
잊어버렸다가 다시 생각나는 기억들.

기억이나 영감이 떠오르면 발걸음을 멈추고 스마트폰에 그것을 메모한다. 지금 쓰지 않으면 나중에 잘 생각나지 않고 놓치게 된다.
영감이 떠오르지 않으면 한 문장도 쓰기 쉽지 않다.
소년이 발걸음을 멈추고 글을 쓰고 있으면 아이는 다 쓸 때까지 친절하게 기다려 주었다.

기억과 경험을 글로 표현하는 어려움.
어떻게 써야 할지 힘들다. 글이라고는 일기도 써 본 적이 없다.
복잡하게 생각하지 말자. 머리로 쓰지 말고 가슴으로 쓰자.
홀덤도 가슴으로 칠 때가 뜨거웠다.

있는 그대로를 쓰자.
아는 그대로를 쓰자.
느낀 그대로를 쓰자.

목적지를 입력하고 계속 의식하자. 저절로 가게 될 것이고 도달하게 될 것이다.

소년은 아이와 함께 글을 길에서 썼다. 4년간 쓰니 책 한 권 분량이 되었다. 길을 걸으며 쓴 책, 어려운 일은 시간이 해결해 준다.

탐욕과 쾌락을 좇아 세상사에 시달리며 타락하고 더럽혀진 소년과 영원히 순수함을 잃지 않을 소년이 그렇게 길에서 함께 글을 썼다.

오늘따라 유난히 아이는 많이 걷는다. 여름날, 그늘 한 점 없는 길을 걸으며 땀이 비 오듯 옷을 적시고 모자란 잠은 몸을 더욱 피곤하게 만든다. 버스를 타고, 기차를 타고, 걸으면서, 아이가 가는 곳으로, 52장의 카드가 있는 곳으로 언제까지 동행할 수 있을까? 그 끝은 어디쯤일까?

'케 세라, 세라. 뭐가 되든지 될 것이지만, 미래는 우리가 볼 수 없는 것이란다.

(Que sera, sera. Whatever will be, will be The future's not ours to see.)'

〈Que sera, sera - 도리스데이〉

인생은 희망의 열차를 타고, 절망이라는 터널을 지나, 죽음이라는 종착역에 이르는 여정이다.

과거 중국집에서 배워 시작한 포커는, 이제는 최고 레벨의 프로 도박꾼과 생존을 걸고 자웅을 겨루고 있다.

"준우야! 그만 집으로 돌아가자. 아빠 너무 힘들어······."

- END -

언더

텍스사 홀덤으로 살아가는 사람들

ⓒ 김성민, 2024

초판 1쇄 발행 2024년 7월 18일

지은이   김성민
그린이   Hogg · 손지민 · 김성민
펴낸이   이기봉
편집   좋은땅 편집팀
펴낸곳   도서출판 좋은땅
주소   서울특별시 마포구 양화로12길 26 지월드빌딩 (서교동 395-7)
전화   02)374-8616~7
팩스   02)374-8614
이메일   gworldbook@naver.com
홈페이지   www.g-world.co.kr

ISBN   979-11-388-3213-7 (03810)